Les Exaltés

Du même auteur

Vive la Sociale !, Mazarine, 1981
Les Cinq Parties du monde, Mazarine, 1984
Célébrités poldèves, Mazarine, 1984
À quoi pense Walter ?, Calmann-Lévy, 1987
L'Attraction universelle, Calmann-Lévy, 1990
Béthanie, Calmann-Lévy, 1996
Le Retour du permissionnaire, La Pionnière, 1999
La Grande Jument noire. Les cheminots dans l'aventure du siècle, Lamartinière, 2000
Vichy-Menthe, Éden, 2001
Mme Gore (avec Bob Meyer), Éden, 2001
L'Ombre portée (avec Patrice Giorda), La main parle, 2002
Rue des Rigoles, Calmann-Lévy, 2002
Les Rudiments du monde (avec Georges Azenstarck), Éden, 2003
Comment calmer M. Bracke, Calmann-Lévy, 2003
Yorick, Éden, 2003
C'est mon tour, Eden, 2003
Les Vivants et les Morts, Calmann-Lévy, 2005
Notre part des ténèbres, Calmann-Lévy, 2008
Scandale et Folies, Le Seuil, 2008
Les Invisibles, L'atelier, 2009
Rouge dans la brume, Calmann-Lévy, 2011
Subito presto, Calmann-Lévy, 2011
Ce que savait Jennie, Calmann-Lévy, 2012
Xenia, Calmann-Levy, 2014
La Boîte à ragoût, La Pionnière, 2014
La Brigade du rire, Albin Michel, 2015
Hamlet le vrai, Grasset, 2016
Moi, Présidente, éditions Autrement, 2016
La Tour abolie, Albin Michel, 2017
Ces femmes-là, Albin Michel, 2019
Les Roses noires, Albin Michel, 2021
Ecce homo, Albin Michel, 2022

Gérard
Mordillat

Les Exaltés

roman

CALMANN
LEVY

Couverture
Maquette : Olo éditions
Peinture : L'Extase de sainte Cécile (vers 1515),
Raphaël, Pinacothèque nationale de Bologne (Italie)
© Alamy banque d'images

ISBN 978-2-7021-8888-0

À la mémoire de Geneviève Serreau.
Pour mon ami Patrice Giorda.

Tout homme qui vit éveillé
dans l'horreur du monde doit être un créateur.

Roger Gilbert-Lecomte

Mon nom ne vous dira rien. Je m'appelle Luca Ponti, mais ce n'est pas important. Tout s'est passé très vite. Trop vite. Je n'ai pas eu le temps de réfléchir. Je suis né en 1500, près de Rione di Colonna, pas loin de la fontaine de Trevi à Rome, mais ce n'est pas important non plus. Je suis un Médicis comme notre Saint-Père, Léon X. Isabella, ma mère – dont la beauté excite encore la jalousie de toutes les Romaines – travaillait comme chambrière à leur service. Autant l'avouer, je suis le fils de Jules de Médicis, fils (illégitime lui aussi) de Julien de Médicis et de sa dernière maîtresse, Fioretta Gorini. Je ne sais plus si c'est important ou pas. Disons que ça compte, mais ce n'est pas essentiel. Jules de Médicis ne pouvait pas me reconnaître mais il a été généreux avec nous. Il a offert à ma mère une auberge, Le Printania, qu'elle tient toujours via Santa Dorotea. Il s'est aussi chargé de me faire donner une éducation chez les dominicains à Santa Sabina. J'ai appris le latin et le grec, le français et l'allemand. J'ai fait aussi des mathématiques, de la géométrie et un peu de théologie avec le père Girolamo. Pour faire plaisir à ma mère, j'étais un élève consciencieux, appliqué mais sans plus. Les études ne me passionnaient pas et je ne voulais pas entrer dans les ordres.

Ma vraie passion, c'est le dessin et ça, c'est important. *Molto importante !*

Dieu m'a donné un don et je peux, presque sans effort, recopier la nature à s'y méprendre, y compris les visages. J'ai été présenté à maître Raphaël par Margherita Luti, la fille d'un boulanger, sa maîtresse, qui est une amie d'enfance de ma mère, et sa voisine dans le Trastevere. Ça aussi s'est passé très vite. La Fornarina, comme on l'appelle dans le quartier, lui a montré un portrait que j'avais fait d'elle et le maître a eu la bonté de me féliciter. Mon dessin lui a tellement plu qu'il m'a demandé l'autorisation de le garder « pour en faire quelque chose ». C'était un honneur pour moi de le lui offrir.

La divine Providence guidait mes pas !

J'allais enfin apprendre l'art de peindre en même temps que je finissais mes études au séminaire, chez les dominicains. À quinze ans, je suis entré en apprentissage dans l'atelier de Raphaël, situé dans le Borgo, à l'angle de la piazza Scossacavalli et de la via Alessandrina. J'y travaille à plein temps depuis que mon maître a dû reprendre le chantier de Saint-Pierre après la mort de Bramante, son premier architecte. Comme s'il n'avait pas assez à faire. Le pape lui a aussi commandé un portait où on le voit en compagnie des cardinaux Jules de Médicis (mon père, créé cardinal peu après l'élection de Léon X, son parent qui l'avait légitimé !) et Luigi de Rossi. Les figures sont esquissées, le fond est peint et le décor en place, mais mon maître a trop de travail pour l'achever. Comme il m'aime bien et apprécie ce que je fais pour lui, il m'a déjà confié plusieurs tâches. Sans me vanter, la sonnette d'argent ciselé posée sur sa table du Saint-Père est mon œuvre.

Visite

En ce jour de la sainte Thècle, avec Enrico Labate et Bernardo Tofoletti, maîtres charpentier et carrier de la basilique, nous accompagnions le Saint-Père pour visiter le chantier resté à l'arrêt suite à la mort de Bramante. Le bois de construction, les blocs de travertin, les briques de terre empilées, les ferrailles étaient dans un grand désordre. La nature reprenait ses droits sur la terre déblayée. Les mauvaises herbes proliféraient. Seuls quelques murs délimitaient le cadre d'un futur bâti. Tout était à faire. Le pape s'arrêta pour regarder les plans que mon maître m'ordonna de lui présenter.

— Tout cela est très beau et très bien dessiné, messer Raphaël, s'impatienta-t-il, mais j'attends autre chose de vous. Soyez un nouveau Bramante et construisez-moi Saint-Pierre avant que Notre Seigneur me rappelle à lui !

— Très Saint-Père, ne doutez pas de mon zèle, mais vous voyez dans quel état est le chantier. Avant de relancer la construction je dois tout nettoyer, organiser les métiers et surtout corriger ce qui a été mal fait, ce qui se fissure et ce que Bramante – paix à son âme – a laissé inachevé…

Le pape ne voulait rien entendre.

— Ce n'est pas un travail ordinaire que je vous ai confié, messer, c'est une *divina missio*. Une mission divine !

Mon maître expliquait avec patience chaque détail de son plan quand une sœur clarisse, ma tante Lucia, nous rejoignit en trottinant. Après la mort de leurs parents, ma mère m'a élevé avec elle, sa cadette. J'ai toujours considéré Lucia comme ma sœur aînée. Lucia, devenue nonne chez les clarisses, travaille avec le cardinal Armellino où elle fait office de secrétaire particulière. Lucia possède une très belle écriture et le camerlingue du pape la sollicite pour tous ses courriers, parfois même elle est chargée de recevoir les solliciteurs et de lui en faire un rapport.

— Votre Sainteté, son éminence Armellino vous demande, dit-elle en pliant le genou et en baissant la tête. Il est avec Albert de Brandebourg et le banquier Fugger qui réclament audience…

Le pape se tourna brusquement vers mon maître.

— Hâtons-nous ! Ne les faisons pas attendre. Nous manquons d'argent, n'est-ce pas ? dit-il en se mettant en route. Peut-être est-ce un signe que Dieu nous envoie en nous adressant ces deux-là…

Il soupira, nous encourageant à le suivre.

— À ces fous d'Allemands, on soutire l'argent comme on peut…

Camerlingue

Le cardinal Armellino – lui aussi adopté par les Médicis et autorisé à porter leur nom – était le conseiller le plus écouté du Saint-Père, qui avait beaucoup fait pour son élection. Afin de financer le chantier de Saint-Pierre, il avait eu l'idée de développer la vente des indulgences[1], initiée par Jules II, comme il n'avait de cesse de trouver de nouvelles taxes : sur l'abattage du bétail,

1. Indulgences : remises de peines méritées par les péchés accordées par l'Église.

l'importation de céréales, le sel ; sur les droits d'entrée des étrangers, sur les ateliers des artisans, sur les vins, etc. S'il avait pu faire payer chaque bouffée d'air que respiraient les Romains, il l'aurait fait ! Le cardinal était très impopulaire à Rome, mais Léon X n'aurait pas pu vivre sans les fonds qu'Armellino collectait pour lui.

Les tractations financières et politiques du pape ennuyaient mon maître. d'autant que sa maîtresse le réclamait et que l'amour avait toujours été pour lui un appel supérieur à tous les autres. Il essaya de se dérober.

— Je vous laisse, Votre Sainteté, j'ai tant à faire…

Le pape insista pour qu'il l'accompagne.

— Maître Raphaël, je veux que vous rencontriez ces hommes qui, je l'espère, permettront de mener votre tâche à bien et surtout de la mener sans attendre.

Il le flatta, accompagnant son geste d'un petit mouvement de tête :

— Vous voir leur garantira que leur argent est placé dans vos géniales mains.

Raphaël dut s'incliner.

Tandis que nous nous dirigions vers les appartements du pape, ma tante Lucia en profita pour me parler des hommes que nous allions voir : Albert de Brandebourg, puissant prince allemand, et Jacob Fugger, l'homme le plus riche du monde, celui qui avait financé l'élection de Charles Quint à la tête du Saint-Empire…

— Tu sais ce qu'on raconte ?

— Dis-moi.

— Sa Sainteté Jules II fit un jour venir le représentant de Fugger à Rome pour lui demander d'honorer la dette contractée auprès d'un cardinal décédé. 300 000 florins ! Le représentant de Fugger les lui fit porter sur l'heure. Le pape interrogea ensuite plusieurs cardinaux étrangers en leur demandant si leurs rois pouvaient lui fournir en une heure trois tonnes d'or. Aucun n'aurait été en mesure de s'exécuter. Eh bien, dit-il, un bourgeois d'Augsbourg peut le faire.

— C'est lui que nous allons rencontrer ?

— C'est lui.

— J'aimerais faire le portrait d'un tel homme !

Le cardinal Armellino nous attendait.

Albert de Brandebourg et Jacob Fugger s'agenouillèrent devant le pape et baisèrent son anneau.

— Très Saint-Père, dit Albert de Brandebourg en se relevant, je viens vous demander l'archevêché de Mayence…

Le pape s'étonna.

— Mayence ? Pourquoi Mayence ? Vous n'avez pas trente ans et vous êtes déjà archevêque de Magdebourg et évêque d'Halberstadt…

— Mayence est une ville riche. C'est l'évêché le plus vaste et le plus riche d'Allemagne…

Léon X avait compris.

— … et vous deviendriez chancelier d'Empire, chef de l'Église allemande, primat de Germanie.

Albert s'inclina respectueusement.

— Je crois savoir que Votre Sainteté peine à achever le chantier de Saint-Pierre.

— Hélas ! C'est ma croix.

— Permettez-moi de vous aider à en supporter la charge.

Léon X échangea un bref regard avec Armellino avant de répondre.

— Mayence vaut un prix considérable.

— Maître Fugger m'accorde sa confiance, assura Albert en se tournant vers le banquier. Il se déclare prêt à me consentir la somme nécessaire.

Armellino s'adressa directement à Fugger qu'il admirait autant qu'il le haïssait, comme il haïssait tous les juifs et la juiverie romaine.

— 30 000 ducats.

— 21 000, répondit Fugger.

— 24 000.

— Non. 21 000.

— 23 000.

— 23 000, soit, répondit Fugger, après une brève réflexion.

Tout cela avait été parfaitement pensé et réglé avant l'arrivée du pape, mais il tenait à ce que Léon X soit témoin de ce qui venait d'être conclu.

— Sommes-nous d'accord, très Saint-Père ? lui demanda-t-il.

— Nous sommes prêts à signer, confirma Armellino, répondant à la place du pape.

La négociation était terminée.

— Comment le rembourserez-vous ? s'inquiéta le cardinal auprès d'Albert de Brandebourg.

— Selon la voie que vous nous avez suggérée, Votre Éminence, répondit le prince, en prêchant l'indulgence partout sur mes terres…

— Et Frédéric ?

— Le prince de Saxe me mettra peut-être des bâtons dans les roues sur son territoire par crainte que je nuise à son commerce des reliques.

Il ironisa :

— Savez-vous que son catalogue ne cesse de s'enrichir, il vend même une épine de la couronne du Christ...

Fugger, qui était aussi le banquier de Frédéric, précisa :

— Il a aujourd'hui 17 443 « reliques particules », conférant 127 799 années d'indulgence.

Mais Brandebourg était confiant.

— Qu'importent Frédéric et ses reliques, sourit-il. Il suffira que je fasse assez de bruit pour que le peuple se précipite et achète nos indulgences.

Armellino le toisa.

— Vous nous ferez don de cinquante pour cent des sommes récoltées et vous ferez votre affaire du reste, indiqua-t-il d'un ton exagérément sévère.

Albert blêmit, découvrant l'arrangement entre Amellino et Fugger.

— Que me restera-t-il alors ?

Léon X fit le signe de croix.

— Il vous restera Mayence et ma bénédiction.

Mission

Après la signature d'un contrat qui les liait, le cardinal raccompagna les visiteurs. Mon maître me pria de me hâter, il voulait que nous nous éclipsions, mais le pape me retint dans ses appartements. Il souhaitait que je lui montre encore les plans. À contrecœur, mon maître salua Sa Sainteté.

— Rejoins-moi à l'atelier..., m'ordonna-t-il discrètement.

Quand nous fûmes seuls, je m'apprêtais à dérouler les plans lorsque le pape posa sa main sur la mienne.

— Dis-moi, mon enfant, est-ce bien vrai que tu pratiques l'allemand et le français ?

— Et le latin et le grec, très Saint-Père.

— Où as-tu appris ?

— Auprès des dominicains. Le père Nodetti assurait que j'avais un don naturel pour les langues.

— C'est le Seigneur qui t'envoie...

Si ce n'était pour voir les plans, je ne comprenais pas pourquoi le pape m'avait retenu. Aurais-je commis une faute ? Lui aurais-je déplu ? Après avoir vérifié que ses visiteurs étaient tous partis, que la porte était bien close, il me prit par l'épaule.

— Tu vas faire quelque chose pour moi...

— Commandez, j'obéirai, balbutiai-je en tremblant, car aux dires de tous j'avais hérité des beautés de ma mère et je n'ignorais pas que son prédécesseur avait un penchant pour les garçons de mon âge.

Mais ce n'était pas ça que le pape désirait de moi.

— Fugger assurera la gestion des fonds et sera le commissaire aux indulgences que va prêcher ce Tetzel qui ne me dit rien qui vaille, dit-il. Armellino m'assure qu'il a le cerveau gras, qu'il est avare, ignorant et se comporte avec les femmes comme une vipère ou un âne. C'est un charlatan, un bonimenteur qui a déjà frôlé la mort à cause de sa luxure. Il a je ne sais combien d'enfants adultérins. Je me méfie de ce dominicain à l'âme de loup comme de Fugger, et plus encore de Brandebourg. Tous ces Allemands sont des voleurs.

Il hocha la tête comme s'il répondait à une question muette qu'il venait de se poser.

— Tu vas partir immédiatement sur ses traces, dit-il en me regardant bien en face. Tu as étudié chez les dominicains, tu les connais : tu sauras le comprendre à demi-mot, lire entre les lignes de ses écrits. Je veux que tu le suives partout et que tu m'envoies des rapports sur ce qu'il fait, sur l'argent qu'il ramasse, sur tout…

Je protestai.

— Maître Raphaël m'attend pour…

— Oublie la peinture ! dit le pape, balayant ma réserve. Ils sont cinquante comme toi dans son atelier. Ce que je te demande est unique.

Il tendit l'anneau à baiser.

— Tu deviens mon envoyé secret.

Et, plissant les yeux avec gourmandise, il ajouta :

— Souviens-toi combien cette fable du Christ peut nous être profitable…

Isabella

Le pape m'avait ordonné de me mettre en route sans délai. Je partirais dès le lendemain. Je ne devais pas lâcher Tetzel, je devais tenir Sa Sainteté informée de tout ce qu'il faisait, de ceux qu'il rencontrait, de ce qu'il prêchait, des fonds qu'il récoltait.

— Sois mon Mercure aux pieds ailés !

Mais avant mon départ, je devais rapporter les plans à l'atelier de mon maître et surtout prévenir ma mère…

J'étais inquiet.

Comment prendrait-elle l'annonce soudaine de mon départ ? Mariée d'urgence à quinze ans parce qu'elle était grosse du cardinal, elle n'avait pas eu d'autre enfant que moi. J'étais la prunelle de ses yeux, le réconfort de son âme, la justification de sa vie. L'homme qui l'avait épousée, Angelo Ponti, un brave ouvrier au service des Médicis, connaissait sa situation. II s'en était accommodé car il aimait passionnément ma mère et ne souhaitait que son bonheur. Il était mort le jour de leurs noces, assassiné par un jaloux, fou furieux de voir que Bella en préférait un autre. Il voulait aussi tuer ma mère mais mon oncle et ses compagnons charpentiers qui travaillaient à la Sixtine avaient mis en pièces le meurtrier. Tout le monde se souvenait ici des « noces de sang ». Maître Michel-Ange aussi aimait beaucoup ma mère. Je suis sûr que c'est d'elle qu'il parle dans un de ses sonnets, « Femme adorable ! Ce je-ne-sais-quoi qui m'agite, cette douceur mêlée d'amertume, je l'éprouve depuis que je vous ai vue. Vos yeux seuls en sont donc la cause ? ».

Isabella, ma mère, que tout le monde appelait Bella, n'a pas usurpé son surnom. C'est une très belle femme. Combien de fois ai-je surpris le regard d'hommes venus à l'auberge pour boire et manger mais aussi – et surtout ! – pour la voir. Quand on dit qu'ils la dévoraient des yeux, je sais bien quel genre de repas ils escomptaient partager avec elle. Ma mère s'en amusait mais je n'en connais pas un qui ait réussi à se mettre à table avec elle et encore moins à entrer dans son lit. Quand je dis que ma mère était une très belle femme, ce n'est ni le fruit de mon imagination ni celui d'un excès de boisson ou d'un criminel amour filial. Je ne rêve pas comme les ivrognes ou les vicieux. Je sais ce que je dis : j'ai vu ma mère comme Dieu l'a faite. Une fois, alors que j'étais caché dans sa chambre, j'ai vu ses formes voluptueuses, la courbe pleine de ses seins et de ses fesses, le triangle noir au creux de ses cuisses. Je l'ai dessinée de mémoire et je trouve mon dessin très réussi, très vrai, mais je ne l'ai montré à personne, pas même à maître Raphaël... Ma tante Lucia est moins belle. Je l'ai vue elle aussi, un jour où elle prenait un bain. Son corps était mince, plat comme celui d'un garçon et son triangle transparent, rien qu'une petite touffe blonde au-dessus de sa fente. En comparant ma mère à sa sœur, je vois bien comment Dieu peut offrir le meilleur à l'une et servir chichement une autre.

Atelier

Je retrouvai mon maître à son atelier en compagnie de Giulio Romano devant *L'Extase de sainte Cécile* dont la livraison à Elena Duglioli dall'Olio avait été sans cesse retardée.

— Que te voulait le pape ? claironna Raphaël avant même que je les aie rejoints.

Des têtes se tournèrent. Les invitations du pape suscitaient toujours curiosité, spéculations, paris...

Je les ignorai.

— Il m'envoie en Allemagne, dis-je, tendant les plans à mon maître.

— Tu lui as déplu à ce point ? plaisanta Giulio Romano, provoquant des ricanements parmi les aides et les apprentis appliqués aux cartons des fresques destinées aux chambres du Saint-Père.

J'expliquai froidement.

— Je suis chargé de surveiller Tetzel, le dominicain qui doit vendre des indulgences pour financer les travaux de Saint-Pierre.

— Pourquoi toi ? me demanda mon maître, rangeant les plans.

— Parce que je parle allemand, répondis-je comme si je révélais une malédiction qui pesait sur ma tête depuis des générations.

— Tu reviendras quand ?

— Quand le pape me rappellera.

J'ajoutai d'un ton plaintif :

— Je ne sais pas où cette mission me mènera. Ni qui je verrai, ni ce que je ferai là-bas…

Et, donnant à mes mots la force d'un serment, j'affirmai comme si je devais répondre d'un reproche implicite :

— Pouvais-je dire non au pape ?

— Non, tu ne pouvais pas, concéda Raphaël.

— Je veux être peintre, rien d'autre !

Il posa sa main sur mon épaule.

— Ne t'alarme pas inutilement. Ta place t'attendra ici.

Je me jetai à ses pieds.

— Merci, maître, merci !

— Allons, pas d'enfantillage, dit-il en me relevant. Tu es des nôtres et tu le seras encore en revenant des pays allemands.

Mon maître s'écarta de sa toile et fit signe à Giulio Romano d'en faire de même.

— Ça te plaît ?

J'avais suivi toutes les étapes de la réalisation de cette peinture d'autel. J'avais même aidé Giovanni da Udine pour y peindre les instruments de musique éparpillés aux pieds de la sainte. L'œuvre finie était d'une grande beauté formelle et sa composition d'une originalité totale au regard de la manière ordinaire de peindre les saintes ; surtout les saintes en extase. La divinité n'apparaissait pas à Cécile, son émotion, le bouleversement de son âme étaient tout intérieurs. Sa foi nous parvenait comme la plus profonde et la plus harmonieuse des musiques sorties du petit orgue que j'avais peint et qu'elle tenait à la main. Elle mettait son cœur à nu pour chacun d'entre nous.

— J'ai l'impression que Cécile vit devant moi, je la sens respirer, palpiter, dis-je, sans quitter la toile du regard. Son extase n'est pas une illumination égoïste mais un immense présent à partager.

Je n'osais dire à mon maître que je n'aimais pas la sainte Madeleine sur la droite de la toile. Elle me paraissait raide, empesée, d'une autre main que la sienne, en revanche, le saint Jean à l'arrière-plan me troublait, ses traits auraient pu être les miens…

J'écarquillai les yeux.

— Vous m'avez pris pour modèle ?

Raphaël échangea un regard amusé avec Giulio Romano.

— Je crois que la nature t'avait d'abord créé pour être femme, Luca, commença-t-il de sa voix chaleureuse.

Et, comme s'il s'agissait d'un conte merveilleux, il poursuivit :

— Mais, dans le sein de ta mère, la nature s'éprit de toi et te fit homme parfait. Comme le disciple que Jésus aimait.

Je rougis jusqu'aux oreilles. Se moquait-il de moi ?

— Je ne suis pas parfait ! protestais-je, gêné d'être ainsi exposé.

— Si, insista Raphaël, en me souriant. Regarde bien mon saint Jean. Son visage a toutes les grâces féminines du tien et son corps toutes les vertus viriles qui sont les tiennes.

— C'est un miracle, une « lucaphanie », ironisa Giulio Romano.

Je ne savais que dire. J'étais flatté et effrayé. C'était moi, et ce n'était pas moi ! À mes yeux, son saint Jean était la plus belle figure de la toile. Mais Raphaël m'avait peint comme un homme et une femme dans le même corps. Comme si ma mère et moi ne faisions qu'un seul être. J'étais son fils et la fille qu'elle n'aurait jamais. Le disciple de Jésus me ressemblait-il ? Portait-il en lui les deux natures ? Était-ce pour cela que Jésus l'aimait ? Parce qu'il incarnait l'être premier de la création, avant qu'Adam et Ève ne soient séparés ? Certes, j'étais aussi glabre qu'une fille ; j'avais les traits fins et délicatement dessinés comme ma mère. Mais, si mon visage pouvait passer pour celui d'une femme, mon corps était sans conteste celui d'un homme. J'étais solidement bâti, musclé, les épaules larges et les hanches étroites sans compter que j'avais de grands pieds ! Raphaël avait-il discerné en moi quelque chose que j'ignorais sur moi-même ou que je ne voyais pas encore ? En me prenant pour modèle d'un saint, il me faisait un grand honneur et m'offrait un extraordinaire témoignage d'amitié. En même temps, c'était comme s'il s'emparait de moi et m'enlevait toute réalité. Raphaël m'avait mangé ! Sa toile m'avalait. Je devenais autre. Je n'étais plus Luca Ponti, mais traits, couleurs, lumière. J'étais peinture.

Devrais-je m'en arracher pour devenir peintre ?

Auberge

Le Printania, la taverne de ma mère, se trouvait à deux pas de la maison de la Fornarina et plus près encore de Santa Dorotea, l'église que le pape avait fait entièrement reconstruire à l'usage des frères mineurs. Après avoir fait le crochet par l'atelier de Raphaël, en marchant vite, je ne mis pas moins d'une demi-heure pour y arriver. Ma mère accueillit l'annonce de mon départ par des cris et des pleurs qu'on entendit jusqu'au bout de la rue.

— Jésus Marie Joseph, en Allemagne ? ! Mais pourquoi tu veux aller en Allemagne ? Ce sont des barbares !

— Je serai l'envoyé du pape. Son *missi dominici*...

— La belle affaire !

— Dois-je lui désobéir ?

— Tu veux me faire mourir ? C'est ça ? Tu veux me faire mourir ?

Elle se tourna vers le ciel, les yeux pleins de larmes.

— Sainte Marie mère de Dieu, aidez-moi, mon fils veut me faire mourir !

— Tu devrais être fière que le Saint-Père m'ait confié cette tâche, dis-je pour tenter de la calmer.

— Fière de t'envoyer à la mort chez les sauvages ?

— Les Allemands ne sont pas des sauvages !

— Et maître Raphaël ? Tu crois que ça a été facile de te faire entrer dans son atelier ?

— C'est le pape qui commande ! C'est un grand honneur qui m'est fait. Maître Raphaël me laisse partir et gardera ma place jusqu'à mon retour.

Ma mère ne voulait rien entendre.

— Si tu veux devenir curé, tu n'as pas besoin d'aller en Allemagne. Fais-toi tonsurer et reste ici.

— Je ne veux pas devenir curé, je veux être peintre, martelais-je.

— Tu dois choisir.

— Je serai le nouveau Fra Angelico, il a été les deux !

Ma mère porta une main à son front, ferma les yeux et laissa échapper un long gémissement.

— Si tu pars en Allemagne, je me tue !

Préparation

Ma tante Lucia fut chargée des préparatifs de mon voyage. Dans la chambre qu'elle occupait à côté des appartements du cardinal Armellino, elle me fit enfiler une robe de novice, un vêtement déjà porté.

— Il y a tant de brigands sur les routes, tu ne dois pas faire envie…

— Coupe-moi les cheveux.

— Pourquoi ? Ils sont très beaux.

— Ils me donnent l'air d'une fille, dis-je en pensant à mon « portrait » sur la toile de Raphaël.

Ma tante Lucia convint que c'était en effet plus prudent et me tondit comme un moine mais sans me tonsurer.

— Je garde tes boucles, dit-elle en les ramassant. Je les donnerai à ta mère !

Dans l'ourlet de ma bure, elle avait cousu cinq ducats. Nul ne pouvait deviner que j'y cachais de l'argent et je ne devais l'utiliser qu'en dernier recours. Elle me remit un sauf-conduit avec le cachet du pape, que je devais garder dissimulé sous ma bure. Il m'ouvrirait les portes de tous les monastères, de tous les couvents où je devrais dormir.

— Mais ne quitte jamais ta robe. Il y a autant de voleurs chez les moines que chez les chemineaux…

Elle me donna aussi un petit rouleau de parchemin où étaient indiqués le chemin que je devrais suivre jusqu'en Allemagne, les villes où je devrais passer, celles à éviter, les routes dangereuses et celles qui étaient les plus sûres. Je voyais bien qu'elle remplissait ma besace à la hâte pour dissimuler ses craintes de me voir lancé dans une telle aventure. Ses yeux brillaient d'inquiétude mais la fréquentation du cardinal Armellino lui avait appris à contenir ses émotions. Elle m'embrassa en me serrant très fort contre elle.

— Tu es au service du pape maintenant. Que Dieu te garde, Luca !

Voyage

Le lendemain, il faisait grand beau temps quand je partis malgré les cris et les pleurs de ma mère, qui appelait tout le quartier à témoigner de ma folie et de mon ingratitude.

— Sainte Vierge, aidez-moi ! Mon fils me tue ! *Porca miseria*, il part chez les barbares !

— *Ciao Mamma ! Ciao ! Ti amo !*

Je fanfaronnais mais je n'en menais pas large. Je n'avais jamais quitté Rome et je devais l'oublier ; oublier ma mère, oublier Raphaël, les ors et les couleurs des peintres italiens, oublier la lumière de leurs fresques pour m'enfoncer dans la noire Allemagne sans craindre de m'y perdre. Oublier comme si je me jetais dans le Tibre et me laissais emporter par le courant. J'emportais dans ma poitrine une chaleur, des odeurs, des sons et, entre sourire et larmes, cette pointe d'angoisse qui toujours accompagne ce qui touche au cœur. Je voulais garder en mémoire le plus grand nombre possible de visages, de rires et de grimaces, de couleurs d'yeux et de poids des corps. J'ignorais ce qui m'attendait en route. Ma tante m'avait dressé un catalogue des périls qui me menaçaient : les voleurs, les assassins, les sodomites, les prostituées, le froid, la tempête, l'égarement, la solitude qui détruit la raison...

Une délégation de la curie se rendait à Florence. Ils acceptèrent que je me joigne à leur équipage pour me faire gagner du temps. Les deux cardinaux et le prêtre qui les accompagnaient furent de joyeux compagnons. Ils se régalaient d'avance des plaisirs et des ripailles qui les attendaient en Toscane. Ils n'étaient pas fâchés de s'éloigner d'Armellino, « un nouveau Savonarol », qui mesurait tout et réclamait son dû sur le moindre de leur geste. Après Florence qui regorge de tant de merveilles qu'il est impossible de les nommer, je voyageai le plus souvent à pied, trouvant parfois une charrette pour faire un bout de chemin. Je n'avais rien sur moi que ma robe déjà portée et une besace dans laquelle je gardais de quoi dessiner avec parfois du pain et du fromage dont on m'avait fait la charité. Rien qui puisse tenter un bandit de grand chemin, pas un liard, pas un bijou, pas même un crucifix. Une question me tarabustait : pourquoi le pape m'avait-il confié cette mission ? Il ne manquait pas de prêtres, de clercs ni de moines autour de lui qui auraient été aussi capables que moi de l'accomplir. Était-ce le hasard ? Parce que j'étais là... ? Parce que personne d'autre ne voulait s'en charger ? Parce que ma tante lui aurait vanté mon don pour les langues ? Parce qu'on voulait se débarrasser de moi ? Mais qui ? De question en question, mes pas résonnaient sur la route. Je n'arrivais pas à trouver de réponse satisfaisante.

Le soleil était comme un œil sans paupière fixé sur moi. Un matin, sur un sentier près d'un torrent, je me retournai brusquement, persuadé d'être observé. Ce n'était ni une intuition ni une divagation, mais une sensation inquiétante. Je me sentais poursuivi comme un fuyard, un prisonnier échappé, un déserteur. J'aurais voulu courir, voler, mais soudain, j'étais en verre. Une simple chiquenaude pouvait me briser. Étais-je guetté par des détrousseurs qui en voulaient à ma vie, des monstres sortis de terre, des animaux sauvages ? Qui me suivait ? Qui en voulait à ma peau ? Était-ce l'esprit de ma mère qui me poursuivait de sa colère, de son chagrin ? Guido Romano et les apprentis cachés pour me faire une farce ? Un fantôme au service du pape ? Un sbire de ce démon de cardinal Armellino ? Des tueurs payés par Fugger pour m'empêcher de suivre Tetzel ? Le diable ? Un ange ? Je n'entendais que le souffle du vent et le tragique chuchotement de l'eau. Le silence m'effrayait. Je revins sur mes pas pour inspecter les alentours. La pression sous mon crâne excitait tous mes nerfs, la nuque me faisait souffrir. Incapable de frémir comme de sangloter, j'avais perdu toute sensibilité. L'angoisse m'engourdissait. Je suffoquais. Je haletais dans le givre de l'air sans parvenir à calmer les battements de mon cœur. Je ne vis pas âme qui vive, ni derrière les arbres, ni derrière les buissons ou dissimulé dans les rochers. Il n'y avait personne. J'étais seul, absolument seul. J'avais honte de ma faiblesse, je m'en voulais, quand, au loin, j'entendis les cloches d'une église sonner.

J'étais sauvé !

Sans plus jamais me retourner, j'allai de monastère en monastère, cherchant la protection et l'hospitalité des moines en échange des récits que je leur faisais de la vie romaine, de la construction de Saint-Pierre, des toiles réalisées par mon maître, du pape et de ses habitudes. Une lettre avait circulé où Sa Sainteté disait à son frère : « Puisque la papauté nous a été donnée, autant nous amuser. » Et même si ma tante Lucia ne voulait jamais rien raconter je savais que le pape banquetait en galante compagnie et que ce récit me valait toujours un grand succès, même chez les religieux.

Je passai par les villes d'Orvieto, de Sienne, où je vis l'*Allégorie du Bon et du Mauvais Gouvernement*, d'Ambrogio Lorenzetti, de Vérone d'où les parents de ma mère étaient originaires. Je ne dormis pas chez eux – ils s'étaient fâchés lorsqu'ils avaient appris qu'elle était grosse de moi –, mais à même le sol d'une cabane sur les bords de l'Adige où je pus me laver sans être vu de personne. Le soleil déclinait, tous les insectes et les oiseaux menaient une ronde. Il y avait des libellules, des martinets, des martins-pêcheurs, un grand concert pour m'endormir. Fermant les yeux, je me souvenais comment, à Rome, nous courions nous baigner après les cours. Il y avait Pietro qui se destinait à la prêtrise, Marcello le seul qui sache nager et moi, le plus grand de la bande, même si je n'étais pas le plus âgé. Nous avions un coin où nous barbotions sans pudeur et chahutions. Pietro adorait nos jeux, mais s'empoigner nus, au corps à corps comme nous nous empoignions, lui faisait honte. Il jurait qu'il s'en confesserait dès le lendemain malgré les menaces de Marcello qui promettait de le noyer s'il s'en ouvrait au père Nodetti. Quand ils luttaient sur la berge, j'en profitais pour les dessiner accrochés l'un à l'autre, bras et jambes emmêlés, muscles luisants de sueur. Hélas, un soir au séminaire, mes dessins furent découverts. Un surveillant les déchira, ameutant tout le dortoir aux cris de « Péché ! Péché ! Péché ! ». Je fus puni pour n'avoir rien caché de l'anatomie de mes amis, comme si nous nous livrions à des pratiques condamnables alors que nous ne faisions que ce que faisaient les athlètes grecs en leur temps. Je n'eus le droit de manger que du pain pendant huit jours et, afin de me repentir et de me préparer à l'absolution, je dus recopier dix fois en latin la première condition pour être en état de grâce dans les *Souvenirs du Calvaire*.

Un calvaire…

À Bologne, je fus hébergé dans la famille du peintre Amico Aspertini que mon maître avait croisé dans l'atelier du Pérugin. Je ne crois pas avoir rencontré plus grand bavard qu'Amico ! Il m'entreprit sur la nécessité de peindre des deux mains, une s'appliquant au clair, l'autre au sombre et me tint éveillé presque jusqu'au matin, dissertant sur Pinturicchio dont certaines œuvres étaient attribuées à mon maître. En le quittant, je compris pourquoi il avait la réputation d'être à moitié fou ! Près de Trente, dans l'immense bibliothèque de l'abbaye de Novacella où les pèlerins sont volontiers accueillis, j'eus une conversation désagréable à propos de mon maître, avec un lointain cousin d'Armellino, le père Emilio, gardien des lieux et hébraïsant. Un petit homme grincheux qui ne regardait jamais franchement celui à qui il s'adressait.

— Tu travailles avec un juif ?

— Un juif ?

— Ce Raphaël dont tu te vantes d'être l'élève…

C'était insultant.

— Maître Raphaël n'est pas juif ! m'indignais-je. Raphaël, c'est le nom d'un des trois archanges, avec Gabriel et Daniel.

— Fais-moi rire ! Où il y a du « -el », il y a du juif. Raphaël, en hébreu, ça signifie « la guérison de Dieu » ou « Dieu guérit ». Pas mal, non ?

— C'est le peintre du pape et l'architecte de Saint-Pierre à Rome ! protestais-je.

Le père Emiliano triompha, me fixant pour la première fois d'un regard terrible :

— Ose me dire que les juifs ne sont pas partout !

Après Trente, j'allai jusqu'à Augsbourg, passant par des collines et des montagnes où je craignis de mourir gelé. Jamais je n'avais eu aussi froid. Il y avait encore beaucoup de neige et de glace même si par endroits la nature commençait à sortir de sa torpeur. De petites fleurs poussaient çà et là et j'entendais chanter des oiseaux. J'avais bien besoin de leur chant pour m'encourager ! Plus d'une fois j'eus l'occasion de me souvenir de ma tante Lucia qui ne supportait pas de monter sur une chaise ou sur un tabouret quand elle devait nettoyer le dessus de l'armoire ou des buffets. « Je ne suis pas une chèvre », se lamentait-elle. J'avais bien tort de me moquer. Elle avait raison, « la femme n'est pas une chèvre ! », l'homme non plus. Nous ne sommes pas nés pour nous tordre les chevilles sur des rochers en gravissant des pentes qui n'en finissent pas, nous écorcher les jambes au milieu des ronces et des broussailles, trébucher au risque de nous fracasser la cervelle sur une branche basse. Plus que tout, je craignais qu'une glissade ne me jette dans un précipice. Au milieu des arbres, je me sentais désarmé au cœur d'une troupe ennemie.

À Nuremberg, je fus logé chez un vieux marchand de draps, l'honorable Martin Hengel et sa femme Magdalena qui me fit manger le meilleur gâteau aux pommes de ma vie et me laissa dormir dans la chambre de leur fille Lisbeth dont ils étaient sans nouvelles depuis deux ans. Mme Hengel avait constamment envie de pleurer. C'était une petite femme brune, avec de grands yeux et une bouche finement dessinée. Cela se voyait qu'elle était malade. Elle se sentait toujours nerveuse, souffrait du froid comme du chaud. Torturée par l'anxiété et le chagrin, elle tricotait des napperons au crochet. Des napperons, encore des napperons, dont le cercle infernal était celui de sa vie.

— Nous ne savons rien de Lisbeth. Est-elle vivante ? Est-elle morte ? A-t-elle été vendue aux Turcs comme esclave ?

Rien ne l'apaisait. Chaque question était pour elle une nouvelle blessure qui la conduisait au seuil de la folie. À tout prendre elle aurait préféré avoir la tête brisée par une pierre. Mme Hengel, accablée d'une terrible impuissance, délirait. Elle parlait seule, ou à sa fille qu'elle voyait parmi les ombres, dans le reflet d'une vitre, sur le dos d'une poêle.

Martin Hengel me confia à un convoi de commerçants dont les chariots, encadrés par des hommes d'armes, remontaient la *Via Imperii* jusqu'à Leipzig.

— Adieu, mon fils, que Dieu te garde !

Il me pleurait comme son enfant.

À Leipzig, un peu avant d'arriver à Wittemberg, je traversai une immense forêt où les arbres formaient un rempart compact, presque noir, alors qu'au-delà, le ciel était d'un blanc livide. Entre les troncs comme derrière un rang de soldats en sentinelle, j'eus la peur de ma vie en voyant passer une horde de loups à une centaine de mètres de moi. Toutes les bêtes m'ignorèrent sauf une, qui s'arrêta soudain et me fixa de son regard jaune. La bête me jaugeait. Quelles étaient ma force, mon énergie ? Je fis glisser ma main dans ma besace. J'en sortis un calame pour me servir de poignard même si c'était une pauvre arme face au danger qui me menaçait. Ce loup m'attaquait, je n'avais rien d'autre pour défendre ma vie. Une goutte de sueur coula dans mon dos. Je sentais mon cœur battre, je respirais mal, je n'étais pas prêt à affronter la mort. Je bredouillais les premiers mots qui me vinrent à l'esprit, sans comprendre pourquoi ceux-là plutôt que d'autres : « *Dies irae dies illa, solvet saeclum in favilla...* » Le loup me trouva-t-il trop maigre ? Trop jeune ? Trop sale ? Il se détourna aussi soudainement qu'il s'était arrêté et rejoignit sa horde en trottinant. Je tombai à genoux, remerciant Dieu de m'avoir épargné, et je restai ainsi un long moment, sans bouger, de peur que les loups reviennent et aient raison de moi.

Tout cela, je le notais au jour le jour sur mon carnet, à côté des croquis à la mine de plomb que je faisais chaque fois que je m'arrêtais pour manger ou pour observer les animaux et les paysages, comme le recommandait Léonard. J'ouvrais l'œil ! Je fis aussi plusieurs portraits qui me servirent à payer ceux qui m'hébergèrent et me nourrirent. Je ne voulais pas perdre la main. Une fois accomplie la mission que le pape m'avait confiée, je retournerais auprès de mon maître et, un jour, je m'établirais dans mon propre atelier.

Wittemberg

Je mis longtemps pour arriver sur les bords de l'Elbe, à Wittemberg, où Tetzel était annoncé pour prêcher l'indulgence à la veille de la Toussaint. De loin, la ville me parut laide, petite, basse, composée de maisonnettes en bois. On aurait dit un vieux village plutôt que la capitale de la province de Saxe.

C'était jour de grand marché.

Wittemberg grouillait de paysans et de paysannes affairés devant leurs étals. On vendait de tout, des légumes en tas, du porc découpé en cent morceaux, du tissu ordinaire, du lin, des soieries, des colifichets, des livres de piété, des médecines capables de guérir tous les maux, y compris les plus honteux. Les commerçants vantaient leurs produits à grands cris, on discutait ferme, on s'apostrophait, on se disputait, on riait en goûtant du vin au tonneau quitte à en laisser couler par terre. Des chiens aboyaient, courant partout ; des enfants braillaient comme des damnés en se poursuivant et beuglaient comme des veaux à la moindre écorchure. Trois filles se tenant par le bras chantaient à tue-tête une chanson grivoise pour attirer les clients, sans pudeur un homme posa culotte au pied d'un arbre, deux matrones se tirèrent les cheveux et se distribuèrent des claques à propos d'une pièce de drap qu'elles convoitaient l'une et l'autre. Cris, jurons, exclamations, après tant de jours sans compagnie humaine, j'étais un naufragé au milieu d'un océan de visages et de corps, de voix, d'odeurs, quand je vis un long cortège qui se dirigeait vers le centre de la ville, musique en tête. Précédé de quatre sonneurs, un dominicain cheminait, portant un coussin écarlate brodé d'or sur lequel était posé un parchemin (j'apprendrais plus tard que c'était la bulle du pape autorisant la vente d'indulgences). Je reconnus Tetzel à son habit, le même que portait le frère Girolamo dont j'avais suivi les cours. Derrière lui venaient les prêtres, les moines, des magistrats, des maîtres d'école et leurs élèves, des hommes et des femmes du peuple qui tenaient de grands cierges allumés, des étendards déployés, des drapeaux qui claquaient au vent. Toutes les cloches se mirent à sonner à la volée.

D'un geste de la main, Tetzel fit stopper le cortège et s'adressa à la foule d'une voix tonitruante :

— Heureux ceux qui m'écoutent ! Je vous apporte les passeports pour mener votre âme au paradis ! Pour passer à travers la vallée de larmes et l'océan déchaîné du purgatoire et atteindre enfin la patrie heureuse !

— Amen ! clama la foule avec ferveur.

Quand la procession repartit, je me mêlai à eux.

Vente

Une estrade avait été installée sur la Grand-Place devant une immense bannière frappée d'une croix rouge. Malgré sa corpulence, Tetzel y grimpa agilement tandis que quatre nonnes chantaient des invocations derrière un rideau de fumée d'encens.

Esprit saint, comblez nos vœux
Embrasez nos âmes
Des plus vives flammes
Embrasez nos âmes
De vos plus doux feux

Une fois sur l'estrade, tenant la bulle du pape à la main, Tetzel prit la parole d'une voix véhémente.

— Les indulgences sont le don le plus précieux et le plus sublime de Dieu, proclama-t-il, apostrophant la foule qui se massait devant lui. Tous les mérites acquis par les souffrances du Christ y sont contenus ! L'absolution délivre de l'enfer, les indulgences du purgatoire.

Il tendit le bras vers la croix rouge derrière lui.

— Cette croix a autant d'efficacité que celle de Jésus-Christ. Venez, et même les péchés que vous pourriez commettre à l'avenir vous seront pardonnés. L'indulgence, munie du sceau du pape, vous les remettra, aussi grands soient-ils !

Il se tut un instant pour ménager son effet avant de déclarer :

— Si quelqu'un a fait violence à la Sainte Vierge, Marie, mère de Dieu, qu'il paye bien et il sera pardonné.

La foule gronda d'un « oh ! » de stupéfaction. Un gros marchand l'interpella.

— Et combien coûtent-elles, vos indulgences ?

Un des deux assesseurs qui secondaient Tetzel se leva pour détailler le tarif.

— Le parjure coûte six gros, comme la sodomie, annonça-t-il. La même amende est imposée au faux témoin dans un procès criminel ; le prêtre qui vole son église paye sept gros ; celui qui célèbre le culte dans une ville frappée d'interdit, en paye neuf, et avec sept gros on peut se dispenser des jeûnes pendant le carême et les autres jours durant lesquels l'usage de la viande est défendu. Pour le mariage contracté dans un degré de parenté prohibé, il y a des dispenses variant selon le degré. L'inceste coûte neuf gros. Le laïc qui tue un prêtre ou un moine d'un grade inférieur à celui d'évêque peut se racheter pour sept ou neuf gros ; mais le laïc qui assassine un autre laïc ne doit payer que cinq gros. Celui qui tue son père, sa mère, son frère, sa sœur, sa femme paye de cinq à sept gros. La dispense accompagnée de l'absolution coûte à un prêtre assassin seize à dix-neuf gros ; l'absolution et la dispense pour le vol, l'incendie, la rapine et le meurtre entre laïcs, valent huit gros ; les brigands et les incendiaires ne payent que six gros. Un homme abandonné de sa femme et qui, ayant reçu la fausse nouvelle de sa mort, aurait contracté un second mariage, est maintenu dans ses nouvelles noces moyennant dix gros. Le moine qui, sans permission, est sorti de son couvent, sept à neuf gros ; enfin, l'absolution pour le religieux excommunié coûte neuf gros, celle du prêtre dix…

Tetzel renchérit :

— Sachez que les indulgences ne sauvent pas seulement les vivants, elles sauvent aussi les morts. Prêtre ! Noble ! Marchand ! Époux ! Femme ! Jeune fille ! Jeune homme ! Entendez vos parents et vos proches qui sont morts et qui vous crient du fond de l'abîme : « Nous endurons un horrible martyre ! Une petite aumône nous délivrerait. » À l'instant même où l'obole retentit au fond du coffre-fort, l'âme part du purgatoire et s'envole délivrée dans le ciel ! De combien d'argent pouvez-vous, en conscience, vous priver pour obtenir une si parfaite rémission ? Ô gens imbéciles presque semblables aux bêtes, comprenez qu'avec douze gros vous pouvez tirer votre père du purgatoire ! Êtes-vous assez ingrats pour ne pas le sauver ? Voulez-vous être punis sévèrement, pour avoir négligé un si grand salut ? Le Seigneur notre

Dieu a remis tout pouvoir au pape et le pape m'a donné pleins pouvoirs.

Le marchand qui avait interpellé Tetzel prit la foule à témoin :

— Tout est à vendre à Rome, même Dieu !

— À sa dernière heure le pape ne pourra même pas prendre les sacrements, il les aura vendus !

— Il croit que le Ciel lui appartient !

— C'est indigne, grogna le moine qui se tenait près de moi.

Tetzel entendit des murmures de contestation de notre côté. Il nous tourna le dos et haussa le ton pour les balayer d'un cri. Sa voix gronda contre les ergoteurs et les traîtres qui s'opposaient à l'œuvre de Dieu.

— Je les déclare excommuniés ! s'écria-t-il avec un grand geste théâtral. Ceux qui ne veulent pas donner montrent qu'ils n'ont aucune pitié pour les âmes souffrantes ; qu'ils sont eux-mêmes noyés dans le péché ; ceux qui sont mariés déclareront par là qu'ils sont adultères ; ceux qui ne le sont pas se révéleront comme gens de mauvaise vie, des bâtards ou des juifs !

Puis il se pencha vers la foule qui l'écoutait bouche bée.

— Bienheureux ceux qui voient ce que vous voyez, car je vous le dis : plusieurs prophètes et plusieurs rois ont désiré voir les choses que vous voyez, et ils ne les ont pas vues ! Ils espéraient entendre les choses que vous entendez, et ils ne les ont point entendues !

Il montra le tronc en forme de tambour où il récoltait l'argent sous la surveillance d'un fondé de pouvoir de Fugger.

— Chrétiens, tonna-t-il, priez pour notre pauvre pape Léon X, à Rome, où il n'a pas de quoi mettre à l'abri de la pluie les corps de saint Pierre et de saint Paul et d'une multitude de martyrs qui sont, hélas, continuellement battus, inondés, souillés, déshonorés, réduits en pourriture par le gel et la grêle.

Et, d'un ton pathétique, il lança son appel, gesticulant comme s'il brûlait au bûcher :

— Apportez ! Apportez ! Apportez !

Beaucoup se bousculèrent pour acheter des indulgences et remplir le coffre en faisant sonner l'argent le plus fort possible. À peine avait-il fait sonner sa pièce d'argent dans le tronc, qu'un homme – un comparse ? – se tourna en larmes vers la foule.

— Oh ! Mon Dieu ! beugla-t-il, je sens l'âme de mon père monter aux Cieux ! Alléluia !

— Gloire à Dieu ! clama un autre.

— Mon âme ! Que mon âme soit purifiée ! gémit un troisième.

Le moine serra les poings, il s'apprêtait à intervenir quand il remarqua le rapide portrait que j'avais fait de lui.

— Fais voir, m'ordonna-t-il.

Je lui tendis mon carnet.

— Tu es doué, dit-il, visiblement pas mécontent de mon travail. Qui es-tu ?

— Je m'appelle Luca Ponti, je suis un élève de maître Raphaël, à Rome.

Le moine me dévisagea d'un air sévère.

— Que viens-tu faire ici ?

J'eus la présence d'esprit de répondre :

— Voir le monde…

Il feuilleta mes pages, s'arrêtant longuement sur l'image d'un corbeau perché sur la branche basse d'un arbre mort que j'avais dessiné en sortant de la forêt près de Leipzig.

— Un peintre, ajoutais-je, doit apprendre à regarder, à observer la nature, les êtres et les animaux.

— Tu viens d'arriver ?

— Oui, c'est mon premier jour ici.

Quand il me rendit mon carnet, je lui offris de conserver son portrait.

— Si vous m'indiquez où je peux manger et dormir, je vous le donne.

— Suis-moi.

— Dites-moi votre nom que je l'inscrive en dessous…

— Martin Luther.

Monastère

Ce frère mendiant de l'ordre des ermites de Saint-Augustin, tel qu'il se présenta, m'impressionnait. Maigre, bien proportionné, le visage ascétique, des yeux bruns, perçants, il se tenait droit, la tête haute, avec une sorte de raideur fiévreuse, une exaltation qu'il tentait de maîtriser. Luther me faisait penser à ces religieux qui se retirent au désert et ne vivent que d'herbes amères et de sauterelles. Il maudissait Tetzel et ses indulgences.

— La pauvreté est si grande ici que c'est facile de leur faire avaler n'importe quoi ! m'expliqua-t-il en quittant la place. Ceux qui écoutent Tetzel sont des ânes, un troupeau de pourceaux, grossiers, sans culture ni désir d'en acquérir. Et leur paresse est plus grande encore. Ils préfèrent mendier que travailler. Un pas de plus et ils choisiront la barbarie !

Je lui emboîtai le pas.

— Pourquoi Dieu fait-il tant de choses que nous ne pouvons expliquer ?

— Ah, dit le frère Martin, en voilà une question ! Si nous ne savons pas, si nous ne comprenons pas ce que Dieu fait, ce n'est pas par manque de capacité de notre part mais parce que Dieu ne veut pas que nous connaissions ses intentions.

— *È furbo ?*

— Dieu n'est pas fourbe, malheureux ! s'indigna Luther, oubliant qu'en italien *furbo* veut dire « rusé »... Souviens-toi de ce qu'il dit à saint Pierre : « Ce que je fais, tu ne le sais point mais tu l'apprendras après », c'est dans l'Évangile de saint Jean.

— Après ? Mais quand ?

— Nous devons attendre avec confiance. Bien que nous ayons connu des malheurs et des angoisses, un jour nous reconnaîtrons combien l'amour de Dieu agit en bien envers nous.

— Attendre ? Toujours attendre ! Ne craignez-vous pas qu'à force d'attendre, beaucoup finissent par s'insurger contre l'Église au nom du Christ qui leur a donné la liberté ?

— La liberté est une servitude que le commun ne peut supporter. Donne la liberté à une foule de lâches et de misérables, et ils se dévoreront entre eux.

— La parole du Christ est donc vaine ?

— Le Christ, sans l'Église, n'est rien, me tança Luther.

— Le Christ annonçait le Royaume, pas l'Église !

Luther s'arrêta net. Il se méfiait de moi.

— Tu es bien impertinent pour un novice.
— J'ai étudié la théologie chez les dominicains.
— N'as-tu donc rien appris ?
— Si, mais pas ça.
Il s'irrita.
— Quoi alors ?
— Que celui qui cesse de s'interroger se prive de Dieu. Que « la manne » et « la question » sont le même mot en hébreu...
Luther laissa échapper un petit cri d'étonnement. Il n'en revenait pas qu'à mon âge j'ose parler comme un savant.
— D'où tiens-tu cela ?
— De mon maître chez les dominicains. Le père Girolamo mettait l'interrogation sur les textes au-dessus de tout.
— Même de la prière ?
— Oui, de tout. De la prière, de la confession, du rite...
— Le doute est une maladie mortelle.
— Je ne crois pas, frère Martin. Qui ne doute pas ne croit pas vraiment. « Qu'est-ce que la vérité ? », s'interrogeait saint Jean.
Luther se tut un instant.
— Tu es doué pour l'exégèse ? me demanda-t-il, comme s'il me soupçonnait d'hérésie.
— Je suis doué pour la peinture.
Il s'étonna.
— Tu ne veux pas entrer dans les ordres ?
— Je n'ai pas vocation.
— Tu n'as pas entendu l'appel ?
— Non, répondis-je fermement. Je veux être peintre, rien d'autre.

Luther hocha gravement la tête. Cela le soulageait. Il préférait me savoir plus occupé par le dessin que par la critique des textes sacrés.

— Un de mes amis est peintre, reprit-il d'une voix adoucie. Peut-être son nom est-il parvenu jusqu'à Rome. Il s'appelle Cranach, Lucas Cranach ? Tu le connais ?

— Désolé, non, son nom ne me dit rien.

Je me risquai à lui demander de me le faire rencontrer.

— J'ai tant à apprendre…

— Si tu veux, répondit Luther, s'amusant de mon audace. Nous habitons dans la même rue.

Il prit une grande inspiration.

— C'est le peintre officiel de la cour. Un grand artiste et mon ami le plus cher.

Cranach

Luther me conduisit tout droit dans l'atelier de Cranach, une grande pièce attenante à la somptueuse maison qu'il occupait avec sa famille. Des apprentis pilaient les pigments, préparaient les fonds mais je ne vis pas de jeunes artistes déjà maîtres de leur art comme il y en avait à Rome auprès de Raphaël. Cranach accueillit Luther à bras ouverts, l'embrassa et lui tapa dans le dos en guise de salut.

— Quel bon vent t'amène, mon frère ?

Luther me fit passer devant lui.

— Ce jeune homme nous vient de Rome, de l'atelier de ce Raphaël dont tu m'as parlé. Il veut voir le monde avant de le peindre. Je pensais l'installer au monastère mais je crois qu'il serait mieux auprès de toi…

— Comment t'appelles-tu ?

— Luca Ponti.

Cranach s'esclaffa.

— Je m'appelle aussi Lucas ! Comme mon fils aîné…

— Tous les Lucas sont bénis, glissai-je en lui souriant. Saint Luc lui-même dessinait la Vierge…

— Tu es bien savant pour un novice ! me félicita-t-il.

Mais Cranach ne s'intéressait pas aux lettres, il voulait savoir.

— Tu veux donc peindre ?

— Oui, maître.

— Tu as quelque chose à me montrer ?

Je lui tendis mon carnet de croquis. Il tourna les pages en hochant la tête avec de petits grognements satisfaits devant le portrait de Luther.

— Tu as quel âge ?

— Dix-huit ans…

Il s'adressa au frère Martin en lui montrant mon carnet.

— Il a déjà du métier…

— Il a du savoir aussi, renchérit Luther, toujours soupçonneux à mon égard.

Cranach caressa sa barbe. Son grand visage avait une expression de joviale cordialité.

— Travaillerais-tu un temps dans mon atelier ?

— Si je peux être utile…

— Tu es le bienvenu. Nourri, logé, ça te convient ?

J'acceptai avec reconnaissance.

— C'est la sainte Providence qui m'a guidé jusqu'à vous.

— Non ! corrigea-t-il, c'est Luther.

Je faillis ajouter « c'est un peu la même chose, non ? », mais j'eus la présence d'esprit de me taire.

Indulgences

La cloche sonnait midi.

— Tu as faim ? me demanda Luther.

J'avouai ne pas avoir mangé chaud depuis longtemps.

— Tu partageras le repas des moines.

Il m'invita à l'accompagner jusqu'au couvent des augustins où il logeait et travaillait à ses nombreux écrits. Il me raconta qu'un an plus tôt, pendant la peste, il avait refusé de quitter Wittemberg alors que tout le monde le pressait de le faire.

— Je ne voulais pas fuir comme les autres. Bien sûr, je craignais la mort, mais je savais que le monde ne s'écroulerait pas si je venais à m'effondrer.

Il soupira.

— J'avais été placé ici par la Providence et je savais que, si j'étais fidèle aux vœux que j'avais prononcés, le Christ ne m'abandonnerait pas.

Luther m'indiqua le réfectoire.

— Tu diras au frère Johan que c'est moi qui t'envoie.

— Vous ne venez pas ?

— Je ne pourrais rien avaler aujourd'hui.

— Vous êtes malade ?

— Ces indulgences sont diaboliques ! Elles me brûlent les boyaux et me gâtent la bouche ! Je préfère jeûner.

Le gros marchand qui était à côté de nous pendant le prêche de Tetzel nous héla en courant.

— Frère Martin ! Frère Martin !

Nous nous retournâmes, entendant sa galopade.

— Frère Martin, j'ai acheté une indulgence pour toi, dit-il, soufflant comme une bête.

Luther s'emporta.

— Va au diable ! Je ne veux pas de ce torchon impie !

L'homme tendit le papier à Luther.

— Je l'ai prise pour que vous la lisiez…

Il était écrit : « *Que Notre Seigneur Jésus-Christ ait pitié de toi, et t'absolve par les mérites de Sa très sainte Passion ! Et moi, en vertu de la puissance apostolique qui m'a été confiée, je t'absous de toutes les censures ecclésiastiques, jugements et peines que tu as pu mériter ; de plus, de tous tes excès, péchés et crimes que tu as pu commettre, quels que grands et énormes qu'ils puissent être et pour quelle que cause que ce soit, fussent-ils même réservés à notre très Saint-Père le pape et au siège apostolique. J'efface toutes les taches sur ton âme et les infamies dont on pourrait t'accuser. Je te remets les peines que tu aurais dû endurer dans le purgatoire. Je te rends aux sacrements de l'Église. Je t'incorpore derechef dans la communion des saints, et je te rétablis dans l'innocence et la pureté qui étaient les tiennes à l'heure de ton baptême.* »

— J'arrête là, ragea Luther. Ça suffit ! Je ne veux pas lire ces cochonneries juste bonnes à se torcher. C'est encore pire que je croyais et c'est signé de la propre main de Tetzel. Quelle impudence !

Luther rendit l'indulgence au marchand sans même le remercier et repartit en hâte, mais il se ravisa, revint sur ses pas, saisit le papier des mains du marchand, l'arracha presque.

— Je vais répondre !

Il allongea aussitôt le pas, parlant haut, comme aiguillonné.

— Ce maudit Tetzel fourre des idées criminelles dans la tête des pauvres, des simples. Dans sa crédulité, le peuple prend ses imaginations pour une parole de vérité, dit-il d'un seul souffle. Il leur fait accroire qu'il suffit de payer d'argent pour que leurs âmes pécheresses soient tirées du purgatoire. Quelle stupidité ! Quelle escroquerie ! Qui peut admettre des choses pareilles ? Les indulgences sont devenues l'instrument de la cupidité !

— Vous avez entendu : il proclame que l'indulgence est si puissante qu'elle peut sauver celui qui aurait violé la sainte mère de notre Sauveur…

— C'est une monstruosité, tempêta Luther. Une flatulence satanique ! Je vais écrire sans délai contre cette affirmation scandaleuse, impie, hérétique, qui ne peut être inspirée que par le diable !

— Surtout par le cardinal Armellino.

— Par qui ?

— Par le camerlingue du pape, l'homme qui veut tout taxer à Rome et s'occupe des finances du Saint-Père en rançonnant la ville.

— Comment sais-tu ça ?

— Tout le monde le sait à Rome ! On répète qu'Armellino est le plus grand brigand de la papauté. Plus grand même que Borgia !

Plus tard, je trouvai Luther dans sa cellule, penché sur sa table, écrivant fiévreusement.

— Ah ! Dieu ! Délivre-moi de cette masse de ténèbres !

Le plus discrètement possible, je déposai près de lui une écuelle de gruau, une grosse tranche de pain, le talon d'un jambon et un oignon, puis je me retirai sans le déranger. Il ne leva pas les yeux sur moi, marmonnant « abomination ! abomination ! » tout en écrivant. J'eus tout juste le temps de lire la première ligne avant de sortir : « *En disant "Faites pénitence", notre maître et seigneur Jésus-Christ a voulu que la vie entière des fidèles fût une pénitence.* » Il écrivait en latin mais j'avais toujours été doué pour comprendre cette langue.

Sfumato

Je revins chez Cranach, marchant contre un vent vif qui s'engouffrait dans la rue, comme s'il voulait balayer d'un souffle les mauvaises pensées et les blasphèmes qui y circulaient. Comment Tetzel pouvait-il prétendre qu'une indulgence avait le pouvoir d'absoudre un homme qui aurait violé la Vierge ? Comment même pouvait-il imaginer un pareil crime ? Tetzel n'était qu'un misérable qui tirait ses idées des pires païens et des juifs. Je me souvenais que le père Girolamo nous avait enseigné qu'ils calomniaient la Vierge, prétendant qu'elle aurait été abusée par un soldat romain. Jésus serait né de père inconnu, un bâtard désigné comme « fils de Marie » dans l'Évangile de saint Marc, c'est-à-dire « fils d'une prostituée » ! Je m'étais bien gardé de répéter ce cours à Luther. Il avait fort à faire avec les indulgences. Ce n'était ni le moment ni le lieu pour entamer une discussion sur la Vierge.

Je retrouvai Cranach alors qu'il peaufinait le portrait d'une jeune fille à qui je trouvai un air maladif.

— Qui est-ce ? demandais-je, m'abstenant d'en faire la remarque.

Il soupira avec un geste de découragement.

— La princesse de Saxe.

Puis il me fit signe de le suivre et me conduisit jusqu'au réduit où il entreposait son matériel, ses panneaux et ses toiles.

— Tu pourras laisser tes affaires et dormir là, dit-il en me montrant le grabat installé dans un coin. Ça te va ?

— Merci maître, c'est très bien.

Nous repartîmes vers le portrait qu'il était en train d'achever.

— Frère Martin avait l'air bien énervé...

— La vente des indulgences lui ruine l'appétit et lui échauffe la bile. Pour lui, c'est une hérésie qu'il doit condamner sans attendre.

— Ce Tetzel est un chien, Martin a bien raison de le bastonner ! déclara Cranach. Si j'avais su écrire comme lui, je n'aurais jamais peint.

— Frère Martin sait écrire mais il n'a pas votre talent.

— Tu as raison, approuva Cranach sans fausse modestie, mais une lassitude me vient parfois devant la toile.

— Pardonnez-moi, mais je ne vous crois pas.

Cranach sourit.

— Parle-moi de Raphaël, dit-il en caressant sa barbe. Sa renommée est parvenue jusqu'ici.

— Maître Raphaël est, avec Michel-Ange et Léonard, un des trois plus grands artistes d'Italie.

Je faillis ajouter « c'est-à-dire du monde », mais je me retins juste à temps.

— C'est ce qu'affirme Dürer, grommela Cranach.

— Vous connaissez Dürer ? Mon maître conserve une gravure de lui dans sa collection de dessins.

— Je l'ai rencontré ici, à Wittemberg, raconta Cranach sans que cela semble évoquer un agréable souvenir pour lui. Un homme très sûr de lui, aussi arrogant que talentueux. Il était venu saluer notre seigneur Frédéric pour qu'il lui accorde sa protection.

— Je sais qu'il a fait aussi le voyage en Italie. Je crois qu'il voulait voir Léonard mais je ne pense pas qu'il y soit parvenu.

Et, après un silence, j'ajoutai avec tristesse :

— Maintenant, Léonard est en France...

— Il est prisonnier ?

— Non, le roi François l'a invité à sa cour.

— Tu es sûr ?

— C'est ma tante qui est au service du cardinal Armellino, le camerlingue de notre pape, qui me l'a dit.

Je m'empressai de changer de sujet. Je ne souhaitais pas qu'il m'interroge sur ma connaissance du pape, des cardinaux, la vie de l'Église de Rome...

— Vous n'avez jamais songé à venir en Italie ?

— Oh ! Si, bien des fois...

Cranach regrettait de n'avoir jamais voyagé.

— Martin y est allé dans sa jeunesse mais ça ne lui a pas beaucoup plu. Je l'entends encore jurer qu'il ne voudrait pas « même pour cent mille florins » retourner à Rome ! Alors que moi, j'aurais donné le double pour faire le voyage à sa place. J'aurais aimé voir ce que les Italiens peignent, comment ils s'y prennent pour saisir la beauté de façon si extraordinaire ! Lui n'y a vu que la corruption de la curie, l'impudicité, le faste, la querelle des ambitions, les sacrilèges. Tant de péchés qu'il se croyait en enfer.

Et comme s'il voulait oublier tout cela, Cranach revint à ce qui le préoccupait vraiment.

— J'ai entendu dire que ton maître Raphaël dirigeait un grand atelier ?

— Le plus grand de Rome et de toute l'Italie.

— Vous êtes combien ?

— Souvent, près d'une cinquantaine.

Cranach ne put masquer son incrédulité. Il s'étrangla.

— Cinquante ?

— Oui, il y a les apprentis employés aux travaux de préparation et de finition des peintures et des fresques, des jeunes artistes confirmés comme Guilio Romano qui est à peine plus vieux que moi ou des maîtres plus âgés comme Gian Francesco Penni qui vient de Florence, Giovanni da Udine qui est chargé du stuc et des grotesques, Vincenzo Tamagni, Guillaume de Marcillat, Patrizio di Lione qui peint les paysages, Fraggi le Grec dont l'art du portrait est immense.

— Vous travaillez tous pour Raphaël ?

— Oui, tous.

— Cinquante ! répéta Cranach qui n'en revenait toujours pas.

— C'est une grande organisation. Chacun de nous a une tâche bien précise. Mon maître se réserve les figures et les mains. Plus tard, bien malin sera celui qui saura distinguer ce qui vient de lui ou de nous…

— C'est plus qu'une organisation, c'est une entreprise !

Il y avait un soupçon d'envie dans sa voix.

— Et vous, maître Cranach, combien de personnes travaillent dans votre atelier ?

— Jamais plus de douze ! Alors que je ne sais où donner de la tête pour répondre à toutes les commandes.

— Vous n'avez pas d'enfants ?

— Mes fils sont trop petits.

Cranach se gratta la tête.

— Je veux que tu me détailles poste par poste comment fonctionne l'atelier de ton maître, tu comprends ?

— Me laisserez-vous peindre ? Pour Raphaël, j'ai…

— Nous verrons, coupa-t-il d'un ton sec. Pour l'instant, dis-toi que tu as le gîte et le couvert et le devoir de tout me raconter, sans rien omettre…

Cranach se retourna vers le portrait de la princesse de Saxe dont il n'était pas satisfait.

— Qu'est-ce que tu en penses ?

Je le flattai prudemment.

— Vous pouvez être fier de l'avoir fait…

Cranach n'était pas dupe de ma réserve.

— Que peut avoir Raphaël que nous n'avons pas ? Que je n'ai pas ? me demanda-t-il en retouchant un pli de la robe de son modèle.

J'avançai, mesurant mes paroles, presque à voix basse :

— Le *sfumato*, une légèreté, une douceur qui efface toute séparation entre les choses et les êtres. Une incroyable douceur portée par la force d'un dessin tout aussi incroyable qu'invisible. Il faut que le corps et la nature soient dans la même enveloppe mais saisis dans un moment de transition comme la nuit succède au jour…

— Décris-moi une toile, que je comprenne.

Je ne fus pas long à m'exécuter.

— Par exemple, mon maître Raphaël a peint une sainte Cécile en extase, dis-je sans mentionner qu'elle était entourée de sainte Madeleine dont je n'aimais pas le portrait, de saint Paul, de saint Augustin et de saint Jean à qui Raphaël s'était plu à donner mon visage.

J'expliquai :

— C'est une sainte qui voit Dieu en face, mais l'Éternel n'apparaît pas dans l'image. Il n'y a qu'elle, gonflée de foi et d'amour pour Notre Seigneur. C'est tout intérieur. Le petit orgue qu'elle tient à la main ne résonne d'aucune musique, c'est son âme qui chante... C'est une sainte mais c'est une femme de chair et de sang, avec sa vie, ses doutes, ses espoirs. On n'a pas envie de s'agenouiller devant elle comme devant une idole mais plutôt de la serrer dans ses bras pour partager sa chaleur, sentir son parfum, éprouver son exaltation... Dieu vit en elle, il glisse ainsi doucement en nous et c'est si fort qu'il n'est pas nécessaire de le figurer.

Affichage

En ville, un grand nombre de pèlerins se pressaient pour célébrer l'anniversaire de la construction du château. En fin d'après-midi, frère Martin vint clouer sur les portes de la chapelle un long texte, puis, l'air furieux, il partit sans se retourner. Il y eut un attroupement. Tous voulaient savoir ce que le frère Martin avait écrit mais personne n'y comprenait rien, c'était en latin. Poussé par les autres, Peter, un étudiant, s'avança pour traduire.

— « *Par amour pour la vérité et dans le but de la préciser, les thèses suivantes seront soutenues à Wittemberg, sous la présidence du révérend Martin Luther, ermite augustin, maître des arts, docteur et lecteur de la sainte théologie. Celui-ci prie ceux qui, étant absents, ne pourraient discuter avec lui, de bien vouloir le faire par lettres. Au nom de Notre Seigneur Jésus-Christ. Amen.* »

Peter ânonnait, son latin laissait à désirer. Je pris sa place.

— Laisse-moi donc…

Quand je lus les thèses 5 et 6, elles provoquèrent des murmures dans l'assemblée :

— « *Le pape ne veut et ne peut remettre d'autres peines que celles qu'il a imposées lui-même de sa propre autorité ou par l'autorité des canons.*

« *Le pape ne peut remettre aucune peine autrement qu'en déclarant et en confirmant que Dieu l'a remise ; à moins qu'il ne s'agisse des cas à lui réservés. Celui qui méprise son pouvoir dans ces cas particuliers reste dans son péché.* »

Les murmures devinrent grognements. Je lus :

— « *Ils prêchent des choses qui ne sont pas chrétiennes, ceux qui enseignent que la contrition n'est pas nécessaire aux personnes qui veulent racheter des âmes ou acquérir des billets de confession. N'importe quel chrétien vraiment repentant a pleine rémission de la peine et de la faute ; elle lui est due même sans lettres d'indulgence. N'importe quel vrai chrétien, qu'il soit vivant ou mort, participe à tous les biens du Christ et de l'Église : cette participation lui est donnée par Dieu, même sans lettres d'indulgence.* »

Luther écrivait aussi : « *De même que le pape fulmine justement contre ceux qui manigancent de quelque façon des entreprises pour frauder dans le négoce des indulgences. Il entend bien plus encore fulminer contre ceux qui, sous le prétexte des indulgences, manigancent pour frauder en matière de sainte charité et vérité. Penser que les indulgences du pape sont si puissantes qu'elles pourraient faire absoudre un homme, même si, par impossible, il avait violé la Mère de Dieu ! C'est déraisonner.* »

Il y eut des cris et des menaces, les uns le tenant pour un démon, les autres pour un saint prêchant le véritable Évangile. Le calme revint, je repris ma traduction :

— « *Nous affirmons au contraire que les indulgences du pape ne peuvent effacer le moindre péché véniel, en ce qui concerne la coulpe. De même : pourquoi le pape, dont les richesses sont aujourd'hui plus grosses que celles des Crassus les plus opulents, ne construit-il pas la basilique Saint-Pierre avec ses propres deniers plutôt qu'avec ceux des pauvres fidèles ?* »

Imprimerie

Par une chaude matinée ensoleillée, avec Peter et deux autres étudiants, Johan et Marcus, nous entrâmes dans l'imprimerie de Cranach.

— Qui a traduit ça ? demanda Harald Bergmann, le maître imprimeur, en regardant le texte que je venais de lui donner à lire.

— C'est moi…

— Et vous voulez que je l'imprime ?

— Oui. C'est maître Cranach qui nous envoie.

— Pourquoi est-ce si urgent ?

— Maître Cranach partage les vues de son ami Luther, il a hâte que son texte circule…

Maître Bergmann sembla très embarrassé. La requête était inhabituelle, d'ordinaire son patron le convoquait ou venait lui-même commander le travail. Est-ce que ces étudiants lui mentaient ou maître Cranach avait-il vraiment demandé qu'il imprime Luther sans délai ? Il prit le temps d'étudier les thèses jusqu'aux dernières. Il lisait en retenant son souffle comme s'il risquait de tomber d'un pont ou d'une falaise. « *Il faut exhorter les chrétiens à s'appliquer à suivre le Christ, leur chef, à travers les peines, la mort et l'enfer. Et à entrer au Ciel par beaucoup de tribulations plutôt que de se reposer sur la sécurité d'une fausse paix.* »

— Qu'est-ce que vous voulez en faire ?

Peter répondit sans hésiter :

— Comme votre maître, nous voulons faire lire Luther, le faire entendre. Il faut que le monde sache ce que Rome prostitue. Nous en voulons cent exemplaires.

L'imprimeur sursauta.

— Cent ?

La famille de Peter était riche.

— Nous avons de quoi payer, dit-il en lui tendant une bourse.

Bergmann la soupesa en nous dévisageant : nous étions jeunes, sûrs de nous, arrogants. Il voyait un grand danger planer au-dessus de nos têtes.

— Luther est protégé par son statut de professeur mais pas vous, dit-il en nous invitant à la prudence. Ce brûlot est capable d'allumer un bûcher sous vos pieds…

Peter le toisa.

— Qu'avons-nous à craindre ? fanfaronna-t-il. Luther parle au nom du Seigneur et pour l'Église ! Mon oncle Karlstadt, le chancelier de l'université, a dit ce qu'il fallait dire : ou Luther a raison, ou l'affaire retombera d'elle-même si elle n'est pas du désir de Dieu.

J'étais pris entre deux feux. D'un côté, le pape comptait sur moi pour surveiller la vente des indulgences, de l'autre, j'approuvais les critiques de Luther contre ce commerce qui me déplaisait autant qu'à lui. D'un côté, j'étais d'accord avec le Saint-Père : l'argent recueilli était indispensable pour financer les travaux de Saint-Pierre de Rome, de l'autre, je m'insurgeais contre l'usage de ces fonds alors que tant d'hommes, de femmes et d'enfants mouraient de froid et de misère. Qu'importaient la splendeur et la gloire de l'Église aux pauvres menacés de famine ? Que valaient les promesses d'un au-delà radieux quand chaque jour ici-bas était un enfer ?

À qui devais-je obéir ?

Au pape ou à ma conscience ?

Trois jours plus tard, j'avais choisi.

Je renonçais à poursuivre Tetzel qui venait de filer de Wittemberg pour Halle. Le pape m'en voudrait, mais tant pis. Je saurais me justifier. Après tout, qu'aurais-je pu lui apprendre de plus que ce que j'avais vu ici ? Tetzel était un extraordinaire bateleur et le tambour qui lui servait de tronc s'emplissait à la vitesse d'un seau qui déborde. Même s'il volait une partie de l'argent qu'il collectait, le reste suffirait au pape pour bâtir sa basilique. J'étais convaincu que l'écrit de Luther était plus important pour l'Église que les aboiements du vendeur d'indulgences.

Forêt

C'était un dimanche.

Nous avions nos cent exemplaires imprimés des thèses de Luther, prêts à être distribués. Avec Peter, Johan et Marcus, nous nous rendions à Halle – non pour pister Tetzel qui devait déjà en être parti –, mais pour consulter Thomas Müntzer, un prêtre auxiliaire dont la réputation de sa science des questions théologiques était parvenue à Wittemberg. Maître Bergmann, l'imprimeur, nous avait chaudement recommandé de ne rien tenter avant d'avoir pris son conseil.

— Ne risquez pas votre âme sans réfléchir !

Il avait plu mais le vent avait chassé les nuages. Dans le soleil vaporeux du matin, nous traversions un hameau à l'orée d'une forêt, quelques maisons faites de boue et de bois, aux toits pentus couverts de chaume. Tout semblait désert, plombé de silence. Autour, les champs gisaient, inemployés. Personne ne semblait les travailler jamais. Nous ne vîmes qu'une chèvre famélique attachée à un piquet, des enfants à moitié nus, crottés, livrés à eux-mêmes, d'une saleté repoussante, et une vieille femme aux sourcils touffus assise devant une porte où pendaient des queues de renard.

— C'est pour faire fuir les démons, m'expliqua Peter.

Cela me mettait très mal à l'aise. Qui étaient ces gens, pour vivre ainsi ?

— Des sauvages ? Des lépreux ? demandai-je.

— Des serfs, répondit Peter.

Je m'étonnai.

— Dans ces cabanes ?

— Ils n'ont rien d'autre. Rien ne leur appartient ici. Ni la terre, ni leur toit, ni les récoltes. Ni même leurs enfants. Ce sont des paysans esclaves de leur maître. Chaque année, ils doivent lui donner la plus grande partie de leur blé et vivre du peu qui reste dans leur champ.

Peter poussa un profond soupir.

— Ils sont corvéables à merci et doivent faire tout ce que leur seigneur commande.

— Ils ne peuvent pas refuser ?

— S'ils refusent ou n'obéissent pas assez vite, ils sont sévèrement punis. On les bat, on les étrangle, on les mutile…

Même à Rome – où les pauvres ne manquaient pas –, jamais je n'avais vu une telle noirceur.

— Ils n'ont pas d'église pour les secourir ?

— Il y en a une dans presque chaque hameau mais les curés sont aussi cupides et cruels que les seigneurs. Ils étouffent et tuent la justice divine. Mais Dieu qui sait toute chose sait quel est le besoin de ses fidèles.

— Qu'est-ce qu'il sait ?

— Il sait qu'il faut des hommes comme Luther qui aspirent à la vérité de l'esprit pour les sauver.

Nous entrions dans la forêt pour rejoindre Halle quand nous aperçûmes des paysans. Peter interpella un homme maigre au dos bosselé, tordu, vêtu d'un lin grossier, qui fouillait un taillis.

— Que cherches-tu là, bonhomme ?

L'homme, coiffé d'un chapeau brun, se moucha dans ses doigts.

— La femme de notre seigneur nous a commandé d'aller lui cueillir des jonquilles et de ramasser des coquilles d'escargots pour qu'elle se fasse des colliers avec ses dames, dit-il en se redressant tant bien que mal.

— Le jour du Seigneur ?

— Ils s'en moquent bien, déclara en s'approchant un homme à la barbe comme un buisson de ronces grises. Ils nous font moissonner par grand soleil et nous laissent travailler nos champs sous la pluie.

— Leurs chiens ruinent notre terre quand ils chassent ! ajouta le bossu.

— Il a raison ! Nous trimons à en crever, et notre seigneur se vautre dans la soie ! Il bouffe à s'en faire sauter la sous-ventrière et nous, nous n'avons que du gruau d'avoine à manger.

— Pour sûr ! Nous serions mieux à l'église ! s'exclama un maigre qui s'approcha. Mais nous n'avons pas le choix.

Le barbu goguenard renchérit :

— Le curé nous dit que Dieu nous a donné la terre. Je la sens bien sous mes pieds mais j'ai pas d'endroit où poser ma tête !

Il y eut des ricanements pour l'approuver. Peter nous consulta du regard.

— Vous connaissez maître Müntzer, qui officie en ville ? demanda-t-il en se tournant vers le premier paysan qui avait parlé.

— Bon Dieu, oui ! s'exclama l'homme au chapeau. Lui n'est pas comme les autres ! Il jure qu'il est de notre bord et qu'il le sera toujours. Il est furieux qu'on nous commande des corvées le dimanche !

Sa femme, sale à faire peur, s'en mêla.

— Maître Müntzer dit que Jésus n'est pas venu apporter la paix mais le glaive, et que nous devrions y réfléchir.

Je murmurai :

— C'est dans l'Évangile de saint Matthieu…

Peter tenait à avoir le dernier mot.

— Dans saint Luc, c'est plus fort : « Emparez-vous de mes ennemis, ceux qui n'ont pas voulu que je règne et égorgez-les en ma présence ! »

Halle

Nous trouvâmes Müntzer à l'arrière de sa cure, entouré d'un petit groupe de paysans révoltés par les impôts sur la farine et le vin qu'ils devaient payer à leurs maîtres.

— Les dîmes, les redevances, les impôts pèsent de façon insupportable sur nous tous ! disait un grand gaillard roux prêt à en découdre. Tout augmente et nous n'avons plus un liard.

— L'Église, les seigneurs ne nous accordent que la misère, renchérit son voisin. Ils nous interdisent leurs champs, leurs bois. Nous ne pouvons ni chasser ni pêcher et nous mourons de faim tandis qu'ils engraissent comme des porcs !

Un efflanqué prit la parole.

— Il n'est ni juste ni charitable que les paysans n'aient aucun droit sur le gibier des champs et des bois, les poissons des rivières.

— Les bois doivent redevenir des biens communaux comme jadis, aboya le plus vieux de la bande.

Müntzer rappela que, du temps de Jésus, lorsque saint Paul enseignait, il n'y avait pas de serfs.

— Tous les hommes sont rachetés par le sang du Christ et sont égaux aux yeux du Rédempteur. La terre appartient à tout le monde. Dieu l'a donnée à l'humanité tout entière sans distinction. C'est dans la Genèse…

— Il faut supprimer la dîme sur les farines ! cria un homme qui pissait derrière un arbre.

Müntzer poursuivit :

— Au temps des apôtres, quand on vit les juifs se convertir, tous les biens étaient communs et tous les hommes frères. N'écoutez pas ceux qui vous disent d'obéir et de vous taire ! Vous ne devez obéissance qu'à Dieu et il vous faut porter l'Évangile dans votre cœur !

— Nous voulons choisir nous-mêmes nos pasteurs, proposa un vieux, et les déposer s'ils ne se conduisent pas comme il faut.

Le grand roux tonna :

— Il faut que les choses changent !

— Pourquoi les choses changeraient-elles ? demanda Müntzer, parlant haut et fort. Les seigneurs se chargent eux-mêmes de faire de vous leurs ennemis. Toutes leurs paroles, tous leurs actes prouvent qu'ils se moquent que vous ayez faim. Ils ont l'impudence de vous prêcher l'obéissance et d'ordonner de vous laisser plumer pour les nourrir comme des princes !

Il s'interrompit quand il nous remarqua au milieu de la foule.

— Holà, mes drôles ! dit-il en nous apostrophant. Serait-ce l'archevêque de Magdebourg qui vous envoie m'espionner ?

— Maître Müntzer, nous vous saluons avec respect, répondit Peter en s'avançant. Vous avez vu Tetzel ?

— Ne me parle pas de ce suppôt du diable ! Il était encore là hier mais il a décampé avant que nous le chassions !

— Justement, nous voulons vous soumettre un écrit contre lui de notre professeur à Wittemberg, Martin Luther, que vous connaissez peut-être…

— Qu'a donc écrit de si important ce Luther, pour que vous ayez fait tout ce chemin pour me le faire lire ?

— Il s'insurge contre la vente des indulgences et la cupidité du pape.

Peter tendit à Müntzer les quatre-vingt-quinze thèses imprimées.

— Luca les a traduites en bon allemand, dit-il en me désignant. Nous avons payé l'impression car nous pensons qu'il est important que tout le monde sache combien Rome et le pape sont corrompus…

Les mots « Rome », « pape », « corrompus » eurent sur Müntzer un effet immédiat. Il se plongea aussitôt dans le texte tout juste sorti de la presse de maître Bergmann. J'en profitai pour esquisser son portrait. L'homme était plutôt petit mais solidement charpenté comme sont ceux qui travaillent de leurs mains. Il avait le teint sombre, le cheveu noir, le visage osseux des Slaves et les yeux d'un vert intense. Je ne l'ai pas vu sourire une seule fois. En lisant, il gardait toujours cet air concentré du gladiateur prêt au combat. Müntzer donna lecture des thèses les plus importantes à ceux qui étaient réunis autour de lui puis, le souffle court, le cœur battant comme s'il venait de courir cinq lieues, il confia ma traduction au plus dégourdi de la bande pour qu'il le fasse recopier et diffuser en ville.

— Arrangez-vous pour qu'il soit entendu par tous.

Müntzer vitupérait contre les seigneurs.

— Aucune langue ne saurait dire à quel point ces pauvres sont trompés. Trop occupé à ne pas mourir de faim, l'homme du commun est fourvoyé par la fausse parole de coquins. Ces gros bonnets redoutent une chose : que ces misérables apprennent à lire. Ils savent trop bien que *l'écriture* est l'arme la plus dangereuse contre leur goût du lucre et leur pouvoir !

La Parole

Müntzer voulait rencontrer Luther sans attendre.

Ses thèses lui enflammaient l'imagination.

Il nous pressa de repartir sur-le-champ. Trois jours de marche ne l'effrayaient pas. Nous nous mîmes aussitôt en route, emportant de l'oignon, du lard et le gros bout de pain que nous donna le vieux paysan. Müntzer marchait vite, ses mots semblaient le tirer en avant.

— Dans la mascarade romaine, ce qui triomphe, c'est la haine des vérités immédiates de l'âme. Nous devons renverser les prélats de l'Église, ces avides scélérats, ces valets de chenil ! Il faut que beaucoup se réveillent et nettoient la chrétienté de ces gouvernements impies !

Sa voix monta d'un ton, comme s'il prêchait en chaire.

— Si à cause de cela on dit que je suis un rebelle, eh bien, ma foi, oui, l'évêque a raison, je suis un rebelle !

— Que pouvons-nous faire ? demandai-je, en essayant de ne pas me laisser distancer.

— Si nous voulons une Église rénovée, il faut que tous accueillent la Parole vivante, pas celle qui moisit dans les églises et les cloîtres !

Peter s'en mêla.

— En cours, j'ai entendu Luther fulminer contre les couvents, les abbayes, les cathédrales, lança-t-il. Il martelait : « Toutes ces abominations doivent être entièrement anéanties ou abandonnées. »

— Alors réjouissons-nous ! s'exalta Müntzer. Plus nous serons nombreux, plus nous serons entraînés par un flot jaillissant ! L'Église de Dieu connaît le chaos. Elle est brisée, dispersée, mais soyez sûrs que si nous ne faiblissons pas, le Seigneur la restaurera, la consolera, l'unifiera, alors nous connaîtrons honneur et gloire !

Bundschuh

Armé de ses paroles comme d'autant de flèches qu'il tirait sans relâche, Müntzer avançait face au vent. Il nous exhortait à nous hâter comme un officier poussant ses soldats pour rejoindre le champ de bataille. Haut et fort, il affirmait que ce ne sont pas seulement ses actes qui définissent les qualités d'un homme, mais son refus d'accepter ce que les autres endurent.

— Le Christ lui-même n'a pas supporté que les chrétiens impies fassent souffrir leurs frères !

Se vantait-il, jurant de se dresser contre les privilèges ? Était-il seulement un beau parleur ? Ses idées construisaient-elles un monde imaginaire ou cherchaient-elles à briser les illusions du nôtre ? J'admirais son assurance, sa vigueur, sa détermination, mais je ne savais pas où cela nous conduirait. Je me laissais entraîner par son verbe enflammé d'apôtre d'un temps nouveau.

— Le jour vient, brûlant comme un four où tous les ouvriers d'iniquité seront embrasés et deviendront cendre sous vos pieds !

Après plusieurs heures de marche, nous avions besoin de souffler. Nous parvînmes à convaincre Müntzer de s'arrêter pour manger. Il faisait doux et clair. Nous nous installâmes confortablement sur les bords d'un fossé.

— Laissez-moi vous raconter une histoire que je ne devrais pas vous raconter, dit Müntzer en refusant le fromage que je lui tendais. Je vais vous la raconter quand même parce qu'elle sonne à mes oreilles comme une prémonition du temps qui vient…

Une tranche de pain lui suffirait.

— Avez-vous déjà entendu parler du serment au *Bundschuh* ?

— Le serment des souliers à lacets ? ricana Peter.

— Le serment que les paysans firent de s'unir contre les seigneurs et les prêtres qui les saignaient comme des porcs, corrigea Müntzer.

— Un soulier ?

— Oui, un soulier à lacets peint sur une bannière qui devint l'étendard de la révolte.

Il soupira.

— Aucun peintre ne voulait réaliser cette bannière. Tous avaient peur. Mais Joss Fritz, un serf qui appartenait à l'évêque de Spire, un homme de trente ans, grand, solide, habile orateur, tint bon et nul ne sait comment mais il parvint à la faire peindre sur une grande pièce de soie bleue frappée d'une croix blanche.

Aucun d'entre nous n'en avait entendu parler, pas plus que de ce Fritz ni de sa bannière. Müntzer expliqua :

— Fritz avait formé un noyau de quarante messagers qui visitaient systématiquement tous les villages de la région pour convaincre les uns et les autres de refuser la dîme et les taxes imposées par les seigneurs. Il ne reconnaissait que l'empereur comme maître et voulait confisquer tous les biens de l'Église pour les partager entre les pauvres.

Je l'interrompis.

— C'est ce que vous voulez faire ?

— Attends, je n'ai pas fini, bougonna Müntzer.

Ma question l'avait contrarié. Il reprit d'un air mauvais :

— Fritz avait conçu un plan pour attaquer le siège de l'évêché et, de là, pousser l'avantage en Forêt-Noire jusqu'en Alsace. Ils devaient s'emparer du château d'Untergrombach. Tout était prêt quand leur conjuration fut trahie par un Judas. Heureusement, quelqu'un parvint à prévenir Fritz à temps, lui et les principaux conjurés purent s'échapper. Mais ceux qui furent arrêtés furent décapités, d'autres mutilés, aveuglés, frappés d'amendes qui les transformèrent en vagabonds.

Je ne comprenais toujours pas où Müntzer voulait en venir.

— Pourquoi nous raconter une si triste histoire ?

— Parce qu'aujourd'hui plus que jamais nous devons en tirer les leçons.

— Aujourd'hui ?

— L'histoire ne s'arrête pas là, poursuivit Müntzer.

Il se posa à lui-même une question :

— Qu'est devenu Fritz ?

Et aussitôt y répondit :

— Pour se cacher, il avait réussi à s'enrôler comme mercenaire et guerroya pendant dix ans. Mais il n'avait renoncé à rien et avait libéré des armes, quand il réapparut dans le village de Fribourg-en-Brisgau. Fritz collectait de l'argent pour acheter un tissu sur lequel il ferait peindre un nouveau *Bundschuh* et reprendrait le combat. De nouveau, il fut dénoncé. De nouveau, il échappa aux recherches. Aux dernières nouvelles, en Alsace puis en Suisse, avec sa femme, ils continuent à mobiliser les paysans contre les cens, les dîmes, les corvées et pour établir la justice de Dieu.

Peter l'interrompit.

— Vous le connaissez, ce Fritz ?

— Je l'ai croisé une fois, admit Müntzer. Il était encore en habit bariolé et tailladé de lansquenet. Il m'a dit une chose que je n'ai jamais oubliée : « La théologie ne fait qu'interpréter le monde, il faut maintenant le transformer. »

— Sous la bannière d'un *Bundschuh* ? suggérai-je.

Müntzer demeura silencieux en me dévisageant. Puis, il se leva pour se remettre en marche, certain que nous étions prêts à le suivre.

Rencontre

Arrivés à Wittemberg, nous trouvâmes Luther au sortir de ses cours, entouré de ses étudiants qui se dispersèrent. Le ciel était bas, gris comme une loque mouillée, le jour baissait.

— Frère Martin, je suis avec frère Thomas qui brûle de vous connaître.

— Je voudrais travailler avec toi, frère Martin, dit Thomas en s'inclinant.

Il se présenta.

— Müntzer. Thomas Müntzer…

— Ah, c'est toi.

Luther ne sembla pas surpris de rencontrer Müntzer, comme si la situation était absolument logique, raisonnable, inévitable.

— J'ai lu tes thèses et je les approuve sans réserve, s'empressa Müntzer. Les tenants de Rome ont distribué des indulgences pour le pardon des peines et des fautes comme on ferait crépir une vieille maison en proclamant qu'elle est neuve ! Mais cela ne suffit pas de dénoncer leur cynisme et leur cupidité. Il faut les chasser !

— Je ne suis donc pas le seul à ne plus supporter qu'on tonde le bon mouton allemand !

Müntzer voulait savoir.

— Les grands seigneurs t'accordent-ils leur protection ?

— Je suis sous celle de Dieu, affirma orgueilleusement Luther. Et à moins que mes amis m'abandonnent comme le Christ le fut par ses disciples, je ne renoncerai pas.

— Bravo, s'enthousiasma Müntzer, le peuple te soutiendra dans toute l'Allemagne.

L'ordinaire du couvent augustin n'était pas de taille à satisfaire l'appétit de Luther.

— Aujourd'hui, dit-il en nous entraînant jusqu'à l'auberge, on n'a pas pour Dieu plus de considération que s'il avait perdu tous ses noms et ses titres. C'est à croire qu'il serait impuissant, sans force et incapable de se lever contre les puissants de ce monde ; comme s'il n'était qu'un niais sans idées face aux savants et aux malins.

Müntzer approuva.

— Je sens venir le temps où le Seigneur fera éclater sa colère contre les agiles larrons qui volent sa parole et dévoient la Bible. Saint Paul écrit que le cœur de l'homme est un parchemin sur lequel Dieu inscrit de sa propre main son immuable volonté et son éternelle sagesse. Un message que peut comprendre tout homme pour peu que sa raison soit ouverte.

— Lettre aux Corinthiens, précisa Luther.

— Oui, Corinthiens 2, chapitre III. Oui, on lit aussi dans les Nombres : « Ne dis rien de plus que ce que je te ferai dire. »…

Luther et Müntzer parlaient d'une même voix.

Auberge

Luther, maigre, presque ascétique, mordait dans la viande, le gras, buvait goulûment sa bière à grandes gorgées, engloutissait comme un ogre échappé d'un conte pour effrayer les enfants. Ce n'était pas seulement sa faim qu'il assouvissait. Il semblait obsédé par l'idée de manger et de boire ; de boire et de manger tant qu'il restait quelque chose sur la table. Müntzer, lui, ne touchait à presque rien. Il repoussa son assiette de porc au chou sans la finir.

— Tu n'aimes pas ça ?

— J'ai fait vœu de ne jamais prendre plus que les plus pauvres d'entre nous.

— Cela t'honore, dit Luther, mais il ne faut rien laisser perdre. Moi, tu vois, je mange comme un Bohémien et je bois comme un Allemand !

Sans hésiter, Luther fit glisser les restes de Müntzer dans son écuelle.

— Pour combattre le diable, il faut des forces. Boire et manger nourrit ton cerveau plus que ton corps !

Il se tourna vers moi. J'avais la bouche pleine.

— Lui aussi est savant ! Il maîtrise son latin et son grec et ça ne l'empêche pas de manger !

Et, d'un ton badin :

— Il a de qui tenir ! Je me souviens qu'en Italie, aux jours de jeûne, les moines se nourrissaient bien mieux que nous autres Allemands dans nos repas de fête !

Alors que deux gouttes de sueur ruisselaient sur les ailes de son nez, Luther avala d'un trait un verre de vin du Rhin qu'on venait de lui servir.

— Tu as la réputation de bien connaître ta Bible…

Müntzer l'interrompit.

— Je pourrais te réciter des passages entiers de l'Ancien et du Nouveau Testament. J'ai lu aussi saint Augustin, saint Jérôme, saint Basile, Platon, Apulée, Aristote…

— Pouah ! fit Luther à l'énoncé de ce nom. C'est une erreur de dire que sans Aristote on ne devient pas théologien. Il bénit Mahomet et sa famille ! Sa théologie est celle des Sarrazins !

Il asséna :

— Bien au contraire, c'est seulement sans Aristote qu'on devient théologien. Bref, Aristote est à la théologie ce que les ténèbres sont à la lumière.

Et, souriant à Müntzer :

— Mais je m'égare… Tu n'as pas à me prouver que tu as étudié. J'ai besoin d'hommes comme toi à mes côtés.

Müntzer l'approuva, inclinant la tête. Luther pouvait compter sur lui.

— Nous devons nous adresser d'abord aux paysans, aux ouvriers, aux compagnons tisserands, aux mineurs, déclara-t-il. Pas aux bourgeois, ni aux nobles ni au clergé qui vit sur le dos des plus pauvres.

— Les questions que nous soulevons sont d'abord des questions de théologie, corrigea Luther. Les paysans sont des bêtes, même s'ils n'ont pas de cornes sur la tête...

— Qu'importe la théologie pour celui qui crève de faim ! Jamais, quand c'est la vie elle-même qui s'en va, on n'a autant parlé de théologie et du Christ.

Luther tenta de l'apaiser.

— Ne t'échauffe pas pour rien, dit-il en faisant signe à l'aubergiste de lui apporter un nouveau pichet de vin. Si les gueux vivent chrétiennement, le Ciel les accueillera.

— Frère Martin, permets-moi de ne pas être d'accord avec toi, protesta Müntzer, l'œil sévère. Le monde est dans l'abîme. Le plus urgent ne me paraît plus de défendre la théologie dont l'existence n'a jamais sauvé un homme du souci de mieux vivre et d'avoir faim, que d'extraire de ce qu'on appelle la théologie, des idées dont la force vivante est identique à celle de la faim.

Messager

Quelques jours plus tard, un envoyé du pape m'attendait à couvert, dans un petit bois derrière l'église de Mühlanger.

— *Beati pauperes spiritu...*, murmura-t-il.

Je répondis.

— … *quoniam ipsorum est regnum caelorum.*

— *Pax vobiscum.* Tu dois être Luca ?

Je lui remis mon rapport roulé dans un tube métallique dont le couvercle fermait avec une serrure dont seuls le pape et moi avions la clef.

— Pour Sa Sainteté.

Le cavalier repartit aussitôt au grand galop sur un destrier noir comme la nuit où il disparut. Le pape sera content de moi. J'avais écrit :

Tetzel prêche les indulgences comme un taureau furieux partout en Saxe, l'argent rentre dans les caisses mais cela suscite aussi de la réprobation et de la colère. Un moine, Martin Luther, a affiché sur la porte de son église quatre-vingt-quinze thèses contre les indulgences. Vous lirez le texte ci-joint. Il a été traduit en allemand, imprimé et largement diffusé grâce à des étudiants. Le moine Luther est d'une grande intelligence et aussi déterminé qu'on puisse l'être à remettre en cause l'autorité de l'Église. Il prêche la liberté du Christ avec des mots très durs contre la papauté, les évêques et les prêtres ; des êtres exécrables qui, selon lui, « trahissent l'Évangile par ignorance crasse, cupidité, lucre et luxure ».

Je racontais aussi que j'avais rencontré un autre prédicateur.

Thomas Müntzer partage les thèses de Luther et lui aussi est décidé à réformer les pratiques de l'Église. Beaucoup prétendent que sa doctrine, mieux que celle de Luther, édifie et révèle la véritable foi chrétienne. Frère Thomas vit dans le dénuement et ne s'autorise à manger que ce que les pauvres peuvent manger. Au contraire, Luther ne craint pas de faire bombance de viande et de vin. Les manières de Luther répugnent à Müntzer mais il s'efforce de les ignorer, ne voulant pas se disputer avec frère Martin. Aujourd'hui, Luther et Müntzer apparaissent comme les deux faces de la même pièce, mais je ne suis pas certain qu'il en sera toujours ainsi tant leurs caractères semblent s'opposer.

Nus

Inspiré par mon portrait de Luther – peut-être pour se moquer de ma maladresse ? –, maître Cranach avait entrepris d'en graver un de sa main. Lorsqu'il eut terminé, il me confia la mission d'en faire tirer quatre exemplaires. J'admirais la sûreté de son geste, l'élégance de son trait. Son portrait était bien meilleur que le mien mais je regrettais qu'il ne m'ait pas donné la chance de l'améliorer. Le jour où j'aurais mon propre atelier, je peindrais un portrait de Luther, un de Cranach et aussi un de frère Thomas…

Nous avions eu une longue discussion sur l'organisation du travail, sur le commerce des œuvres, sur la nature de celles-ci.

— Luther ne sait pas qui tu es, m'avait-il dit, ni ce que tu viens chercher ici. Mais, ange ou démon, ton arrivée m'a fait beaucoup réfléchir sur le fonctionnement de l'atelier.

— Vous voulez imiter Raphaël ?

— Je veux que nous soyons plus efficaces. Je dessinerai des études rapides à la détrempe pour indiquer les couleurs. À partir de ça, mes apprentis et mes aides interviendront à l'huile pour les portraits individuels ou collectifs. Ils pourront alors les habiller, les coiffer en fonction de la commande et les placer dans un décor choisi par le commanditaire.

— Et pour les nus ? J'ai vu votre Vénus…

— Les nus sont les toiles qui se vendent le mieux. Nous les reproduirons en série sur le même principe. Une fois Ève, une fois la Pudeur, une fois Vénus…

Il m'interrogea.

— Tu as déjà dessiné un nu ?

— Non, répondis-je, rougissant au souvenir de ceux que j'avais faits de mes amis du séminaire.

Ils avaient été détruits. Pourtant, c'était de bons nus. En revanche, je possédais toujours ceux de ma mère et de ma tante Lucia. Ici, personne ne les connaissait, leur réputation n'était pas menacée. Je me ravisai.

— Si, avouai-je, j'en ai dessiné.

— Montre, m'ordonna-t-il.

Je baissai les yeux.

— Personne ne les a vus.

Il insista.

— Montre.

— Ce ne sont que des études.

Cranach ne céda pas à mes arguments, il voulait voir. Je lui soumis le grand nu de ma mère que je prétendis copié sur une antique figure de la Charité. Et celui de Lucia dont la gracilité lui plut beaucoup.

— Qui est-ce ?

— Personne, mentis-je, mon imagination…

— Si tu le permets, je la garde. Elle pourrait me servir de modèle. Je n'aime pas les corps débordants…

Diable

J'avais porté à Luther le premier tirage de la gravure à son effigie. Il l'avait à peine regardée. Mes traductions de ses thèses se répandaient partout. Elles étaient discutées dans les foyers, dans les auberges, sur les places et il s'en plaignait.

— Je suis fâché de voir mes thèses imprimées, copiées, colportées par tout un chacun à travers le pays, enrageait-il. Ce n'est pas là la bonne manière d'instruire le peuple. D'autant qu'il me reste quelques doutes…

— C'est pourtant fort bien dit : « Les indulgences sont inutiles. »

— Je m'inquiète pour notre université, avoua-t-il. Elle est l'enfant chéri de notre prince. Cela pourrait lui nuire…

— Tous les étudiants sont avec vous, lui assurai-je, pensant à Peter et aux autres qui se dépensaient sans compter pour distribuer ses écrits.

Luther s'emporta.

— Mais le pape est furieux. Il m'envoie son légat, Cajetan !

— Le cardinal de Vio ?

— Tu le connais ?

— Tout le monde le connaît à Rome. C'est une teigne.

— Tu lui as parlé ?

Sa question me prit de court. Cajetan avait sollicité mon maître pour qu'il fasse son portrait, je l'avais vu plusieurs fois dans l'atelier.

— Non, balbutiai-je, mais j'ai assisté à une dispute avec un franciscain au sujet de la pauvreté du Christ. Le franciscain ne s'est pas laissé faire mais son éminence n'a jamais faibli sous les coups.

— Tant mieux, je ne suis jamais aussi bon que dans la contradiction ! se vanta Luther.

— Vous aurez fort à faire pour vous défendre, Tetzel ameute tous les dominicains contre vous.

— J'appartiens aux augustins et je ne crains pas ces braillards.

— Ça ne suffira pas, croyez-moi. Vous aurez du mal à vous défendre contre les Français et les Italiens.

— Eh bien, je serai brûlé !

Luther posa ses deux mains sur mes épaules.

— Prie pour moi, jeune Luca. Si Dieu se soucie des intérêts de Son fils, il veillera sur moi. Ma cause est celle de Jésus-Christ.

— Certains rapportent que vous avez prétendu que, si le pape n'était pas l'antéchrist lui-même, il était son apôtre…

— Où as-tu entendu ça ?

— Cela se dit en ville.

— Je t'interdis de le répéter.

Il me glissa malicieusement à l'oreille :

— De nos jours, le pape est pire que le Turc ! Je vais te dire : cet usurpateur n'a de pape que la tiare !

Et, me poussant devant lui :

— Allons nous restaurer avant que je morde à l'artère ce légat du pape qu'on m'envoie ! Je dois comparaître après sexte et je ne veux pas m'y présenter le ventre vide !

Si Luther connaissait le Saint-Père comme je le connaissais, jamais il n'aurait pu dire ces choses horribles sur son compte. Le pape Léon était un homme aimable, ami des arts, grand admirateur et protecteur de mon maître, un humaniste qui avait défendu les hébraïsants, qui lisait plusieurs langues et avait beaucoup voyagé. Les envieux pouvaient lui reprocher son goût pour les fêtes et les dépenses qu'il faisait pour ses amis des deux sexes, mais c'était tout. Le pape, en qui Luther voulait voir un ennemi, était un homme drôle, sceptique, sarcastique, un bon vivant, tout le contraire du monstre qu'il dessinait à grands coups de déclarations fracassantes. Pour justifier ses attaques, Luther prétendait qu'il ne faisait qu'obéir à l'injonction de Dieu ; qu'il y était poussé par le Saint-Esprit ; que lui seul portait la parole divine. Comment un homme aussi intelligent pouvait-il s'abuser à ce point ?

À table, Luther voulut revoir le corbeau perché sur un piquet que j'avais dessiné sur la route de Leipzig. Il fixa mon dessin pendant un long moment.

— Un jour, un corbeau comme celui-là, dit-il enfin, ramassa une pierre et en tua un autre ; plus tard, Caïn ramassa une pierre et tua Abel.

Il leva brusquement les yeux vers moi.

— Tu comprends ?

— C'était la même pierre ?

— C'était Satan !

— Le corbeau ?

Luther me fixa droit dans les yeux.

— Ce jour-là, tu as dessiné le diable.

Dans la forêt de Leipzig, ce n'était pas le corbeau mais le loup aux yeux jaunes qui m'avait fait si peur ! Mais je ne l'avais pas dessiné.

— Peut-on dessiner le diable ? demandai-je timidement.

Avant même d'être servi d'un deuxième plat de tripes, Luther balaya ma question et m'entreprit sur les ruses du Malin.

— Tu dois savoir que le diable a le pouvoir de ravir les enfants des hommes et de mettre les siens à la place.

— Comment est-ce possible ?

— Il m'a fallu exercer ma perspicacité pendant des années pour le comprendre mais maintenant je connais ses tours. Le diable entraîne les filles dans l'eau pour les engrosser. Ensuite, il les garde avec lui jusqu'à ce qu'elles accouchent. Ces garces échangent alors leur progéniture avec celle d'une jeune mère et la malheureuse hérite d'un diablotin plus insupportable que dix nourrissons à la fois qui se conchient, dévorent et braillent.

— Ce sont des légendes, dis-je, attristé qu'il me trouve assez niais pour y croire.

— Oh, non ! protesta Luther. Ce ne sont pas des légendes, c'est le diable lui-même qui te met dans la tête que tu ne dois pas y croire pour agir plus à son aise.

Il leva son couteau.

— Tu dois rester sur tes gardes, Luca. Le diable est à l'œuvre partout et en tous lieux, comme ce corbeau que tu as dessiné sans comprendre. Il mesurait ta foi avant de se saisir de toi. Tu ne te méfieras jamais assez de son pouvoir. Tu crois que tu vas être heureux, gai, pieux, bien portant et, soudain, tout bascule parce que le diable vient de s'emparer de ta vie !

Cajetan

Entouré de ses conseillers, du provincial des augustins et du prieur des carmes, le cardinal de Vio, surnommé Cajetan en raison de sa naissance à Gaète (*Il Caietano*), attendait Luther dans la salle capitulaire du monastère où la rencontre devait avoir lieu. Müntzer et moi, nous parvînmes à nous faufiler au premier rang des moines qui se pressaient pour y assister. Je sortis mon carnet pour noter tout ce qui se dirait, pour tout dessiner afin de faire un rapport complet au pape. Conformément au protocole, Luther se jeta aux pieds du légat, le visage contre terre, puis se mit à genoux.

— Lève-toi, frère Martin, ordonna le cardinal. Par égard pour Sa Grandeur l'Électeur de Saxe, je suis disposé à t'écouter d'un cœur paternel et bienveillant, puis à t'admonester.

— Je ne cherche que la lumière, concéda Luther sous le regard de tous. Je suis prêt à tout céder, à me rétracter, si vous avez le pouvoir d'instruire mon âme en vérité. Montrez-moi en quoi ma position n'est pas en conformité avec l'Écriture sainte, les pères de l'Église, les documents pontificaux de la tradition catholique et la droite raison humaine. Étant un être humain, je suis conscient que je peux me tromper, mais je suis prêt à rendre compte publiquement de mes erreurs. Et, s'il le faut, prêt à me soumettre au jugement des universités de Bâle, Fribourg-en-Brisgau, Louvain et Paris.

Cajetan l'interrompit d'un geste autoritaire.

— Écoute-moi, commença Cajetan, et calme-toi. Est-ce bien toi qui as écrit : « *Les indulgences ne peuvent dispenser que des pénitences imposées par l'Église. Elles ne peuvent avoir d'action sur les décisions de Dieu ni sur le sort réservé aux âmes des morts. Les indulgences sont donc inutiles.* »

Un murmure parcourut l'assemblée. Les indulgences, inutiles ? Comment Luther pouvait-il soutenir une chose pareille ? Luther admit qu'il en était bien l'auteur et confirma qu'il soutenait l'inutilité des indulgences pour le chrétien sincèrement repentant.

— Nierais-tu l'identité de leur trésor mis à disposition de l'autorité papale selon la bulle *Unigenitus* ?

— Le pardon vient de Dieu, balbutia Luther.

Cajetan ne l'écoutait pas.

— Tu déclares aussi que la grâce agissante d'un sacrement dépend de la foi de celui qui la reçoit. Ce n'est pas acceptable.

— Ces points ne sont-ils pas essentiels à la foi ?

— Allons, pas d'enfantillages ! Tu vas te rétracter aujourd'hui même. La foi est la foi, et nul plus que notre pape est capable d'en témoigner.

Luther baissa la tête, semblant réfléchir ou se recueillir pendant un bref instant, puis il la releva.

— Je ne puis céder, déclara-t-il brusquement au cardinal.

Il y eut une sourde exclamation parmi les moines. Luther mettait son âme, peut-être sa vie, en danger ! Les conseillers de Cajetan se mirent à pouffer comme si

Luther venait de lâcher une énormité. Le cardinal reprit la parole d'un ton sarcastique.

— Pour la seule question des indulgences, veux-tu que je jette l'anathème pontifical sur toutes tes propositions ?

— J'entends suivre fidèlement l'enseignement de l'Église, répondit Luther, se tenant droit, très ferme sur ses jambes, mais en ce qui concerne votre exigence, je ne puis me rétracter avant d'avoir été convaincu que ma doctrine est contraire aux Écritures.

— Sa Sainteté est profondément blessée par tes écrits ! s'emporta Cajetan.

Luther crispa les mains sur son ventre comme si un mal secret le tenaillait soudain.

— Je ne puis supporter le poids du courroux du saint-père mais je ne sais comment m'y soustraire, avoua-t-il, le visage douloureux. Je supplie votre paternelle grandeur d'intervenir auprès de Sa Sainteté afin qu'avec une rigueur impitoyable, il ne précipite pas mon âme dans les ténèbres.

Le cardinal se leva de son fauteuil.

— Je ne veux pas me disputer avec toi, frère Martin. Je ne veux rien d'autre que la rétractation de tes erreurs ; que tu promettes de ne pas y retomber et que tu m'assures de ne plus troubler la paix de l'Église…

Il tendit vers Luther un doigt accusateur.

— Renonce et repens-toi.

Luther se réfugia dans un silence contrit, puis répliqua que ceux qui abusent du nom de Sa Sainteté font injure et déshonneur à l'Église romaine.

— En Allemagne, assura-t-il, ils ne servent qu'une infâme avarice qui souille les choses saintes et sacrées…

— Ne reconnais-tu pas l'autorité du pape ?

— J'en atteste Dieu et les hommes, je ne l'ai jamais voulu, et je ne veux pas aujourd'hui m'attaquer à l'Église romaine ni à la sainte autorité du pape, jura Luther. Je reconnais pleinement que cette Église est au-dessus de tout, qu'on ne peut rien lui préférer de ce qui est au ciel et sur la terre, si ce n'est Jésus-Christ Notre Seigneur.

Cajetan avait soigneusement préparé la rencontre. Il jeta un œil sur ses notes.

— Faire dépendre les effets du sacrement de la certitude subjective humaine, dit-il, cela revient en fait à construire une nouvelle Église !

— Et alors ? lança Luther.

— Frère ! Frère ! Reste convenable ! En voilà assez ! Rétracte-toi ou ne reparais jamais devant mes yeux !

— Je ne suis que la lie de l'humanité, poussière terrestre aux pieds du pape, mais j'espère qu'il pourra m'entendre. Je veux bien me rétracter mais à quoi cela servirait-il ? Ma rétractation ne ferait qu'aigrir les propos méprisants répandus sur l'Église romaine à cause des discours sots et cupides tenus par les prédicateurs d'indulgences. Il m'est impossible de me rétracter. Ma doctrine a déjà trop profondément pénétré les cœurs. Je ne puis promettre de laisser sommeiller la polémique que si mes contradicteurs agissent de même. Reste à mes yeux la question fondamentale…

Il se tut, les yeux mi-clos.

Puis Luther s'adressa au cardinal comme si c'était lui l'inquisiteur :

— Ne devons-nous pas obéir à Dieu plutôt qu'aux hommes ?

Cajetan reçut la question comme une gifle.

— Plutôt la peste !

Tremblant de rage, il quitta sur-le-champ la pièce capitulaire, bousculant tout devant lui. Il partit, accompagné de ses conseillers et du père abbé qui se confondait en excuses, choqué lui aussi par l'orgueil de Luther. Nous entendîmes Cajetan rugir.

— Je ne veux plus avoir de rapport avec cet animal ! Vous m'entendez, plus jamais.

— Vous devez le faire excommunier ! proposa un conseiller.

— Maudits soient les augustins ! J'ai écrit à Rome. J'attends l'ordre du pape.

Pendus

Le lendemain à l'aube, Müntzer et moi reprîmes le chemin de Halle. Le temps était menaçant mais les nuages de pluie qui se serraient l'un contre l'autre ne semblaient pas prêts à éclater. Seule une brume froide flottait dans la campagne, tandis qu'à l'horizon la forêt vers laquelle nous nous dirigions formait un mur vibrant d'un vert profond. Le soleil levant faisait étinceler mille feux produits par des gouttelettes de rosée sur les buissons, les haies, les arbustes.

— Tu sais comment on appelle ça ? me demanda Müntzer, montrant du doigt les légers filaments que le vent faisait trembler.

— Des toiles d'araignée ?

— Bougre d'âne ! On appelle ça « les fils de la Vierge ».

Jamais je n'avais entendu cela.

— C'est une vieille légende ! Ces fils proviendraient de la quenouille de Marie. Pendant que l'enfant Jésus dormait, la Vierge les filait au bout de son fuseau et les laissait s'éparpiller dans l'air pour garnir le nid des oiselets.

Comme à son habitude, Müntzer marchait à grands pas.

— Dépêche-toi ! Dépêche-toi mon drôle ! Nous devons nous hâter ! On m'attend.

J'essayais de le ralentir en l'interrogeant sur les indulgences.

— N'auriez-vous pas dû continuer à débattre avec Luther ? C'était passionnant, surtout quand vous n'étiez pas d'accord.

— Luther doit comprendre qu'il n'est plus temps d'échanger des arguties théologiques avec le légat du pape. C'est aussi vain que de passer sa vie à table comme il le fait ! Frère Martin, qui est si savant, sait comme moi que saint Thomas d'Aquin distinguait cinq façons de commettre le péché de gourmandise ! En mangeant avant d'avoir faim, en mangeant trop fastueusement, en mangeant trop copieusement, en mangeant avec trop d'avidité, en mangeant avec trop de recherche ! Tu veux que je te le répète en latin ?

— Non merci, j'ai compris.

— Il faut surtout que tu comprennes que le monde a faim et ne se soucie pas de théologie, dit Müntzer de sa voix rude, tonnante. L'or remplace la grâce sur l'autel, on vend des miracles, l'avarice est le credo des moines mais la pierre s'est détachée de la montagne et a pris des forces !

— Quelle pierre ? La pierre de Caïn ?

— Les paysans, triple buse ! Les pauvres qui chassent les mauvais prêtres, ces serpents entortillés avec les seigneurs !

— Craignez-vous donc qu'ils se révoltent ?

— Non seulement je ne le crains pas mais je l'appelle de mes vœux. Il est grand temps de se lever contre ces soi-disant prélats de l'Église chrétienne qui, poussés par le lucre, affament le peuple et méprisent le salut des mourants. Comme l'a dit Notre Seigneur : « C'est le feu que je suis venu apporter sur la terre, et comme je voudrais qu'il soit déjà allumé ! »

Rien ne semblait pouvoir l'arrêter ni le contenir.

— Regarde ces arbres, cette forêt. Ne sens-tu pas que Dieu nous parle ?

— Avec des arbres ?

— Dieu est une substance infinie. Si nous savions lire la nature comme nous savons lire l'Évangile, nous l'entendrions au plus près de nous, sans artifice.

— La nature, c'est Dieu ?

— C'est un hiéroglyphe de vérité.

Soudain Müntzer me saisit par le bras pour me forcer à m'arrêter : trois hommes se balançaient, pendus aux branches d'un chêne, les mains liées dans le dos…

— Regarde bien ces malheureux et n'oublie jamais que ceux-là sont les victimes de l'arbitraire d'un comte ou d'un duc.

— Ce sont peut-être des voleurs.

— Voleur de quoi ? Voleurs d'un rien pour survivre ?

Müntzer ferma les yeux, il suffoquait.

— J'avais sept ans quand mon père a été pendu pour avoir ramassé du bois mort dans la forêt de Stolberg où nous habitions…

— Pendu pour des branches mortes ? dis-je, sans masquer ni mon horreur ni ma stupéfaction.

Je vis deux larmes perler au bord des paupières de Müntzer.

— Et ma mère a été violée par les soldats avant que nous soyons chassés de la ville.

Il s'essuya le visage d'un geste rageur.

— La vie m'a enseigné très tôt toutes les amertumes de la honte et la colère de l'injustice…

Il reprit sa marche à grands pas.

— J'ai été sauvé par des Élus, des frères qui m'ont transmis l'enseignement de la sainte et invincible foi chrétienne, clama Müntzer comme s'il espérait que des anges descendent pour soutenir ses bras et l'élever au ciel.

Couvent

La route s'élargissait. Nous sentîmes d'abord une odeur de bois brûlé puis nous vîmes une fumée noire qui montait au ciel. J'entendis une clameur venant de loin, ou peut-être était-ce le vent qui hurlait ? Le couvent dominicain était en feu. Nous nous hâtâmes. Des paysans et des paysannes pillaient le bâtiment sans craindre les flammes qui grossissaient à chaque instant. Ils emportaient des vivres, des barriques de vin, du mobilier… et tous les objets précieux qu'ils trouvaient. Je fus horrifié de voir plusieurs cadavres de moines baignant dans leur sang, blessés à la tête, les yeux entaillés. Il me sembla que l'un d'eux avait été châtré. La nausée me souleva le cœur. Müntzer héla un paysan à la tête d'un petit groupe :

— Où allez-vous, frères ?

— Au château ! C'en est fini, de notre misère !

— Je viens avec vous ! Agrandissons la brèche que vous venez d'ouvrir pour que le monde entier sache qui sont vraiment ceux qui se disent seigneurs mais qui n'ont à l'esprit qu'usure, vol et brigandage !

Dans un nuage de poussière, Müntzer remarqua soudain un cercle de nonnes qui rossaient un prêtre. Elles le battaient à coups de poing, à coups de pied. Rien ne semblait pouvoir les arrêter. Elles juraient, criaient, lui crachaient dessus sans cesser de le battre.

— Sale cagot !

— Crève, Satan !

— Tu fais moins ton coq, maintenant ?

Qu'avait-il pu leur faire pour provoquer une telle violence ? Quand il tomba assommé, la tête comme un boulet de sang posé dans l'herbe, l'une d'entre elles releva sa robe. Debout, jambes écartées, très calme, elle l'arrosa d'un grand jet d'urine pour le ranimer.

— Veux-tu que je te compisse comme lui ? lança-t-elle à Müntzer qui s'était approché.

— Tu es donc sans pudeur ? répondit-il en la dévisageant.

— Je suis sans espoir.

Il y eut un silence en armes. Müntzer recula d'un pas. Le visage de la nonne était calme et terrible comme celui d'une ressuscitée. Il ne pouvait soutenir son regard mais il pouvait sentir qu'elle l'observait. Sa tête semblait soudain peuplée de cris, de crépitements d'insectes, de fracas de ferraille. Il bredouilla.

— Quel est ton nom ?

La nonne, roc autant que bête tapie, se rajusta.

— Ottilie de Gersen, dit-elle sans baisser les yeux.

— Tu es recluse ?

— Je ne veux plus l'être et mes sœurs non plus.

Château

Il se mit à pleuvoir. Une petite pluie fine, irritante. Müntzer emboîta le pas des paysans, suivi par Ottilie de Gersen et les autres nonnes qui se pressaient derrière elle, surtout une très jeune qui se tourna vers moi en souriant. Était-elle simplette ou m'invitait-elle à les suivre ? Après une hésitation, je courus derrière eux.

— Il faut abattre toutes les églises ! tonnait Müntzer sans se soucier de l'ondée. Tant que restera debout l'esprit clérical, il pourra en renaître. Si on ne rase pas les nids, les corbeaux ne tarderont pas à s'y réinstaller !

— Les curés nous prennent tout ! se plaignit un jeune paysan. Ils s'engraissent, forniquent, bambochent et prêchent la pauvreté !

Une paysanne à forte poitrine renchérit.

— Quand tu te maries, il faut payer et, si tu veux jouir de ton mari le soir même, il faut payer encore plus !

Il y eut des rires.

— Le pape, sa cour et ses suppôts sont l'antéchrist, proclama Müntzer. Nous devons leur livrer une guerre éternelle jusqu'à ce que les droits ecclésiastiques soient abrogés, le clergé réformé, et que l'Évangile soit enfin prêché et pratiqué tel que l'enseigne Luther !

Le château était en feu, comme le couvent. Chacun y allait de sa réclamation pour exciter la troupe. Les femmes n'étaient pas les moins fortes en voix.

— Quand ce ne sont pas les curés, ce sont les seigneurs qui nous prennent tout !

— Sur chaque bête de labour tu dois payer un droit de cornage, un droit de fourrage, tu dois même payer un droit pour faire cuire ton pain dans ta propre maison !

— Nous devons donner au maître un quart des grains récoltés et payer sur chaque mouton vendu après avoir payé pour qu'ils paissent !

— Et il faut nourrir leurs chiens !

— Et se laisser faire s'ils ont envie !

À travers les croisées je voyais les flammes s'élever, frôler les murs, envelopper les meubles, enflammer les rideaux. L'intérieur se transformait en une immense fournaise. Le feu gagna les étages, les charpentes, le toit, sans que quiconque tente de l'éteindre. Il régnait une grande confusion. Le comte Otton Waltmeyer, les armes à la main, bataillait pour repousser les pillards et les incendiaires armés de perches en bois pour le tenir à distance. Il frappait de taille et d'estoc sans voir vraiment qui il frappait, mais il frappait.

— Arrière, chiens ! Ignobles porcs !

Waltmeyer réussit à saigner le bras d'un paysan, puis à en blesser un autre à l'épaule, mais il reçut un coup sur le crâne et fut très vite cerné par les assaillants.

— Par l'enfer, crève, charogne !

Il tomba sous le nombre, égorgé comme un cochon.

Plus loin, je vis des paysannes qui traînaient par les cheveux deux femmes grasses, molles, aux chairs d'un blanc de porcelaine : les dames de compagnie de Gudrun, l'épouse du seigneur, une femme revêche aux membres grêles.

— C'est elle qui nous a envoyés chercher des coquilles d'escargot et des jonquilles pour se faire des colliers le jour du Seigneur !

Gudrun et ses suivantes furent dépouillées de leurs vêtements, de leurs bijoux et chassées à moitié nues hors du château. Les paysannes les fessaient avec des branches et des cordes.

— Comme Dieu a chassé Ève et Adam du Paradis ! Le Seigneur est avec nous ! Qu'elles aillent au diable !

Müntzer se tourna vers moi.

— Retourne sans attendre à Wittemberg ! Va dire à Luther que c'est à la lueur de leurs châteaux incendiés que les seigneurs verront les paysans s'arracher à leurs fers. Tout le pays est en feu. Le temps est fini, où il fallait obéir à des maîtres déraisonnables parce qu'ils étaient les maîtres. Le peuple se libère enfin de cette engeance qui ne pense qu'à s'empiffrer et à forniquer comme dix mille diables ! Surtout dis-lui de ne rien rabattre de sa parole ! Sa voix nous porte aujourd'hui, elle doit nous porter plus loin encore demain !

Wittemberg

L'écurie de Waltmeyer avait été sauvée des flammes. Un paysan fit sortir pour moi un des chevaux du comte pour que je retourne à Wittemberg aussi vite que possible. Je galopais à travers la campagne trouée d'incendies. Mes pensées s'entrechoquaient dans ma tête comme des cailloux dans un sac. Je voyais un peuple en loques, affamé, brutalisé, rançonné, méprisé, qui soudain relevait la tête, exprimait son besoin de vivre et de croire à quelque chose qui lui permettrait de subsister sans avoir besoin d'accrocher des queues de renard aux portes pour chasser les démons. Les thèses de Luther contre les indulgences avaient soufflé un vent de liberté qu'il serait difficile d'arrêter. Princes, seigneurs, marchands, bourgeois, évêques, curés, moines, tous allaient devoir répondre de leurs actes, des ravages causés par leur soif d'amasser, de leur arrogance qu'aucune indulgence ne saurait absoudre. Müntzer avait raison, « l'or est aujourd'hui adoré à la place de Dieu et aucun moine, aucun curé, aucun clerc n'a jamais instruit le peuple dans la vraie foi ». L'affrontement était inévitable.

Luther ne me laissa pas le temps de souffler. Il me reçut dès que j'eus mis pied à terre. Je devais tout lui dire.

— Tout a commencé quand des paysans ont été contraints d'aller cueillir des jonquilles et ramasser des coquilles d'escargots pour que la femme de Waltmeyer et ses dames puissent se faire des colliers, racontai-je d'une traite. Comme c'était un dimanche, après la corvée, les serfs sont allés chez ceux de la commune voisine. Ils ont bu et mangé tous ensemble avant d'aller de village en village répéter ce que la femme de leur seigneur leur avait ordonné. Ils furent vite plus de quatre cents ! Chacun se plaignait de ses souffrances et jurait de les guérir par le fer et le feu. Aujourd'hui, la colère est à son comble, toute la région s'est levée contre Waltmeyer. Le comte a été tué, sa femme et ses dames chassées à moitié nues, le château a été incendié et pillé comme les couvents alentour...

Mon récit attrista profondément Luther.

— Müntzer a tort de se commettre avec ces enragés. Le rôle du berger est de guider le troupeau, non pas de le suivre dans ses errements.

Il ajouta :

— Meurtres, adultères, vols, mensonges, tromperies... Dieu le pardonnera facilement à ceux qui reconnaîtront leurs péchés et les confesseront. Mais ceux qui résisteront au Saint-Esprit feront de Dieu un imposteur et ça, il ne pourra le souffrir.

Sa réponse était raisonnable et bien pesée, mais n'ignorait-elle pas la réalité de la vie des plus misérables ?

— L'Église se conduit mal envers ces gens, et les seigneurs encore plus, avançai-je. Comment la charité peut-elle souffrir que ces pauvres gens soient traités de la sorte ?

— Comme elle souffre que l'on pende les malfaiteurs.

— Leur malheur n'est pas comparable !

— Je sais, admit Luther. Je sais, mais que sont les souffrances des pauvres comparées à celles du Christ mort pour notre salut ?

Je ne pouvais lui laisser dire cela.

— Ce qu'elles sont ? m'étranglai-je. Elles sont les souffrances ordinaires du froid, de la faim, de la misère !

— C'est Müntzer qui t'a soufflé cela ?

La remarque était blessante.

— Personne ne me l'a soufflé mais ce dont j'ai été témoin m'a donné la plus douloureuse des leçons.

Luther ironisa :

— Tu raisonnes beaucoup pour un apprenti peintre, mais tu ne réfléchis pas comme il faut. Tu dois savoir que si le Ciel appartient à tous les chrétiens, la terre appartient à ceux qui la possèdent. La terre est aux princes. Le paysan n'a d'autre peine que de payer la dîme et les redevances. Ah ! S'il connaissait les lourds soucis des princes, il rendrait grâce à Dieu de son existence bonne et tranquille !

Il soupira.

— Un jour, un seigneur m'a demandé s'il convenait de supprimer les corvées. Sais-tu ce que je lui ai répondu ?

— Que nul homme ne doit être esclave d'un autre dans la chrétienté. Qu'il fallait le faire sans hésiter.

— Quel âne tu fais ! Non ! Bien sûr que non ! Qu'il ne fallait pas supprimer les corvées. Sûrement pas ! Il pouvait les maintenir en conscience. C'est dans l'ordre des choses que l'homme commun soit grevé de charges, de peur qu'il ne regimbe.

— Il regimbe pourtant, la preuve…

— Tu m'embêtes ! s'emporta Luther en faisant des grands gestes comme pour chasser une guêpe. Le servage est juste et sensé. Les paysans sont des brutes et seule la misère peut les empêcher de se conduire en bêtes féroces. Mais je ne veux pas discuter de cela maintenant. Notre prince m'attend et je ne saurais être en retard…

— Puis-je venir avec toi, frère Martin ?

J'étais très curieux de rencontrer Frédéric III qu'on appelait « le Sage », l'homme qui avait fondé l'université de Wittemberg où enseignaient Luther et d'autres qui partageaient ses idées. Frédéric était un prince très pieux qui entendait quotidiennement la messe, vouait un culte à la Vierge Marie, aux saints, et possédait une immense collection de reliques. Peut-être la plus grande de la chrétienté… d'après ma tante !

Luther refusa que je l'accompagne au château. Il avait à traiter des affaires qui ne concernaient que le prince et l'université. J'ignore donc ce qu'ils se sont dit mais je savais par les moines que Frédéric ne voyait pas d'un mauvais œil le combat que Luther menait contre les indulgences qui, de fait, faisaient concurrence à l'exposition de ses reliques et au profit qu'il pouvait en tirer.

Lettres

Comme chaque premier jour du mois, je remis mon rapport à l'envoyé du pape qui m'attendait à notre point de rendez-vous secret. Je décrivais à Sa Sainteté les désordres créés par les idées de Luther contre la vente des indulgences, les révoltes paysannes contre l'âpreté au gain des ecclésiastiques et des seigneurs, les réserves de Luther qui condamnait les violences contrairement à Müntzer qui approuvait la révolte des paysans. Müntzer avait prêché (comme un Italien dont j'ai oublié le nom) qu'il y avait trois saisons depuis que le monde est monde : l'hiver, le printemps et l'été. Le premier était l'âge de la servitude servile, le deuxième celui de l'obéissance filiale, le troisième de la liberté. Il y eut la crainte, puis la foi, et enfin viendrait la charité. Le premier âge était celui des vieillards, le deuxième celui des jeunes gens, le troisième celui des enfants. L'hiver allait d'Adam jusqu'au Christ, quand l'homme vivait selon la chair ; le printemps allait du Christ à nos jours, quand l'homme vivait entre la chair et l'esprit ; le troisième, de nos jours à la fin des temps quand l'homme vivrait selon l'esprit. Mais pour que cet été éclate sous le soleil de Dieu il fallait, selon Müntzer, combattre les impies, c'est-à-dire les injustes et les oppresseurs. J'avais noté une belle phrase : « *Sans la crainte de Dieu qui le libère en vue d'une sagesse éternelle, l'homme ne distingue pas l'obscurité, et la merveilleuse miséricorde de Dieu ne peut pas éclairer nos ténèbres.* »

L'envoyé du pape m'avait remis une lettre de ma mère que ma tante Lucia lui avait confiée. J'attendis son départ pour la lire à mon aise.

Mon cher fils,

J'espère que tu vas bien et que la nourriture allemande ne te détruit ni le goût ni le ventre. Je sais par ta tante que le Saint-Père reçoit des lettres de toi qui le font crier et jurer à la lecture de ce que tu lui racontes et des dessins que tu fais. Sa maîtresse, Marie Gaudin, le pousse à écraser ceux qui contestent son autorité comme de la vermine et à excommunier ce prêtre qui crée tant de problèmes. Ma sœur m'a dit qu'il professait des hérésies comme quoi nous ne serions pas libres mais captifs, que seule la grâce nous sauverait par la prédestination. Je ne sais pas ce que cela veut dire mais le pape et les cardinaux sont furieux d'entendre ça. Je suis bien triste sans toi, même si j'ai tant de travail que je n'ai pas le temps de m'arrêter pour pleurer. Prie pour moi, mon fils, autant que je prie pour toi. Surtout ne va pas te mêler à ces histoires de prêtres hérétiques. Reviens-moi avant qu'il soit trop tard.

Ta mère.

Dispute

Un après-midi où il pleuvait dru, je fis enfin la connaissance de Karlstadt dans la cellule de Luther. Archidiacre, titulaire de la chaire de théologie à l'université de Wittemberg, il avait décerné son doctorat à Luther. Karlstadt, comme frère Martin, était très critique sur les dérives de l'Église et décidé à la réformer quoi qu'il en coûtât. Luther tenait à le consulter au plus vite sur une question qui engageait l'université tout entière : le Prince Électeur venait de lui transmettre un message de la papauté dont il nous donna lecture.

— « *Pour en finir et vider la querelle qui irrite Sa Sainteté, une* disputatio *vous opposera au cardinal Eck qui défend l'autorité du pape et des conciles en matière de dogme. Autorité que vous contestez...* »

— Et c'est à Leipzig qu'ils veulent que tu débattes ?

— Que nous débattions ! corrigea Luther. Ils veulent t'entendre aussi en tant que chancelier et Melanchthon comme professeur de théologie. Nous sommes convoqués tous les trois.

— Mais pourquoi à Leipzig ?

— À Leipzig, nous serons sous la protection de Frédéric. Ailleurs qu'en Saxe, nous serions en danger de mort.

— Cette affaire promet d'être énorme.

— Cela nous donnera une tribune, trancha Luther.

Je n'étais pas mécontent de mon travail. Le portrait de Karlstadt que je dessinais pour illustrer mon prochain rapport venait bien. L'homme portait beau, se tenait très droit, le regard franc, le front haut, le visage empreint d'une force paisible qui impressionnait même Luther. Si j'avais dû peindre un apôtre, je l'aurais choisi comme modèle.

— Vous connaissez le cardinal Eck ? demandai-je, levant la tête de ma feuille.

— Et toi ?

— Pourquoi le connaîtrais-je ?

— Tu as l'air de connaître tout le monde à Rome… persifla frère Martin.

Je répondis d'un ton froid :

— J'ai entendu dire qu'il avait une mémoire prodigieuse et qu'il était un rhéteur redoutable.

Luther s'emporta comme s'il avait von Eck devant lui.

— Il veut me vouer aux fureurs du pape ? Qu'il vienne, je l'attends ! Il se prend pour un petit dieu de l'Olympe mais j'ai lu ses douze thèses qu'il a écrites contre moi et contre nous. C'est vide, c'est vain, c'est aveugle. Il ne comprend rien, ne voit rien, ne pense rien. Comment peut-on être aussi stupide ? Je vais lui enfoncer dans le crâne que le problème n'est pas seulement celui de la primauté du pape ou des conciles dans l'Église, mais la teneur même du pouvoir spirituel !

Il se tourna vers Karlstadt.

— Ce bouffi d'orgueil fait des indulgences son cheval de bataille et croit sa victoire acquise. Il veut lâcher sur moi ses mouches et ses crapauds, mais il ne sait pas à qui il a affaire !

Karlstadt soupira :
— Méfie-toi du péché d'orgueil.
— Parle pour lui !

Atelier

Cranach avait entièrement réorganisé son atelier sur le modèle de celui de Raphaël que je lui avais décrit dans le détail. Nous étions désormais une vingtaine à travailler simultanément sur plusieurs toiles. Les unes esquissées au trait, les autres à la détrempe, prêtes à être mises en couleur, les dernières à vernir quand le maître aurait fini les visages et les mains. J'avais achevé le manteau doré d'un roi priant Notre Seigneur et sa mère d'intercéder auprès de Dieu pour sauver le genre humain.

La nuit était calme.

J'étais seul.

Épouvantablement seul.

J'avais besoin de dormir mais quelque chose en moi m'empêchait de m'allonger sur mon grabat et de m'abandonner au sommeil. J'avais envie de me planter au milieu de l'atelier et de hurler comme un animal blessé. Je me voyais sous la menace d'une eau indéchiffrable, errant sur un chemin bordé de marais puants, impossibles à traverser. Je me balançais dans l'obscurité et tout se balançait avec moi. Mon souffle accéléra, comme si un orage se soulevait dans ma poitrine. Je sentais la morsure d'une bête montée des profondeurs. Je serrai les poings et baissai la tête. Mon regard était vide, mes mains froides, mon corps glacé. La veine de mon front saillait comme une corde. L'angoisse me poussait à réfléchir mais à quoi aurais-je pu penser ? Qu'aurais-je pu désirer de plus ? Qu'aurais-je pu désirer de moins ? La nuit s'armait d'une vérité qui m'engourdissait le cerveau et les membres. Je ne trouvais plus mes mots. Ils butaient sur mes dents sans parvenir à sortir ou se dispersaient dans un éternuement. Mes pensées m'écorchaient la tête. Maintenant que Tetzel avait quitté la Saxe et que la vente des indulgences était compromise, je me demandais pourquoi je restais encore dans ce pays de froid et de pluie. Le soleil me manquait, Rome me manquait, les bords du Tibre me manquaient, la couleur des rues me manquait, l'odeur des cuisines me manquait, ma mère me manquait, l'atelier de Raphaël me manquait, mon maître me manquait… L'Italie me manquait ! Tout était allé trop vite et m'entraînait plus vite encore. J'avais derrière moi de lourdes semaines sans dimanches ni fêtes, sous un ciel de plomb et dans un paysage de pierre. Je n'arrivais à trouver aucune explication à mon état, aucun motif qui le justifierait, aucun but honorable à atteindre. J'étais ballotté entre Luther et Müntzer, prisonnier d'une volonté extérieure à la mienne. Je ne savais plus qui j'étais, ni pourquoi je courais de l'un à l'autre comme un canard sans tête. À quoi bon chercher un sens à ce va-et-vient ? Que faisais-je ici chez Cranach ? Qu'attendais-je ? Que les figures me parlent ? Que les corps s'animent ? Que les nus s'offrent à mes désirs ? Toutes mes idées, tous mes gestes semblaient filer comme des comètes. L'eau coulait de mes yeux, de mon nez, glissait sur mes lèvres avec un goût d'acier. Je pleurais comme un enfant. J'étais un pantin dont on tirait les ficelles et basta. Avec pour seule réponse un vide impossible à saisir ou un désordre inextricable. Qui se souciait de moi ? J'avais faim, j'avais soif. J'étais invisible. Où cela me mènerait-il ? Que devais-je comprendre ? Si j'avais été philosophe, j'aurais pu disserter sur le bon usage de la violence, sur l'argent qui corrompt, sur les princes engoncés dans le mal mais je ne savais que dessiner. À quoi cela servait-il ? À qui était-ce nécessaire ? Étais-je utile à quelque chose ? À quelqu'un ? À Cranach ? Au pape ? À ses adversaires ? Aux paysans dont la misère m'indignait et dont je comprenais la colère ?

Leipzig

En plein mois de juin, abruti par la chaleur tenace, le convoi traversa la ville de Leipzig pour se rendre à la citadelle sous un soleil de plomb. L'été bleuissait tout. Dans le premier chariot, Karlstadt, furieux d'être là, affichait un air renfrogné et mauvais. J'avais trouvé place dans le deuxième chariot, à côté du conducteur, un paysan rougeaud au regard glaireux, presque transparent comme des yeux d'aveugle. Luther et Melanchthon étaient assis dans un troisième, en compagnie du prince de Poméranie, un homme jeune et sémillant. Nous avancions entourés d'une bande rieuse de deux cents étudiants de Wittemberg parmi lesquels je reconnus Peter, Johan et Marcus, les trois amis avec qui j'avais fait imprimer les thèses de Luther contre les indulgences.

— Garde-nous de la place ! cria Peter en agitant son bonnet.

En route, je croquais au vol des docteurs, des licenciés en robes brillantes, des bourgeois, des maîtres de corporations en noir et blanc comme des animaux de basse-cour. Certains montaient des chevaux, d'autres avaient pris place dans des charrettes, mais la plupart allaient à pied, cancanant, bêlant, bavardant comme des concierges. À chaque tour de roue de notre chariot, la foule se faisait plus dense. Tous voulaient voir le frère Martin dont les paroles suscitaient tant d'espoir. Plantées devant un groupe d'hommes, Ottilie de Gersen et la jeune nonne qui m'avait souri me firent un signe de la tête, et je reconnus Müntzer debout derrière elles. Frère Thomas ne portait plus l'habit monacal, mais de rudes vêtements de paysan, gris, bruns, ocre.

La dispute entre Luther et von Eck devait se dérouler dans la salle d'honneur de l'université de Leipzig où deux hautes chaires avaient été dressées, éclairées par des chandeliers d'or. Celle destinée à von Eck était décorée d'une somptueuse tapisserie à l'image de saint Georges ; une représentation plus modeste de saint Martin était destinée à la chaire de Karlstadt, de Melanchthon et de Luther.

Pour protéger les acteurs de la *disputatio*, des soldats en armes cernaient le public principalement constitué d'étudiants comme Peter, Johan et Marcus qui jouaient des coudes pour se faire une place à côté de moi, au premier rang. Parmi la foule, je fus étonné d'apercevoir le père Emilio que j'avais rencontré à l'abbaye de Novacella près de Trente. Que faisait-il là ? Qui l'avait envoyé ? Pourquoi était-il entouré de trois hommes qui n'étaient pas des ecclésiastiques ? Faisait-il semblant de ne pas me voir ou ne m'avait-il pas reconnu ? Impossible de le savoir.

Peter réussit à se faufiler jusqu'à moi.

— Tu as vu ? me dit-il en me montrant du doigt le duc de Saxe. C'est lui qui va présider.

Il me désigna aussi des prêtres de Bohême, disciples de Jean Hus, serrés les uns contre les autres, de grands érudits comme Adrien Suesionius, canoniste, philologue et jurisconsulte, Jean Cellarius, professeur d'hébreu, ou encore Regerus Rescius, professeur de grec.

— Tu les connais tous ?

— Je les ai vus à l'université.

Johan et Marcus nous rejoignirent malgré les protestations de ceux qu'ils bousculèrent. Marcus m'expliqua que parmi les humanistes aux noms latinisés, certains soutenaient Luther, d'autres défendaient von Eck.

— Il va le dévorer ! lança-t-il avec gourmandise, souriant à frère Martin dont il suivait assidûment les cours.

Sur un signe du duc de Saxe, le professeur Pierre Mosellanus se leva. Il s'éclaircit la gorge avant d'ouvrir la séance d'une voix mal assurée.

— Je demande à chacun de la modération dans le langage, de la probité dans les citations des textes et de la charité dans la discussion.

Von Eck prit aussitôt la parole, l'index dressé vers le ciel.

— J'affirme ici solennellement que nul ne peut remettre en cause la primauté pontificale qui est de droit divin.

Luther, le visage ombrageux, répliqua vivement :

— Je veux bien admettre une primauté d'honneur accordée à la parole papale mais son autorité ne repose que sur le droit humain, non sur un droit divin.

Et, se tournant vers la salle, l'œil vainqueur :

— Qui oserait soutenir que le salut est conditionné par l'obéissance au pape ?

Un murmure favorable accueillit sa réflexion. On entendit des pieds frottés sur le sol en signe d'adhésion mais nul n'osa intervenir. Luther, dans la chape noire de son ordre, la figure penchée, le corps détendu, respirait de temps à autre le parfum d'un bouquet d'œillets qu'il tenait à la main. Ce qui troublait beaucoup son adversaire. Von Eck, hypnotisé par les fleurs, se ressaisit, énonçant d'une voix forte :

— Il est écrit : « *Tu es Pierre et sur cette pierre, je bâtirai mon église.* »…

— Cette parole s'adressait à saint Pierre et à lui seul, rétorqua Luther d'un ton hargneux. Pas à ses successeurs. Le roc sur lequel est bâtie l'Église n'est point l'apôtre, mais le Christ.

Et s'adressant directement au duc de Saxe :

— Oui, je défends la primauté du pape, mais une primauté de droit humain. De la primauté divine du pape, aucun père de l'ancienne Église n'a voulu faire un dogme de foi.

— Si l'Église n'a pas un chef au-dessus des autres, s'emporta von Eck, il n'y a point de hiérarchie et donc pas d'Église visible.

Von Eck me faisait penser à un garçon boucher ou à un soudard plus qu'à un théologien. Sous sa caricature, j'écrirai au pape : « Par ses cris, sa figure de soldat, ses regards de travers, ses gestes d'histrion, il ressemble à un petit furieux. Il est capable de citer tous les textes sans jamais lire ses notes mais il se vante beaucoup, n'hésitant pas à mentir et à nier des vérités. » Je décrivis aussi

Luther pour que Sa Sainteté puisse se le figurer : « Il est dans la force de l'âge, de taille moyenne, la voix claire et pénétrante. Il maîtrise solidement le grec et le latin et sa science des textes fait l'admiration de tous ceux qui l'ont entendu, ceux qui l'approuvent comme ceux qui le contestent. Ses manières sont affables. Souvent d'humeur gaie et moqueuse, il devient féroce lorsqu'on attaque son intelligence des Écritures. »

— D'où vient ta doctrine ? demanda von Eck, l'air mauvais. De Jean Hus, l'hérétique ?

L'attaque était sournoise, le piège grossier. Luther fit front sans faiblir, à la grande satisfaction des hussites présents.

— Ne vous en déplaise, certaines propositions de Jean Hus que le concile de Constance a condamnées étaient véritablement évangéliques. Son martyre ne visait qu'à provoquer l'effroi des pauvres gens afin que la vérité soit réprimée par la violence et par la peur !

— Tu es bien incapable de le démontrer, grinça von Eck.

— Si, et en de nombreux points.

Le duc Georges de Saxe bouillait de colère, il laissa échapper :

— Il est fou !

Mais Von Eck couvrit sa voix. Il se mit soudain à crier comme si le diable lui-même le piquait de sa fourche.

— Hérésie ! Hérésie ! Hus a été condamné par le concile de Constance pour hérésie, rien que pour hérésie. Veux-tu être le nouveau Jean Hus et être livré au feu ?

D'une voix très posée, Luther s'adressa à lui comme il aurait tancé un élève aussi niais qu'arrogant :

— Comment me prouverez-vous qu'un concile ne peut se tromper ?

Melanchthon

Avec Peter, Johan et Marcus, je retrouvai Müntzer attablé avec des paysans dans une auberge. Philippe Melanchthon leur rapportait les débats auxquels il n'avait pas pu assister.

— Qu'a-t-il dit ? s'impatientait Müntzer.

— Luther a répété crânement que les indulgences n'avaient été créées que pour les chrétiens mauvais et paresseux. Il veut bien admettre que l'Église soit infaillible en matière de foi mais il refuse qu'elle usurpe le pouvoir divin en distribuant des indulgences.

— Luther a raison, approuva Müntzer. La miséricorde divine n'est en aucune façon « négociable » ! Il faut rejeter les indulgences car le Seigneur a dit : « C'est moi qui efface les forfaits par amour de moi. »

— Isaïe ! C'est exactement ce qu'a cité Luther ! applaudit Melanchthon. Selon Martin, il s'agit moins de lutter contre le commerce des indulgences que de dissuader les chrétiens d'en acheter. Il faut qu'ils apprennent à faire une véritable pénitence.

Müntzer tapa du poing sur la table.

— Pour sûr ! Il vaut mieux faire l'aumône aux pauvres de sa commune que de se saigner pour aider le pape à construire Saint-Pierre de Rome…

Melanchthon vida son pot de bière.

— Vous auriez dû l'entendre narguer von Eck : « Si d'aucuns maintenant veulent me traiter d'hérétique, c'est que ma vérité est fort nuisible à leur cassette ! »

Il est des hommes envers qui on éprouve une antipathie immédiate. Melanchthon était de ceux-là. Malgré son grand savoir, son ton posé et son esprit brillant, il m'apparaissait comme un fourbe, un hypocrite. Il raconta avec délectation comment la voiture de Luther avait dépassé celle de Karlstadt qui avait perdu une roue et déversé ses passagers dans le fossé devant le cimetière de l'église Saint-Paul.

— C'est ainsi que le second prend le pas sur le premier, conclut-il, suffisamment fort pour que tous l'entendent.

Quand je tentais d'esquisser son portrait, son visage fuyait sous le trait. Si, comme je le crois, l'âme et le visage ne font qu'un, l'âme de Melanchthon se dissimulait sous un drap opaque. Parfois, lorsque l'artiste dessine, la grâce lui est refusée. « N'oublions pas qu'il faut être deux pour faire un grand portrait », m'avait enseigné mon maître. Une étroite collaboration est nécessaire entre le modèle et l'artiste, qui se débattent pour aller l'un vers l'autre. Si le modèle ne se livre pas, s'il résiste, le dessinateur ou le peintre sera tenu à distance. Peut-être le portrait sera-t-il ressemblant mais la présence n'y sera pas. Certains modèles, tel Melanchthon, refusent que leur intimité soit scrutée. Ils font tout pour dissuader le peintre de s'approcher. Avec Melanchthon, c'était comme si nous nagions sur chaque rive d'un fleuve tempétueux et que je n'arrivais pas à le rejoindre. Je luttais, non pas comme Jacob « jusqu'au lever de l'aurore », mais contre le démon voleur de visage. Melanchthon cherchait à me perdre dans le blanc total de ma feuille. Il ne voulait pas que je l'observe, encore moins que je le dévisage, comme s'il craignait que mon dessin révèle sa vraie nature aux yeux de tous. Par calcul, il s'était fait disciple de frère Martin et défendait son choix comme un usurier protège ses biens. Frère Thomas, au contraire, n'était qu'enthousiasme et générosité jusqu'à l'aveuglement.

La dispute de Leipzig fit grand bruit. Pour les uns, Luther était un agitateur qui montait la tête des paysans contre leurs seigneurs et l'autorité pontificale. Pour les autres, c'était un prophète envoyé par Dieu, parlant en vérité contre les mensonges de l'Église. Aucune conciliation n'était possible entre les deux camps. On rapporta que le pape, pourtant bon et doux, fulminait contre Luther qui se moquait ouvertement de ses envoyés. Luther s'était obstiné à appeler von Eck, von Dreck (« ordure ») ou von Sauek (« soue à cochons ») et avait affirmé qu'il aurait mieux fait de disserter sur les jolies femmes et les gais compagnons, sujets sur lesquels il était éloquent, « mais qu'il se taise pour le reste ». Il avait même conseillé au pape de faire de l'ordure (*Dreck*) un cardinal et de le jeter au feu ! En réplique, von Eck appela systématiquement Luther « Lotter » (« vagabond », « vaurien ») et s'adressa à lui sans jamais le regarder en face.

Henri d'Angleterre avait écrit au pape pour qu'il excommunie Luther, ce « mouton décrépit, malade et mal intentionné », ce « moine qui osait lui jeter des ordures à la face ». Luther lui avait rétorqué qu'il n'était « qu'une courtisane en pleine hystérie ! » et s'était indigné : « Quel est ce Henri qui vit dans la pourpre, ivre de débauche et de fornications, pour que je respecte ses blasphèmes et sa violence ? » Il avait ajouté : « Si le roi d'Angleterre s'arroge le droit de dégoiser des mensonges, je suis en droit de les lui faire avaler. » Puis il s'était déchaîné, traitant Henri VIII de fou de carnaval, d'excrément de cochon, d'âne, de coquin, de menteur à qui il fallait lancer de la boue et du fumier. Le pape, qui craignait de dresser toute l'Allemagne contre Rome, tenait à ménager Frédéric. Malgré les plaintes qu'il reçut, il ne fit donc rien contre Luther et se contenta de nommer Henri VIII « défenseur de la foi » pour le remercier de prendre fait et cause pour la papauté.

Emilio

J'étais revenu à Wittemberg pour travailler aux finitions du décor d'une Vénus de Cranach, prête à être livrée à un riche bourgeois de Zwickau. Pendant que mon travail séchait, j'accompagnais Luther à l'auberge pour déjeuner. Frère Martin maudissait les beautés dénudées qui faisaient la fortune de son ami.

— Vous ne les aimez pas ?

— Souviens-toi que celui qui regarde la femme de son voisin commet déjà l'adultère.

Je n'étais pas d'humeur à me faire sermonner.

— Alors vous êtes un grand pécheur, rétorquai-je, j'ai bien vu que vous vous attardiez à détailler Ève comme Vénus, et même l'ébauche des trois Grâces attirait votre regard…

Luther ne chercha pas à se défendre.

— Tu as raison, dit-il comme s'il se parlait à lui-même, je suis un grand pécheur. Et il faut que je le sois.

Il se justifia.

— Tu dois comprendre qu'en péchant, je me fortifie ; en me contraignant pour éviter de pécher, je m'affaiblis. Et aussi, je peux pécher plus fortement encore si je crois encore plus fortement et que je me réjouis dans le Christ.

Il se souvenait que le docteur Staupitz, le vicaire général de son ordre, l'avait mis en garde : « Ne va pas te faire un péché de n'importe quelle vétille ! » Il ne voulait considérer que les plus graves péchés : tuer père et mère, blasphémer publiquement, mépriser Dieu, commettre l'adultère…

— Alors, vous n'avez rien à craindre ! dis-je pour le taquiner.

L'attaque eut lieu dans une petite rue perpendiculaire à celle de l'auberge. Face à nous, je vis soudain arriver le père Emilio – que j'avais aperçu à Leipzig – et trois hommes armés de glaives courts et de longues dagues. Ils ne venaient pas pour discuter. J'attrapai le bras de Luther pour le forcer à faire demi-tour et le poussai devant moi.

— Courez !

— Tu es fou ?

— Ils en veulent à votre vie, fuyez !

Emilio et ses hommes se lancèrent à notre poursuite. Nous nous mîmes à courir pour leur échapper. Luther pestait, jurait, lâchant de petits cris de peur à chaque enjambée. Par chance, une porte s'ouvrit à dix pas de nous. Une vieille, alertée par la cavalcade, sortit la tête pour voir ce qui se passait. Bousculant la femme, je fis entrer Luther d'un coup d'épaule et j'entrai derrière lui en refermant la porte. La vieille s'époumonait : « Ah mon Dieu ! Ah mon Dieu ! » Luther, pris de vertiges, titubait, incrédule.

— Des démons. Des démons me poursuivent...

Emilio et ses hommes tambourinaient des deux poings contre la porte.

— Ouvrez ! Ouvrez !

La rue vide résonnait de leurs assauts. Je montrai à Luther le jardin à l'arrière de la maison.

— Fuyez ! Je m'en occupe !

— Ils vont te tuer !

— Fuyez !

Luther s'élança vers le jardin, précédé par la vieille, pas plus haute qu'une enfant de douze ans, qui psalmodiait « Jésus Marie Joseph ! ». La porte céda. Emilio me fit face, le visage congestionné, les pupilles noires de haine.

— Où est-il ?

— Restez où vous êtes, dis-je, bras tendu, main ouverte pour les arrêter.

Emilio fondit sur moi.

— Dégage, saleté ! cria-t-il en me poussant.

Je pivotai sur place. Quand il me dépassa, je lui assénai un coup de coude si violent entre les omoplates qu'il tomba à genoux. Je sautai aussitôt sur lui pour l'étrangler. Un tour que j'avais vu faire lors d'une bagarre dans l'auberge de ma mère.

— Foutez le camp ! criai-je à ses hommes.

Ils hésitèrent un instant, leur chef étouffait.

— Sombre crétin, tu ne sais pas à qui tu t'attaques ! cracha Emilio en se débattant.

Il essaya de me mordre. Je lui serrais le cou de toutes mes forces.

— Qui vous envoie ?

— Aaaarrgh !

— Qui ?

La vieille ne laissa pas à Emilio le temps de répondre. Elle réapparut encadrée de types robustes – ses deux fils – l'un tenant une fourche, l'autre une serpe.

— C'est pas Dieu possible !

Ses fils firent un pas en avant, prêts au combat. Les hommes d'Emilio, voyant leurs adversaires armer leurs bras, jugèrent plus prudent de ne rien tenter.

— Sortez de chez moi ! ordonna la vieille d'une voix très ferme. Sortez !

Et, se penchant vers moi :

— Toi aussi ! me cria-t-elle.

Je relâchai le père Emilio d'un puissant coup de pied dans les reins qui l'expédia au sol. Il se releva, écumant.

— Tu ne perds rien pour attendre.

Traduire

En passant à mon tour par le jardin, je rejoignis Luther dans sa cellule sans craindre de me retrouver nez à nez avec le père Emilio et ses sbires. Une odeur de bois flottait dans la chambre de frère Martin. Une agréable odeur qui me rappelait celle de ma salle de cours chez les dominicains. Sur la table, une corbeille de fruits attendait qu'on se serve mais frère Martin ne me proposa pas d'en prendre un. Luther, le visage très pâle, devait expulser la rage qui l'habitait.

— Tu m'as sauvé la vie, me remercia-t-il, encore tremblant. C'étaient des démons. Ils avaient forme humaine mais c'étaient des créatures infernales !

J'évitai de le contredire.

— Nous avons eu de la chance.

— Tu connais ce prêtre ? Ce diable ?

— Je l'avais rencontré à Trente, il était à Leipzig...

— C'est le pape qui l'envoie ?

— Je ne crois pas.

— Qui, alors ?

Je savais que je venais de me faire deux sérieux ennemis, Emilio et le camerlingue du pape que je soupçonnais d'être derrière toute cette affaire.

— Je pense que c'est le cardinal Armellino, son cousin, dis-je après réflexion.

Luther écarquilla les yeux.

— Le cardinal ? Pourquoi ? Il ne me connaît pas !

— Vos écrits nuisent à son commerce.

Pour utiliser l'incroyable énergie que la colère levait en lui, Luther avait entrepris de traduire les psaumes en allemand et sollicitait mon aide. Je connaissais bien les psaumes. Je me souvenais surtout d'un cours du père Girolamo qui nous avait expliqué que tout le récit de la Passion de Notre Seigneur avait été écrit par saint Marc et saint Matthieu à la lueur de ces textes. Dans le psaume 22, le partage des vêtements : « *Ils se partagèrent entre eux mes habits et tirèrent au sort mon vêtement.* » Le vinaigre que boit Jésus, dans le psaume 69 : « *Pour nourriture, ils m'ont donné du poison et, dans ma soif, ils m'abreuvaient de vinaigre.* » Jusqu'au dernier cri du crucifié chez les saints évangélistes : « *Mon Dieu, mon Dieu, pourquoi m'as-tu abandonné ?* », qui, lui aussi, vient du psaume 22.

— N'oublie pas Isaïe, me dit Luther. Il y a les psaumes et il y a Isaïe pour le récit de la crucifixion dans l'Évangile. Tous les outrages, la flagellation sont tirés du chapitre 50 : « *J'ai tendu le dos à ceux qui me frappaient, et les joues à ceux qui m'arrachaient la barbe ; je n'ai pas soustrait ma face aux outrages et aux crachats.* »

C'était décevant.

— Saint Marc et saint Matthieu recopient Isaïe ?

— Et les psaumes !

— Comme saint Luc et saint Jean ?

— Oui, comme eux. Les saints évangélistes sont nos témoins de la parole.

J'objectai :

— S'ils n'étaient pas là à la mort du Christ, comment être sûr que ça s'est passé comme ça ?

Luther me sourit.

— L'histoire est sans importance. À travers ce qu'ils écrivent, c'est l'Esprit qui nous éclaire.

Pour l'assister, je devais lire le texte latin à voix haute comme Luther me l'enseignait, « le sens et le son ne sont pas dissociables. Il faut retrouver la musicalité, le rythme profond de la phrase, les faire sonner aussi fort dans une langue que dans l'autre ». Luther professait que, pour parler allemand, il fallait interroger la femme dans son ménage, les enfants dans leurs jeux, les bourgeois sur la place publique. C'étaient eux les docteurs qu'il fallait consulter et non pas les soi-disant savants qui n'avaient que morgue et mépris pour ceux qui ne leur ressemblaient pas.

— Tu sais, m'avoua-t-il, je suis fils de paysan, petit-fils de paysan et il m'a fallu bien des efforts pour briser les chaînes auxquelles on voulait m'attacher.

— Quelles chaînes ?

— La langue noble, la langue universitaire, la langue ecclésiale, le latin, le grec, la scolastique, la langue des seigneurs, des riches et des nobles. Une langue morte, moisie de certitudes, vidée de son sang, c'est-à-dire de son sens. Incompréhensible à tout un chacun. Une langue cimetière portée par des clercs épuisés qui n'ont rien à dire. C'est de la bouche du peuple qu'il faut apprendre comment on parle allemand. C'est en cet allemand qu'on doit interpréter l'Écriture. Ainsi, quand nous parlerons tous la même langue, nous serons enfin unis pour comprendre vraiment le Seigneur et les prophètes, la Parole sera accessible au peuple.

Je croyais entendre frère Thomas !

Nous travaillâmes sans relâche pendant près d'un mois à la traduction des psaumes, sans jamais évoquer l'agression dont Luther avait été la cible. Il avait eu peur mais il s'en était sorti sans dommage, comme toutes les fois où il avait dû affronter les papistes, et cela lui confirmait qu'il était sous la protection du Seigneur.

— Dieu est avec moi !

Avec saint Augustin, il se réjouissait que ses ennemis souffrent en enfer « un feu plus terrible que ce qu'un homme peut souffrir dans cette vie ».

Luther s'émerveillait de voir comment l'auteur des psaumes était capable d'exprimer vingt-deux fois les mêmes nuances avec vingt-deux fois des mots et des sens différents.

— Ni Cicéron, ni Virgile, ni Démosthène n'ont été si éloquents et si habiles rhéteurs que David. Nous devons être à la hauteur de son talent. Il avait non seulement un don, mais la grâce.

Nous en étions au trente-neuvième :

« *J'ai dit :*
Je garderai ma route
Sans laisser ma langue s'égarer
Je garderai à la bouche un bâillon
Tant que devant moi sera l'impie. »

… lorsque Luther me confia un message à porter sans attendre à Müntzer.

— Ton ami Peter te remplacera auprès de moi.

Après lui avoir recommandé de se tenir sur ses gardes et avoir reçu de lui le même conseil, une fois encore je me mis en route. Je m'inquiétais pour le frère Martin mais je n'étais pas mécontent de m'éloigner du père Emilio et des tueurs du cardinal qui devaient encore traîner en ville.

Nomination

Müntzer menait l'existence affairée de ceux qui ne peuvent compter que sur eux-mêmes. Sa petite maison semblait flotter dans le paysage comme si elle se détachait de celles alentour. C'était une simple demeure aux murs assez solides, aux fenêtres étroites, au sol en terre battue, et son toit ne fuyait pas. Le soleil se levait à peine, l'air était imprégné de pluie, le ciel d'un blanc de porcelaine. J'avais dormi dans une cabane abandonnée à la lisière d'un bois, j'étais raidi de froid et pas encore bien réveillé quand je le trouvai occupé à écrire à la chandelle dans la pénombre.

— Frère Thomas, j'ai pour vous une lettre très importante de frère Martin...

Müntzer la lut aussitôt.

— Ottilie ! Ottilie ! appela-t-il en la reposant.

Il n'y avait presque aucune intimité dans la pièce unique meublée de peu de choses. Ottilie, tirée du sommeil, sortit du lit, entortillée dans une couverture, les épaules nues, sans se montrer gênée de ma présence. Le soir même de l'incendie du château de Waltmeyer, Müntzer et Ottilie s'étaient mis ensemble. Les mots n'avaient pas été nécessaires. Un échange de regard avait suffi à leur faire comprendre qu'ils étaient destinés l'un à l'autre. Depuis, ils vivaient comme mari et femme, au vu et au su de tous, sans craindre l'opprobre ni les dénonciations, unis par l'amour du Christ dans le combat contre les papistes, les clercs, les bigots et les prudes.

— Écoute ça ! dit fébrilement Müntzer. Sur recommandation du frère Martin, je suis nommé curé à Notre-Dame de Zwickau !

— Tu remplacerais le père Égranus ?

— Il était temps de se débarrasser de ce soiffard, rongé d'envie et de haine. Cet odieux blasphémateur ne goûte que la compagnie des femmes et des gros bonnets ! Enfin, il s'en va ! Enfin une chaire où je vais pouvoir parler contre les gardiens aveugles des brebis aveugles. Je ferai entendre que les richesses corrompent la foi. Que les prêtres et les princes devraient tout abandonner pour exercer chrétiennement leur fonction !

Müntzer nous fit à voix haute la lecture de sa lettre de nomination : la municipalité de Zwickau lui accordait un logement de fonction avec un jardin potager et un enclos où il pourrait avoir des poules et faire engraisser un cochon... Brûlant d'impatience, il commença à rassembler le peu d'affaires qu'il avait.

— Viens avec moi, m'ordonna-t-il brusquement.

Je l'accompagnai dans le réduit où était installé son bien le plus précieux, sa presse à imprimer, avec les casses qui contenaient les lettres en plomb. Nous démontâmes la vis, les montants, les pieds, et les empilâmes sur le chariot tandis qu'Ottilie et la jeune nonne, qui ne l'avait pas quittée depuis leur fuite du couvent, remettaient dans la maison les meubles que Müntzer tenait de sa mère mais qu'il ne pouvait emporter.

— Cela me fait de la peine mais tant pis. Je dois renoncer à l'idolâtrie des maisons et des coffres, soupira-t-il.

— « Ne vous amassez pas des trésors sur la terre, où la teigne et la rouille les détruisent. »

Müntzer me félicita de si bien connaître saint Matthieu.

— Il a raison, comme saint Paul : la voie qui mène au Christ est une route droite et aride. Elle se mérite.

Müntzer me confia un bidon qu'il serrait contre lui.

— Tiens-le comme le saint chrême.

— Qu'est-ce que c'est ?

— L'encre, Luca, l'encre ! La grande trouvaille de maître Gutenberg, de Mayence, c'est l'encre qui permet d'imprimer le papier sans coller ni déborder sur les bords !

Dotty

La charrette était déjà chargée, prête à partir. Avec la jeune nonne, nous nous installâmes à l'ombre d'un grand chêne pour manger avant de prendre la route. Elle m'avait souri par deux fois mais nous ne nous étions jamais parlé. J'engageai la conversation en lui donnant mon nom et en la priant de m'apprendre le sien.

— Dorothea, dit-elle en baissant les yeux, mais tout le monde m'appelle Dotty.

— Tu portes le nom de la sainte à qui est dédiée l'église près de l'auberge de ma mère, à Rome !

— J'espère ne pas finir comme elle.

J'ironisai.

— Vierge et martyre ?

— Brûlée vive et décapitée..., répliqua-t-elle d'un ton brusque.

Elle m'avait mouché. Je sortis mon carnet pour trouver une contenance.

— Qu'est-ce que tu écris ? demanda Dotty en me proposant une tranche de pain avec du saindoux.

— Des notes pour me souvenir de tout ce que je vis. De tout ce que je vois.

Je lui montrai l'esquisse d'un portrait de Müntzer. Elle l'observa, passant le doigt tout doucement sur le croquis.

— Tu feras le mien ?

— Ça te plairait ?

En réponse, elle me sourit comme les anges sourient sur les murs des églises. Elle avait été tondue dans son couvent. Ses cheveux qui repoussaient lui donnaient des airs de jeune garçon.

— Vous étiez toutes tondues au couvent ?

— Les punies. La mère supérieure professait que se raser le crâne plaît à Dieu.

Elle ricana.

— Elle voulait surtout être sûre que nous ne nous enfuirions pas dans le monde.

— Votre confesseur le savait ?

— Il avait commerce avec la mère et se moquait bien de ce qu'elle nous faisait subir.

— C'est lui que vous avez rossé, l'autre jour ?

— Nous lui avons rendu la monnaie de sa pièce.

— Il vous battait ?

— La mère abbesse s'en chargeait, lui se contentait de regarder et d'y prendre son plaisir.

Dotty, calme et impassible, raconta :

— À onze ans, quand ma mère est morte, on m'a forcée à entrer au couvent, en prétendant que cela m'assurerait nourriture, protection et abri. Ni mon père et sa nouvelle femme, ni personne ne voulut m'entendre quand j'avouai que je ne me sentais pas faite pour la vie religieuse. L'odeur de l'encens à l'église me soulevait le cœur et je ne voyais que convoitise, haine et frustration entre les sœurs. On me forçait à réciter « Jésus est le Verbe de Dieu, Jésus est amour », et j'ai cru devenir folle à force de devoir le répéter sous la menace d'une badine. Quand j'ai eu quatorze ans, j'ai dû prendre le voile et prononcer mes vœux. J'ai haï mon père et ma marâtre. Je dépérissais, j'allais mourir de chagrin, de solitude, étranglée par cette haine qui étouffait tout autre sentiment en moi. J'ai écrit à la sœur de ma mère pour lui demander de venir me chercher, de me prendre avec elle. Je n'en pouvais plus du couvent. J'avais tant besoin d'amour, de consolation. Cela s'est su. Pour me punir, chaque jour, pendant une semaine, j'ai dû faire vingt signes de croix sur le sol des lieux d'aisances avec ma langue, j'ai été fouettée de verges, robe relevée, devant les autres ; à l'église, je devais rester étendue par terre les bras en croix pour que mes compagnes me piétinent, mais je n'ai jamais cédé. Je voulais partir, je le disais, je le répétais. Je n'avais en tête que souffrances, injustices, tristesses. Je ne voulais pas de ce Christ sanguinolent qu'on m'ordonnait d'adorer. Je ne voulais pas d'un supplicié comme dieu. Je ne voulais pas vénérer la torture, l'agonie et la peine. Je passais mes nuits à me répéter : pourquoi ? Pourquoi ? Pourquoi ? J'avais enterré mes espérances. Seule la mort pourrait me délivrer. Je l'appelais. Je criais. Je hurlais qu'elle vienne me prendre. Alors, j'ai été tondue, enchaînée et enfermée dans un cachot, au pain et à l'eau pendant tout un mois. J'aurais été condamnée à l'incarcération perpétuelle si les paysans ne s'étaient révoltés.

— Maintenant, tu es sauve.

— Oui, Ottilie m'a sauvée.

Elle railla avec mépris :

— Toutes les autres m'avaient oubliée.

Les joues de Dotty s'empourprèrent.

— Je dois la vie à Ottilie. Grâce à elle, je suis sauvée de l'Église, de ses prêtres, de ses confesseurs, de ses religieuses, de la mère supérieure, de celle qu'on appelait Tape-dur, de…

— Dieu les punira.

— Dieu ne punira personne. Il se réjouit du malheur des hommes. Et plus encore de celui des femmes ! C'est son contentement.

— Tu ne peux pas dire ça ! Dieu ne veut pas la mort du pécheur !

— Bien sûr que si !

Ses dents grincèrent.

— Je le hais et je hais tous ceux qui se réclament de lui, comme mon père et sa nouvelle femme.

— Si je te dis que je crois au Christ, tu me haïras ?

— Peut-être…

Elle remua la tête, haussa les épaules.

— Non, pas toi. Je hais les prêtres, les évêques, le pape, même Jésus.

— Tu n'as plus la foi ?

Dotty me dévisagea les yeux brillants.

— J'ai cru en Dieu mais je n'y crois plus, dit-elle.

Et, dans un souffle :

— J'ai trop souffert.

L'aveu me laissa sans voix. Heureusement, Müntzer, très énervé et très agité par les préparatifs, m'interpella :

— Alors, tu t'es décidé ? me demanda-t-il. M'accompagneras-tu le temps que je m'installe ?

J'étais curieux de voir comment réagiraient les habitants et les notables de Zwickau quand ils l'entendraient prêcher qu'il faut renverser l'ordre établi. Cependant, j'hésitais.

— Frère Martin m'attend. Il traduit les psaumes et je dois l'assister dans cette tâche.

— Il traduit les psaumes ? s'étonna Müntzer. Moi aussi je les traduis en bon allemand. La langue est un instrument comme la trompette, mais il faut un son qui soit littéralement accordé avec la trompette. Il ne faut pas l'endimancher, l'orner de mignardises. Il faut faire entendre toute la rudesse, l'âpreté de David, sa force à empoigner le monde, à…

Il s'interrompit brusquement.

— On m'a rapporté que Karlstadt prêchait déjà la Bible dans notre langue, c'est vrai ?

— Oui, cela fait scandale.

Müntzer cracha par terre.

— Le peuple doit comprendre que Jésus n'est pas venu sur terre apporter la paix mais le glaive, dit-il gravement.

Il m'effrayait. J'avais encore en tête les prêtres molestés, passés par l'épée et le feu.

— Comme au couvent et au château de Waltmeyer ?

— Non, s'enthousiasma Müntzer, je parle d'une arme plus forte encore et plus puissante que celle des bras ! La parole. Ne sens-tu pas qu'il y a quelque chose de faux quand je prêche en latin ? Les bons pères qui ont converti notre pays étaient des moines français ou italiens comme toi. Ils firent ce qu'ils purent pour maintenir l'unité de la foi. Ils prêchèrent en latin parce que la langue allemande était tout à fait désordonnée. Aujourd'hui, cela n'a plus de sens. C'est en allemand que nous devons répandre la parole.

— Luther dit la même chose.

— Et Karlstadt, et Melanchthon et tous ceux qui mesurent l'importance de la langue dans laquelle nous prêchons !

Il me fixa droit dans les yeux.

— Tu sais, Luca, lorsqu'on s'adresse au peuple intelligemment, il répond intelligemment. Le latin des prêtres et des clercs maintient les hommes derrière un mur d'ignorance qui sert le pouvoir des nantis. Nous devons abattre ce mur !

Je n'osais comprendre.

— À Zwickau, vous voulez dire la messe en allemand ?

— Bien sûr. Karlstadt l'a déjà fait à Wittemberg. Luther y viendra lui aussi…

— Rome se dressera contre vous.

— Oublie cette grande putain, son pape et ses prostituées, tu n'as rien à attendre d'eux.

— Parce que je suis un bâtard ?

Müntzer soupira, levant les yeux au ciel, je disais n'importe quoi.

— Parce que tu sais lire et écrire, dit-il. Rien ne fait plus peur à ces cagots qu'un peuple qui réfléchit. Il faut que le peuple apprenne ce qu'il y a dans les textes saints. Je traduis les psaumes et Daniel pour lui. Il faut que les gens entendent la parole de Dieu sans intermédiaire. Nous sommes des Allemands, excuse-moi, pas des Italiens ni des Romains de l'époque antique. Nous parlons allemand. Tout le mal de la chrétienté vient de ce que les prêtres et les confesseurs préfèrent se cacher derrière leur latin pour faire accepter au peuple l'inacceptable. Ils ignorent ce qu'ils doivent savoir et négligent de l'apprendre. Comment apprendre aux autres ce que je ne sais pas moi-même ?

Müntzer se tut un instant pour reprendre son souffle.

— Il faut que le peuple sache que tous les curés, les évêques, les cardinaux et le pape lui-même mentent à fendre les pierres ! Mais ce n'est pas suffisant.

— Vous voulez détruire la religion ?

— Je veux la sauver de cette race de vipères ! Je veux une messe évangélique, sans cérémonie, sans chasuble, sans confession, et la communion sous les deux espèces !

— Vous êtes fou, c'est de l'hérésie !

— Si c'est de l'hérésie comment appelles-tu le culte des saints ? Du polythéisme comme chez les Grecs et les Romains ? Et celui des reliques ? De l'idolâtrie ? Et les peintures ? Et les statues ? Dieu n'a-t-il pas dit à Moïse : « Tu ne feras aucune idole, aucune image de ce qui est là-haut dans les cieux, ou en bas sur la terre, ou dans les eaux par-dessous la terre. »

Je ne sus que répondre.

— Saint Paul parlait de la croix comme « scandale et folie », continua Müntzer, profitant de mon silence. Alors oui, c'est une folie que l'Esprit soit vivant dans la communauté des croyants. La foi ne peut être confisquée par un clergé ni réduite à un livre sacré dans une langue incompréhensible pour la majorité des croyants. Elle est tout entière dans le dialogue entre Dieu et Sa créature. La divinité muette est celle des idolâtres sensuels, des impies indifférents aux souffrances de la Croix. Nous vivons sous le signe de la confusion. Notre faiblesse ou notre lâcheté font que nous ne souffrons plus de rien. Or, la souffrance est une condition nécessaire pour la réception de la Parole. Un homme qui n'a pas connu l'épreuve ne vivra que du vent. Je dois crucifier ma vie avec ses vices et ses convoitises, souffrir dans ma chair, dans mon âme pour communier avec Notre Seigneur Jésus, pendu nu sur la croix.

Je protestai avec la fougue désordonnée de la jeunesse.

— Non, vous vous trompez ! Dieu ne veut pas qu'on souffre, qu'on se sacrifie, qu'on se dévoue et qu'on meure martyr en chantant Sa gloire. C'est de l'orgueil ! La souffrance est un luxe à bannir comme tous les luxes. Dieu veut que l'amour nous guide, qu'on se réjouisse, que la joie soit notre quotidien ! Le corps humain n'a pas à être le territoire de la douleur. Nous devons jouir de la vie. Ceux et celles qui ont torturé Dotty sont des bourreaux en habits d'église, pas des chrétiens !

Route

Nous partîmes sur une charrette tirée par un cheval de labour qu'un paysan avait consenti à louer à Müntzer contre la promesse de le faire ramener au plus vite. Müntzer et Ottilie s'installèrent à l'avant, Dotty et moi, à l'arrière, le dos calé contre un balluchon. Je réfléchissais : le père Girolamo rêvait de faire de moi un exégète mais sans hésiter, j'avais quitté les études pour l'apprentissage de la peinture ; Raphaël m'avait accordé une place dans son atelier mais je n'avais pas protesté quand le pape m'avait envoyé en Allemagne, j'étais parti ; Cranach comptait sur moi pour peindre les finitions d'une Vénus, mais Luther m'avait réquisitionné pour la traduction des psaumes et j'avais délaissé la beauté dénudée par Cranach dont le modèle était le corps de ma tante Lucia ; je devais assister Luther dans sa tâche de traducteur, mais Müntzer me réclamait auprès de lui et je n'avais pas refusé de le suivre à Zwickau, remettant la traduction des psaumes à plus tard. Girolamo, Raphaël, Cranach, Luther… les avais-je tous trahis ? Des images de dérobade et de tromperie m'assaillirent. N'avais-je donc aucune volonté ? Aucun sens du devoir en tant qu'envoyé du pape ? N'étais-je qu'une feuille dont le vent se jouait à sa guise ? Tantôt m'envoyant dans un cloître, tantôt dans les eaux bouillonnantes d'un torrent ou m'abandonnant sur le fond d'une charrette… Que valait ma vie ? Serais-je un éternel fuyard poursuivi par le diable ou par des assassins ? Livré à son seul instinct ? Cela m'attristait souvent à la tombée du jour pourtant je ne me sentais pas vraiment honteux. J'étais convaincu d'être guidé par la force mystérieuse d'un ange ou d'un démon de la peinture. Mon but, c'était de peindre. Je voulais atteindre l'émotion pure sans renoncer à la raison. Quoi que je vive, j'essayais de conserver mon jugement, de développer mon œil et mon cerveau. Pour réussir, faudrait-il que je me dépouille de tout ce que j'avais appris ? De tout ce que j'avais connu jusqu'alors ? Cela ne m'effrayait pas. Ce que je traversais m'éprouvait mais peut-être devais-je traverser sept cercles de feu pour un jour parvenir à ouvrir mon atelier ? À terme, j'étais certain d'obtenir une réponse comme le peintre devant sa toile qui se dit « c'est ça », après des mois de travail, d'errements, d'angoisses et de doutes.

Nous n'allions pas vite. Peut-être parce que nous nous enfoncions dans une contrée où personne ne semblait vivre ? En chemin, nous ne vîmes que peu de maisons et quelques cabanes. Nous roulions tantôt sur des sentiers montants et descendants d'une colline, tantôt sur une piste droite et plate à travers la forêt. La charrette brimbalante avançait, pesante, lente, craquant de toutes parts quand une roue se prenait dans une ornière. Dotty, les mains immobiles sur les genoux, chantait :

Quand tu daignes
Entrer dans ma poitrine
Dieu, à l'instant
Je crains de te perdre
Cette peine m'afflige
Et me fait dire
Anxieuse de te voir
Je désire mourir

Une lumière légère la nimbait comme la première fois que je l'avais vue dans les fumées du couvent en flammes. Sa beauté gardait l'empreinte des rondeurs de l'enfance. Son nez droit, ses yeux profonds, ses lèvres bien dessinées m'apparaissaient comme un défi aux plus belles figures peintes par Raphaël ou Cranach. Quel peintre saurait un jour lui rendre justice ? Dotty avait tout d'une jeune reine dans un conte populaire. Les yeux mi-clos, elle semblait heureuse, offrant son visage à la douceur du jour, telle la Vierge de Filippo Lippi qui est à Florence. J'aimais sa voix, grave, un peu rauque, étrange pour une si jeune fille. À chaque cahot, nos genoux se touchaient ; ses genoux meurtris, salis par la poussière, rayés de cicatrices. Je sentais sa cuisse frotter contre la mienne. J'avais honte, sentant mon membre se dresser. Je n'osais tourner le visage vers Dotty qui, si elle s'en était aperçu, ne le montrait pas. Elle feignait d'admirer le pays que nous traversions, laissant son regard se perdre sur les prés, sur les terres en jachère, sur le ciel et son troupeau de nuages. Mon cœur battait, mon sang bouillait dans mes veines, ma tête allait exploser. Éprouvait-elle les mêmes émotions que moi ? Nous ne nous parlions pas. À un moment, Dotty bégaya quelques mots que je ne compris pas. Je répondis en bredouillant sans parvenir à finir une phrase puis le silence nous couvrit comme une eau sans visage et sans nom. Nous nous accordions sans mot dire. Chaque cahot nous faisait tressaillir, chaque paysage nouveau semblait être une caresse, il ne manquait qu'un chœur de séraphins pour nous croire au paradis. Le vent s'était levé. Soudain, un souffle d'air froid nous fit frissonner. Dotty prit ma main. Cela suffit à me faire éprouver la sensation la plus forte de mon existence !

Nous avions beaucoup de route à faire mais, relié à cette main, je n'avais qu'un souhait : que nous ayons mille lieues à parcourir, que ce voyage ne s'arrête jamais.

Avant la nuit, nous fîmes halte à Leipzig. Des cousins du côté de la mère d'Ottilie pouvaient nous héberger. Ottilie m'avait raconté qu'elle venait de la famille von Görschen.

— J'ai grandi à Klein et Großgörschen.

Ses parents, de petite noblesse, avaient été spoliés par un duc, elle avait dû prendre le voile pour ne pas peser sur les siens.

— J'étais encore novice au couvent cistercien de Beuditz près de Weißenfels quand j'ai appris leur mort soudaine.

Avaient-ils été emportés par la peste ? Avaient-ils été assassinés ? S'étaient-ils suicidés ? Étaient-ils morts de honte et de chagrin ? Ottilie ne réussit jamais à éclaircir ce mystère et souffrait de cette ignorance comme si un feu ardent brûlait dans son cœur.

— Chez les dominicaines, je me suis immergée dans la lecture. Je voulais lire tous les livres de la bibliothèque !

— Tu les as tous lus ?

— Non ! Je n'ai pas eu le temps…

— Pourquoi tu t'es échappée ?

— Je ne supportais plus d'être enfermée, coupée du monde. Je voulais savoir.

— Pour tes parents ?

— Pour eux, pour tous ceux dont la vie ne compte pour rien aux yeux des seigneurs et des prêtres.

— Tu n'as pas regretté tes livres ?

— Je me tuais à lire. Pas pour lire, pour me tuer.

Zwickau

Zwickau me plaisait. C'était une petite localité aux confins de la Bohême, au croisement des routes de Leipzig et de Dresde. Il y avait deux églises que j'eus plaisir à dessiner et de nombreuses maisons bâties en pierre. Le marché se tenait le long d'une enceinte fortifiée où Dotty et Ottilie furent vite connues comme si elles avaient vécu là depuis toujours. J'appris que la population se séparait en deux groupes : d'un côté les mineurs qui exploitaient les métaux précieux, de l'autre les tisserands, les tondeurs, les cardeurs, les teinturiers, les foulons, les calandreurs, tous ceux qui d'une manière ou de l'autre s'appliquaient au travail de laine. Il y avait aussi beaucoup de pauvres et de mendiants qui cherchaient à se rendre invisibles. Au contraire, les bourgeois qui avaient fait fortune dans le commerce du blé, de la mine, du drap, tenaient à se montrer dans leurs plus beaux atours. Müntzer avait installé sa presse dans un appentis accolé à sa maison, une solide bâtisse de pierre grise veinée de fils d'argent. Je l'aidais à imprimer le texte du premier sermon qu'il prononcerait dans sa nouvelle église et qu'il voulait faire circuler au-delà de la ville. En classant les pages, au fur et à mesure de leur impression, je ne pus m'empêcher de lire : « … car la pierre arrachée à la montagne sans qu'une main la touchât est devenue grosse. »

— Encore la pierre ! Vous revenez toujours au rêve de Nabuchodonosor !

— C'est fondamental.

Il récita :

— « *Tu regardais : soudain une pierre se détacha sans que main l'eût touchée et vint frapper la statue, ses pieds de fer et de terre cuite et les brisa.* »

— Chapitre II du Livre de Daniel, versets 34-35...

Müntzer me regarda d'un drôle d'air, serrant le poing, levant les yeux au ciel.

— Oui, mon glaive ! proclama-t-il.

En observant Müntzer, je pensais que, si je devais le peindre, je le peindrais comme un prophète sorti tout droit de la nuit biblique ! J'en ferais un Daniel dans la fosse aux lions sur un fond montagneux duquel une roche se détacherait. Un homme à la foi rageuse, à la parole puissante, annonçant que jamais l'Éternel n'oublierait les plus humbles. À Zwickau, l'humeur générale était d'ailleurs à la prophétie. Afin de m'en souvenir, je notai pour ma prochaine lettre à destination du pape qu'on avait réimprimé la malédiction lancée par Antonius Torquatus, prédisant qu'en notre temps « il adviendrait une grande et forte rébellion dans les pays allemands. Les vilains se dresseraient contre les nobles ». En ville, j'avais remarqué que beaucoup, au cabaret, sur le seuil des maisons, consultaient les anciennes éphémérides annonçant un prochain déluge et que l'on répétait de famille en famille que le célèbre mathématicien Joseph Tannstätter avait observé une éclipse qui présageait des incendies, des révoltes et des épidémies. Beaucoup craignaient ou espéraient un nouveau *Bundschuh* tant le peuple était exaspéré par les redevances que réclamaient les prêtres et les évêques. Müntzer s'y montrait plus sensible que moi.

— Ce sont des signes incontestables, assurait-il. Nous sommes plus près de Dieu que tu le crois !

Que faire ?

J'avais pu prévenir le messager du pape de mon voyage à Zwickau. Dix jours après notre arrivée, il m'attendait près de la cathédrale Saint-Thomas. Je pris prétexte d'avoir envie de dessiner l'édifice dont on m'avait vanté la beauté et l'élégance pour laisser Müntzer, Ottilie et Dotty s'installer dans les deux pièces qui nous étaient dévolues. J'écrivis au pape :

Très Saint-Père,

Personne ne semble capable de me donner des nouvelles de Tetzel ni de son équipage. Où est l'argent collecté ? Je l'ignore. Le représentant de Fugger que j'ai interrogé n'a rien voulu me dire ou il n'en savait pas plus que moi. Tetzel ne semble plus être en Saxe, à la grande satisfaction du prince Frédéric qui peut ainsi, sans concurrence, reprendre son commerce de reliques puisque la vente des indulgences paraît désormais compromise ici. Luther a été victime d'une tentative d'assassinat. Mais pourquoi ? Ordonnée par qui ? Parce que ses protestations contre les indulgences ont enflammé le pays ? Suis-je en danger moi aussi, bien que je sois à votre service ? Chaque jour, des couvents, des monastères brûlent et sont pillés. Les nonnes désertent en masse et bien des prêtres les imitent, renonçant à leur sacerdoce pour prendre l'habit laïque. La *disputatio* de Leipzig n'a pas discrédité Luther, Karlstadt ni Melanchthon. Au contraire, Luther jouit aujourd'hui d'un très grand soutien populaire et de la bienveillance des princes et de la noblesse, même quand il affirme que nous sommes tous hussites sans le savoir, comme saint Paul et saint Augustin. Par prudence, mais aussi par curiosité, je quitte Halle et Wittemberg pour Zwickau où Thomas Müntzer a été nommé à la place de l'ancien prêtre. Que dois-je faire ? Poursuivre ma mission ? Me mettre en quête de Tetzel ? Rester sur place pour vous tenir informé de ce qui se passe ici ? Ou puis-je m'en retourner à Rome sans plus attendre ?

Samson

L'église Notre-Dame de Zwickau, tout encombrée d'échafaudages, était en réfection. Malgré cela, il y avait beaucoup de monde pour écouter Müntzer dire la messe en allemand. Au premier rang, sur les bancs qui lui étaient réservés, le conseil de la ville, derrière eux les patriciens, les maîtres drapiers, les riches marchands, les maîtres de forge et plus loin les artisans. Plus loin encore, tout au fond, les misérables endettés et les mineurs, profondément blessés par la diminution constante de leurs salaires. Des hommes qui avaient souffert tout ce que l'on peut souffrir et cherchaient consolation. Il y eut d'abord un grand silence, plus aucun bruit, pas de banc que l'on pousse, de toux, ni de bavardages. Müntzer avait passé une partie de la nuit à revoir son sermon.

— Réjouissez-vous, mes amis, commença-t-il, défiant du regard les moines franciscains, l'ordre le plus puissant de la ville depuis deux siècles. Vos contrées mûrissent pour la moisson. Je suis mandé par le ciel avec un gros sou pour salaire. J'aiguise ma faucille pour faucher la moisson. Ma bouche proclame la vérité et maudit les impies que je suis venu démasquer et exterminer dans votre pays ! D'ici, va partir l'Église apostolique qui essaimera dans le monde entier !

Il était lancé. *Crescendo,* Daniel parlait par sa bouche :

— Il y avait une statue, une statue extrêmement brillante. Sa tête était en or, sa poitrine et ses bras en argent, son ventre et ses cuisses en bronze, mais ses jambes et ses pieds étaient en argile... Soudain, une pierre se détacha de la montagne sans que personne ne l'eût touchée et vint les frapper, brisant la statue en mille morceaux...

Dotty me tira par le bras et me fit signe de la suivre. Nous savions ce que Müntzer allait dire sur la force du peuple et la fragilité des princes. Nous pouvions nous éclipser. En grimpant par les échafaudages, nous montâmes dans les combles sans nous faire voir. Nous étions sûrs de n'y être dérangés par personne et de pouvoir surveiller tout ce qui se passait en bas...

La voix de Müntzer montait jusqu'à nous.

— Les docteurs de l'Écriture de notre temps agissent comme jadis les Pharisiens, prêchait-il. Ils rabâchent sans arrêt « Crois ! Crois ! » mais ces corbeaux de malheur nient l'avènement de la foi et ne croient qu'à leur fortune ! Il faut en finir avec la cupidité de l'Église ! Guerre aux puissants aux pieds d'argile, guerre au pape, à ses sbires et au clergé, paix aux chaumières. Guerre à ceux qui vendent le Ciel comme saucisses à la foire, à ceux pour qui l'or remplace la grâce sur l'autel, qui vendent les miracles, qui vendent la charité ! Guerre ! Guerre ! Guerre !

Dotty posa ses mains sur mes joues pour me forcer à la regarder.

— Tu es déjà allé avec une femme ? me demanda-t-elle.

— Non, avouai-je en rougissant.

L'ombre d'un sourire glissa sur son visage.

— Je ne suis jamais allée avec un homme.

Elle retint un petit rire.

— Nous sommes purs tous les deux !

— Tu as quel âge ?

Dotty s'allongea sur le plancher et m'attira contre elle.

— Viens. Tu le sauras.

— Ici ?

— Dieu est amour, non ?

— Nous ne sommes pas mariés. Nous serons damnés.

— Tu n'as pas envie ?

— Si, j'ai envie, murmurai-je en tremblant.

Dorothea me donna un baiser sur les lèvres.

— Que celui qui n'a jamais péché me jette la première pierre…

Elle se moquait. Un instant, elle soutint mon regard. Je la dévisageais.

— Tu ne crains pas l'enfer ?

— L'enfer est sur terre, nulle part ailleurs, dit-elle de sa voix grave.

Elle baissa les yeux.

— Ne me dis pas que tu y crois ?

— Je crois à l'amour.

Comment avais-je pu dire ça ? Je ne connaissais rien aux femmes. Je ne savais rien d'elles, ni de leur corps, ni de leur âme. Je n'avais vu nues que ma mère et ma tante. Aucune autre femme, aucune fille ne s'était montrée à moi. Je n'avais jamais été amoureux. Et pourtant, je venais de dire que je croyais à l'amour comme si j'avais longuement médité sur la question ! Je souris pour masquer l'émotion qui m'envahissait.

— Oui, je crois à l'amour, répétai-je, sentant mes forces prêtes à m'abandonner.

Il y eut un silence vibrant.

J'attendais une révélation. Je scrutais les yeux de Dotty, cherchant le signe qui me permettrait de la déchiffrer. J'étais désemparé, ahuri, fiévreux d'inquiétude. Dotty savait s'y prendre pour s'enjoliver.

— Je suis chaude et glissante, chuchota-t-elle sans cesser de m'observer. Je veux être à toi.

Dotty dénoua la cordelière de ma bure, me la fit enlever puis elle retroussa sa robe et me guida entre ses cuisses.

— Tu as peur ?

Le visage impassible, appuyé sur mes poignets, je mentis, dressé au-dessus d'elle.

— Non.

Il faisait tiède sous les combles. Dotty ne ferma les yeux qu'à l'instant où je la pénétrai. Je les fermai aussi, caressant ses seins ronds et doux. Le temps parut se suspendre comme un peintre fixe un geste sur la toile. J'aspirais à n'être que sensation pure, à m'abandonner au vertige de l'instant, à sentir le temps annuler l'espace. Tous nos souvenirs, nos songes, nos pensées les plus secrètes se fondaient en une seule chair. Ventre contre ventre, poitrine contre poitrine, Dotty et moi, nous ne faisions qu'un, poussés par notre désir d'aimer. En dessous de nous, Müntzer tonnait, remuant les épaules comme s'il supportait le poids d'une croix.

— Je parle contre les gardiens aveugles des brebis aveugles, contre ceux qui, pour un quignon de pain, font vivre les âmes de ceux qui ne vivent pas ; contre ceux qui, en échange de leurs longs discours, dévorent les maisons des veuves, davantage poussés par leur insatiable avidité que par le souci du salut des mourants.

J'entendais une tout autre musique. Un chœur sensuel qui vocalisait à l'unisson de nos corps. Soufflant, râlant, nous nous étouffions de baisers pour nous régaler du goût de l'autre. Je me sentais porté par une force nouvelle, un élan inexplicable, une énergie venue du plus profond de la terre ou des abysses. Dotty s'accrochait à mes reins comme un rêve s'impose au rêveur matinal. Sa peau collait à la mienne, s'y frottait, s'y lovait, accompagnant le moindre de mes mouvements. Sa tête roulait d'un bord à l'autre. Elle palpitait, refusant d'attendre ce qu'en toute justice l'amour lui promettait. Nous avions chaud, nous avions froid. Nous étions des lutteurs huilés de sueur. Mon cœur s'emballait, ma respiration s'accélérait, ma tête brûlait. Je sentais le satin de son ventre, sa tiédeur, l'intense baiser de son sexe. Je défaillais d'une délicieuse angoisse. Sans reprendre haleine, Dotty me chuchota des mots inconnus. Son âme parlait du paradis.

— Aime-moi, aime-moi…

Dotty se contracta. Elle s'exaltait, libérée de sa longue, muette et douloureuse enfance. Elle resta un instant sans respirer, emportée par le monde qui s'ouvrait en elle. Ses mains frappèrent le sol, ses yeux s'allumèrent d'un petit soleil d'extase. Elle s'arc-bouta, frémissant de la tête aux pieds. Elle voulait… Elle voulait… Elle allait crier, laisser la foudre la frapper au cœur. Soudain, à cause de la furie de notre amour ? À cause des paroles terribles de Müntzer ? Il y eut un grand « crac ! » qui emporta son cri et le mien. Un des échafaudages au-dessus de l'autel s'écroula avec un bruit de tonnerre, provoquant une panique générale.

Les bancs furent renversés, des femmes hurlaient, soulevant leurs enfants dans leurs bras, des hommes se bousculaient, se battaient pour atteindre la porte.

— C'est la fin du monde !

— Sauve qui peut ! Le toit va tomber !

— Sortez ! Sortez !

Dressé comme un arbre sous le vent, Müntzer hurlait, enveloppé d'un nuage de poussière :

— Restez ! Ne partez pas !

Rien ne pouvait lui interdire de prêcher.

— L'œuvre qui mettra fin aux iniquités est en train de s'accomplir ! La pierre s'est détachée. Que je meure avec les Philistins si je dois mourir ! proclamait-il, tel un nouveau Samson.

L'église se vida devant ses yeux désespérés.

Sa voix s'éteignit.

— Dieu est plus proche de vous que vous le croyez, murmura-t-il, en larmes dans l'église dévastée, paumes ouvertes, bras en croix, à nu aux yeux de tous.

Müntzer interpella le Ciel, protestant de son silence :

— Mon Dieu ! Mon Dieu ! Que dois-je faire ? Que dois-je dire pour être entendu ?

Bain

Au crépuscule, Dotty me conduisit près de l'étang, en dessous de la maison. Le ciel s'était couvert, l'air était chaud et humide. Il me semblait entendre le grondement du tonnerre mais si lointain qu'il n'était qu'un murmure, une rumeur dans l'air ou dans ma tête.

— Comme c'est joli ! s'émerveilla-t-elle, découvrant de grandes plantes vertes qui ressemblaient à des cous d'oiseaux et de petites fleurs jaunes comme de la poussière de soleil.

Les premières vapeurs du soir flottaient au-dessus de l'eau baignée d'une lumière cuivrée. Je lui souris.

— Oui, c'est très joli.

— On y va ?

— Où ?

— Dans l'eau !

Je sursautai. Rien qu'en regardant l'étang, j'avais l'impression qu'elle était glaciale.

— Maintenant ?

— Tu ne veux pas te laver ?

Depuis le temps que je n'avais pas pris de bain, je devais puer !

Sans attendre ma réponse, Dotty se déshabilla la première. Le vent murmurait sur sa peau. Longues jambes, bras ronds, fesses hautes, elle avait la silhouette d'une jeune fille à peine sortie de l'enfance. Nue, sans honte, elle se glissa sans hésiter dans l'étang. Je l'imitai en frissonnant, redoutant d'avoir bientôt les oreilles rouges et les lèvres violettes.

— Tu ne crains pas le diable ? demandai-je en portant la voix de peur que Dotty me voie claquer des dents.

— C'est trop froid pour lui ! répondit-elle en riant.

Son regard était aussi clair que mystérieux.

— Luther dit que c'est dans l'eau qu'il attrape les filles, dis-je en la rejoignant.

— Je ne crains rien. Ce n'est pas du diable, mais des filles, que Luther a peur !

— C'est vrai qu'il les déteste.

— Il préfère les garçons comme toi ?

Je l'éclaboussais à grands gestes, barbotant frénétiquement comme un chien.

— Il préfère manger et chier ! On raconte que c'est aux latrines que Dieu lui a parlé ; que la parole d'Habacuc lui serait venue à l'esprit, « le juste vit de la foi », et que ça a complètement changé sa façon de penser.

— D'où tu sors ça ?

— D'un aide de Cranach qui l'a entendu raconter à son maître.

— Et tu l'as cru ?

Je haussai les épaules.

— Ça mérite d'être vrai.

Dotty avait apporté un baluchon avec elle. Elle en tira une chemise d'un bleu passé, un surcot de grosse laine, un petit manteau à capuche et des braies comme en portaient les vieux Germains.

— C'est pour toi, dit-elle. Je ne veux plus te voir avec ta robe de moine dont l'odeur ferait fuir une armée de putois et dont la couleur offense la vue.

Je parvins à l'empêcher de la jeter dans l'étang. Toute ma fortune était dans un ourlet…

— Tu tiens à cette loque ?

— C'est une loque magique, lui répondis-je.

— Tu es sorcier ?

— Agenouille-toi, lui ordonnai-je.

Prête à rire, elle m'obéit sagement. Je lui recommandai de poser les mains sur ses cuisses et de fermer les yeux.

— Surtout, ne triche pas. Sinon la magie n'opère pas.

Le mieux serait qu'elle retienne son souffle. Et, quoi qu'il se passe, quoi qu'elle entende, qu'elle se taise et ne tente rien.

— Et maintenant, les sortilèges…

Comme si j'accomplissais un rituel diabolique, je fis quelques gestes mystérieux en prononçant bien fort des paroles incompréhensibles.

— Atcha la vita maille ! Opala ! Opala !

Je laissai échapper un long cri sur une note tenue, puis je lui ordonnai :

— Ouvre les yeux !

Dotty en resta bouche bée. Les cinq ducats cousus par ma tante Lucia dans l'ourlet de ma robe s'étalaient devant elle.

— Tu es riche.

— Nous sommes riches. Embrasse-moi... Tout ce qui est à moi est à toi désormais.

J'avais réussi à dissimuler le sauf-conduit du pape.

Les derniers rayons du soleil disparaissaient lorsque nous arrivâmes devant la maison où Müntzer s'était installé pour lire. En me voyant attifé de mes nouveaux vêtements, il s'esclaffa :

— C'est donc déjà carnaval !

Depuis Leipzig, lui-même avait définitivement renoncé à l'habit ecclésiastique.

— Je ne voulais plus porter ma robe de novice, inventai-je. Dotty a trouvé ces hardes à me mettre sur le dos.

— D'où ça sort ?

— De chez Felbush, le fripier, dit-elle.

— Avec quel argent ? s'inquiéta Müntzer.

Dotty répondit à la hâte :

— Je me suis engagée à faire sa lessive pour tout un mois...

— Espérons que ça en vaille la peine ! ricana Müntzer.

Et, faisant signe à Dotty de s'éloigner, il me confia :

— Des hommes nous attendent au vieux moulin.

— Maintenant ?

— À la nuit.

— Quels hommes ?

— Des anabaptistes. Ceux qu'on appelle « les prophètes de Zwickau ».

Il m'expliqua :

— Des frères qui refusent le baptême des nouveau-nés et, comme nous, attendent que Dieu intervienne dans l'histoire.

— Des hérétiques ?

— Dis-toi bien que nous sommes tous des hérétiques pour le pape et sa clique de sodomites romains. Mais pour nous, pour Luther et ceux qui le suivent, nous sommes fidèles à la vraie foi, comme tous ceux qui espèrent qu'une invincible et excellente réforme vienne nous sauver de la chute.

Il martela comme si j'étais sourd :

— L'Église chrétienne doit retourner à sa source ou nous périrons tous.

J'attendis un instant que sa véhémence se calme.

— Vous ne craignez pas que ce soit un piège ? lui demandai-je.

— Pourquoi veux-tu que ce soit un piège ?

— On vous surveille. Vous savez qu'on murmure contre vous au conseil ; plusieurs vous accusent d'encourager les tisserands à réclamer d'être payés au prix réel de leur travail.

— Je sais, on s'est moqué d'eux en les comparant aux grenouilles qui s'assemblent au printemps et coassent avant de se faire avaler par une cigogne !

— Des plaintes ont aussi été déposées par les franciscains et un prêtre qui vous traite de « chef d'une bande d'hérétiques et de vauriens ».

— Qu'importent ceux qui prétendent que j'ai renié la doctrine du Christ. Ils mentent à faire craquer les poutres. Leurs médisances les jugent eux-mêmes. J'ai confiance en Nicolas Storch.

— Qui ça ?

— Un anabaptiste.

Müntzer m'éclaira sans m'expliquer vraiment.

— C'est un homme très déterminé et très désespéré par la situation actuelle, soupira-t-il. Comme lui, je crois que nous sommes tous capables de choisir entre le bien et le mal ; qu'il n'y a pas besoin de clergé, de sacrements et de tout le fourbi papiste.

— Vous allez vous convertir ?

— Je n'ai pas besoin d'être anabaptiste pour partager leurs idées. Les gros rats de la noblesse ou de l'Église font subir aux pauvres une insupportable servitude alors que toute chose devrait être commune, puisque Dieu a créé l'homme nu et donné à tous la domination sur la terre et ses fruits, sur les animaux, les poissons dans les mers, les oiseaux dans le ciel...

— *Domina terrae ?*

— Oui, *domina terrae*. La terre est notre bien commun. Au nom de la justice divine, nous devons renverser l'ordre impie qui l'accapare et ne tient que par notre lâcheté.

Moulin

Il faisait une nuit sans lune lorsque nous retrouvâmes les anabaptistes : Storch au beau visage d'évangéliste, Drechsel à la tête d'homme d'avant le déluge, Stübner aux yeux toujours levés vers le ciel, et une quinzaine d'autres. Je les imaginais à Jérusalem, au lendemain de la crucifixion, regroupés autour de Jacques, le frère de Jésus, comme ils s'assemblaient autour de Müntzer. Les uns et les autres apparaissaient tantôt à la lueur d'une chandelle allumée près d'eux, tantôt se reculaient dans l'obscurité du vieux moulin. La discussion s'engagea aussitôt sur le baptême. Storch et Stübner doutaient que la foi du parrain et de la marraine pût être d'une quelconque utilité à l'enfant baptisé. Drechsel, un tisserand au visage mangé par la barbe, était plus radical. Pour lui, rien ne prouvait que notre salut dépende du baptême.

— Nous autres, pauvres misérables, nous faisons une fantaisie d'un simple arrosage. Que je sois baptisé ou pas, je ferai mon salut. Dieu jugera.

— L'entrée dans la chrétienté est devenue une singerie bestiale avec leur baptême, approuva Storch. Le parrainage n'est qu'une hypocrisie ! On y fait beaucoup de promesses avec solennité mais on les tient ensuite comme un chien avec une saucisse !

Il y eut des rires. Lorsqu'ils se calmèrent, Müntzer prit la parole, d'abord d'une façon douce, posée puis, petit à petit, gravissant l'échelle de l'émotion avec plus d'ardeur et de force.

— Frères bien-aimés, il faudrait qu'on nous montre le passage de la sainte Écriture où il est dit que le Christ a baptisé un enfant mineur ou bien où il est stipulé qu'un enfant doit être baptisé comme on le fait maintenant. Je prie tous les docteurs littéralistes de m'indiquer – de nous indiquer ! – où l'on peut lire que Marie, mère de Dieu, ou les disciples du Christ ont été baptisés avec de l'eau. Si notre salut dépendait de cette déraison, il vaudrait mieux nous faire baptiser avec de la malvoisie !

De nouveau, il y eut des rires, des sabots frottés sur le sol pour approuver. Müntzer n'avait pas fini.

— Du temps des apôtres, dit-il, on n'acceptait dans l'Église que des adultes, et seulement après un long apprentissage. C'est pour ça qu'au bout de cet enseignement on les appelait les « catéchumènes ». La foi ne reposait pas alors sur des solennités païennes ou des rites dispensant du véritable engagement de l'être intérieur. Regardez maintenant d'où vient la bouillie fangeuse qui envahit l'Église. Une bouillie que le chien de l'Enfer lui-même ne peut pas avaler ! On a fabriqué des chrétiens avec des enfants mineurs et fait disparaître les catéchumènes, porteurs de la vraie foi, de la vraie connaissance de l'Élu. Si bien que les chrétiens sont devenus des enfants, et tout bon sens a disparu de l'Église.

Storch réclama la parole.

— Faisons le serment de demeurer liés entre nous à la vie à la mort, proposa-t-il.

— Jurons ! cria Stübner dont l'enthousiasme n'avait pas de limite.

Müntzer leva trois doigts serrés, demandant à tous de l'imiter. Toutes les mains se levèrent, et je levai la mienne pour ne pas me faire remarquer, même si ces arguties sur le baptême et ces serments m'ennuyaient plus qu'autre chose.

— Dans le silence de la nuit, sous la lumière des étoiles et la splendeur de la lune, afin de protéger nos frères, nous jurons de ne jamais leur manquer ; d'être pour chacun d'eux ce qu'ils doivent être pour chacun de nous, sans hésitation ni murmures. C'est notre règle :

tout traître qui ne respectera pas sa parole le paiera de sa vie. Il n'y a pas de crime plus grand, plus lâche, plus mesquin, que de trahir ses frères ! Amen.

Nuit d'encre. En rentrant, Müntzer me confia qu'il avait senti une force étrange dans le moulin, un souffle extraordinaire qui les rassemblait tous.

— Pas toi ?

— Si, mentis-je honteusement.

— Ce soir, l'Esprit saint nous a inspirés, conclut-il, le regard perdu.

Müntzer tenait à s'assurer que j'avais bien noté toutes les paroles qu'il avait prononcées.

— Vous voulez voir mon cahier ?

J'avais tout écrit et fait de nombreux croquis des frères qui étaient là. Convaincu que la peinture était aussi capable de combattre l'obscurantisme que la parole. J'aurais préféré peindre un tableau devant lequel le spectateur devrait réfléchir sur l'ombre et la lumière. Je m'interrogeais : la foi nous faisait-elle sortir illuminés de notre nuit ou ne pouvait-elle qu'éclairer la noirceur de notre âme ? Müntzer, quant à lui, ne croyait pas à l'image. Seul le texte comptait pour lui. Il avait beaucoup insisté pour que la sainte Écriture revienne en partage à tout le peuple. À chaque messe, il voulait faire entendre l'Évangile, le commenter et faire chanter sur la musique grégorienne inspirée de chants populaires. Lui-même avait entonné en allemand le *Veni Sancte Spiritus.*

Lave ce qui est impur
Rafraîchis ce qui brûle
Soigne les blessures
Viens à bout des querelles

Couvre celui qui tremble de froid
Remets sur son chemin l'égaré

Presse

Avec Dotty, nous nous retrouvions dans la pièce où était installée la presse à imprimer, une chambre d'amour qui sentait le bois, l'encre et le papier. Dotty aimait que nous nous tenions sur notre paillasse comme Adam et Ève aux premiers jours du monde.

— Au couvent, au fond de ton cachot, tu rêvais à quoi ?

— Je ne sais pas. Le jour, la nuit, tout était comme un cauchemar dont je n'arrivais pas à me réveiller. Chaque rêve était douloureux. Je sentais la terre bouillir sous mes pieds, je voyais le ciel rouge, mes yeux brûlaient. Je me débattais contre les ombres, je marchais de long en large, je me cognais aux murs, je criais, je hurlais…

Je tentai de plaisanter.

— Tu n'espérais pas qu'un prince qui me ressemble vienne te délivrer comme dans les contes pour enfant ?

— Je voulais mourir, dit-elle très sérieusement.

— Et maintenant ?

Elle se redressa dans un rire.

— Je veux mourir de toi !

Une minuscule fenêtre laissait la nuit nous baigner de sa douceur. Dotty était mon paysage, mon ciel étoilé, ma constellation, mon déluge, mon souffle d'agonie. Selon une vieille croyance paysanne, s'accoupler lorsque la lune est à son premier quartier assure la fertilité. Dotty posa sa tête au creux de mon épaule et s'y lova. Elle soupira et demeura immobile, calme, entière dans la lumière du soir. Je m'approchai au plus près d'elle et posai mes lèvres sur les siennes.

— Veux-tu être ma femme ?

— Je dors, m'avertit-elle, fermant les yeux.

De nouveau, je l'embrassai.

— Nous devons nous marier, chuchotai-je.

Dotty ironisa.

— Tu as besoin de la bénédiction d'un curé pour être sûr que tu me veux ?

— Il faut que tout le monde le sache.

Elle étouffa un petit rire dans un baiser.

— Que tout le monde sache que l'apprenti Luca est devenu un homme ?

Je ne plaisantais pas.

— Et si tu étais grosse ?

— Le mariage n'y changerait rien. Je serais heureuse de porter ton enfant.

— *Notre* enfant, corrigeai-je.

J'ajoutai :

— Si nous ne sommes pas mariés, tu seras traitée comme une fille publique.

Dotty haussa les épaules et se tourna vers l'ombre.

— Je sais ce que tu as subi, dis-je en la forçant à me regarder. Te marier avec moi te ferait souffrir encore ?

— Non, que tu es bête !

Je me redressai, parfaitement lucide et calme.

— Écoute-moi : nous allons demander au frère Thomas de nous marier selon le nouveau rite qu'il a mis en place. Pas de messe, pas de confession, juste nous deux et nos témoins devant Dieu.

Dotty me rabroua.

— Je ne crois plus, dit-elle avec assurance. Je ne veux pas d'un Dieu, ni sur ma tête ni dans mon lit.

— Alors juste toi et moi devant les hommes et les femmes qui seront les témoins de notre engagement l'un envers l'autre.

Dotty m'attira contre elle avec une joie enfantine.

— Tu m'aimes donc assez pour m'épouser ?

— Tu peux douter de Dieu, des prêtres, des nonnes, de la sainte Bible, mais tu ne peux pas douter de mon amour.

Dotty m'emprisonna contre son ventre. Sa voix cessa de former des mots. Si elle avait su que je pensais l'emmener en Italie, m'agenouiller devant le pape et lui demander de nous unir devant les fresques de Michel-Ange ou celle de mon maître, elle m'aurait arraché les yeux !

— Je veux bien me marier avec toi, murmura-t-elle.

Lourd d'une voluptueuse lassitude, je serrai Dotty dans mes bras. Elle était si tendre, si douce. Elle avait la grâce d'un chat endormi, l'odeur délicate du chèvrefeuille, le goût délicieux du miel qui fond sous la langue. Je l'aimais si fort que rien n'aurait pu me faire relâcher mon étreinte. Je l'embrassai.

— Dotty…, murmurai-je, caressant la naissance bleutée de son sein.

Je m'assoupis en lui parlant de Raphaël, de Léonard, de Michel-Ange… Mes yeux se fermèrent, laissant une phrase en suspens. Dotty dormait, elle aussi, elle ne m'entendit pas – ou alors en rêve – lui avouer que, si j'admirais Raphaël – qui est sans conteste le plus grand peintre de notre temps –, j'admirais plus encore Michel-Ange et Léonard qui, eux, sont des génies. Même si le Ciel dans sa généreuse bienveillance semble avoir réuni sur mon maître ses trésors et ses grâces, il doit beaucoup au Pérugin, à Léonard et plus encore à Michel-Ange. Profitant de l'absence de Michel-Ange, Bramante, son compatriote et lointain cousin, lui avait fait ouvrir les portes de la Sixtine pour qu'il puisse découvrir les œuvres que Buonarroti refusait de montrer même au pape. Mon maître, sidéré par ce qu'il vit, allait s'en inspirer comme il s'inspirerait de la douceur et de la finesse sans égales du trait de Léonard.

Raphaël était venu à Rome pour décorer certaines chambres du pape. Sur les fresques de la chambre de la Signature – ancienne bibliothèque privée de Sa Sainteté – il a mis en scène l'Histoire, à travers *Les Vertus cardinales* ; la théologie, avec *Le Triomphe de l'eucharistie* ; la poésie, avec *Le Parnasse*, et la philosophie, dans *L'École d'Athènes*. Certains grands philosophes de l'Antiquité sont facilement reconnaissables : au centre Platon (qui a le visage de Léonard !) pointe son doigt vers le ciel en tenant son livre, le *Timée*, à la main. À côté de lui, Aristote avec l'*Éthique*. Pythagore est au premier plan, en train d'expliquer son théorème sur son livre. Il y a aussi Zarathoustra avec son globe céleste et Ptolémée avec son globe terrestre. Sur la droite, Euclide enseigne la géométrie à ses élèves. Dans la fresque représentant l'accord de la Philosophie, de l'Astrologie et de la Théologie, il a fait un portrait de Bramante traçant des cercles sur une tablette. Raphaël ne s'est pas oublié. C'est le seul homme qui regarde le spectateur. Plein de modestie et d'humanité courtoise, avec cette affabilité souriante qui le rend agréable à tous en toutes circonstances, il s'est figuré avec un béret noir. Sur son col, mon maître a laissé sa signature en lettres d'or « R.V.S.M. », *Raphaël Urbinas Sua Manu* : « de la main de Raphaël » de peur que l'on prenne son travail pour une œuvre du divin Michel-Ange, tant certaines figures auraient pu être de sa main. Il a fallu que le pape ordonne qu'il apparaisse sur la fresque alors que Bramante et mon maître avaient tout fait pour l'écarter de Rome, craignant que son génie n'efface leur talent.

Je me réveillai en sursaut.

S'il les avait connus, à quels philosophes Raphaël aurait-il donné les visages de Luther et de Müntzer ?

L'annonce

Müntzer travaillait toujours ses sermons avec minutie, raillant les prêtres douillets et paresseux qui négligeaient leur rôle d'enseignants. Au cœur de la nuit, nous le trouvâmes à l'œuvre, à moitié affalé sur sa table sous une pauvre lumière.

— Frère Thomas, dis-je, excusez-nous, nous ne voulons vous te déranger, mais nous avons une chose très importante à vous dire…

— Ça ne peut attendre le matin ?

— Non, c'est trop urgent.

— Je travaille.

— S'il vous plaît…

Müntzer leva les yeux pour nous dévisager. Il fit une petite grimace en hochant la tête puis annonça comme une évidence :

— Vous allez vous marier.

J'avalai ma salive.

— Comment le savez-vous ?

Müntzer ne répondit pas. Il appela Ottilie qui nous rejoignit en chemise, un grand manteau posé sur ses épaules.

— Ça y est, ils vont se marier, lui dit-il, nous désignant d'un petit mouvement de tête.

— Il t'a demandé ? s'exclama Ottilie en ouvrant les bras à Dotty.

— Enfin !

— Il a mis le temps...

Elles se serrèrent l'une contre l'autre. J'étais stupéfait.

— Quoi ?

Tout avait été manigancé entre elles !

— Plusieurs prêtres l'ont déjà fait, expliqua Müntzer, suffisamment fort pour détourner mon attention. Ils se « réforment », comme ils disent, abandonnent le froc et toutes les chastetés ordonnées par l'Église. Je ne peux que les approuver, le célibat n'est qu'une hypocrisie. Le pape lui-même a femme, enfants, maîtresses, gitons et je ne parle pas seulement de Borgia ! Nous devons suivre le commandement : « Soyez féconds, croissez et multipliez-vous. » Dieu est amour et l'amour entre une femme et un homme en est le meilleur témoin.

— Luther sera d'accord ?

— Je n'en sais rien. Je crois que la table compte pour lui plus que tout autre chose, mais il y viendra. Il y viendra !

Je me souvenais avoir entendu Luther et Melanchthon débattre du mariage. L'un comme l'autre méprisaient les femmes. Ils les traitaient de « sots animaux », « juste bons à servir au devoir conjugal ou à la prostitution ». Pour eux, les filles avaient un sexe pour offrir aux hommes un remède contre les pollutions et les adultères, rien d'autre. Ils trouvaient normal qu'elles se tuent à la tâche ou en donnant la vie, « pourvu qu'elles produisent ». Ils s'accordaient pour plaindre l'homme sage qui ne peut jamais avoir raison des femmes dont les histoires et les criailleries décourageaient le plus vaillant des maris. Quand on demandait à Luther pourquoi il ne prenait pas une épouse, il répondait que ce serait une œuvre diabolique qui rendrait sa doctrine suspecte aux yeux des hommes. Melanchthon surtout redoutait que la fréquentation d'une femme l'amollisse ; qu'elle corrompe sa nature noble et l'empêche d'exprimer ses sentiments les plus élevés. Il était convaincu que, si Luther se mariait, il s'avilirait au point que même les anges riraient de lui. Leurs raisons me paraissaient fausses et sournoises. Ils parlaient comme deux ivrognes se montant la tête, rivalisant dans la grossièreté et la calomnie. Je pensais à la beauté, à la dignité, au courage de ma mère qui m'avait élevé seule, à sa ténacité pour me faire étudier, à son endurance, sans laquelle j'aurais été un misérable abandonné de tous, jeté au ruisseau ; à ceux d'Ottilie qui encourageait Müntzer dans tout ce qu'il faisait, l'aidait pour définir un nouveau rituel pastoral et ne comptait pas son temps pour éclairer les autres femmes sur l'injustice de leur situation ; plus terrible encore que celle des hommes. Je pensais à Dotty dont l'amour m'auréolait.

Mariages

Müntzer prétexta la célébration de mon mariage avec Dotty pour officialiser le sien avec Ottilie. Ces noces étaient l'occasion qu'il attendait. Il en ferait la première manifestation publique du nouveau rite qu'il avait institué. Un événement !

Le dimanche suivant, sans faste ni apparat, la cérémonie eut lieu devant sa maison de Zwickau. Son ami Simon Haferitz, pasteur de l'église Wigberti à Allstedt, avait fait le voyage pour marier lui-même Müntzer. Il plaça les époux devant lui et commença par rappeler la parole de Dieu dans la Genèse : « *Il n'est pas bon que l'homme soit seul, dit l'Éternel, je veux lui faire une aide à ses côtés* », puis il commanda : « *Soyez féconds et multipliez.* » « Les deux seront une seule chair », dit l'épître aux Éphésiens, c'est là un grand sacrement. Cette parole, dit-il, est plus qu'un commandement, c'est « une œuvre divine ».

Après un silence pour que chacun soit pénétré de ses paroles, il déclara :

— Nous sommes assemblés au nom du Seigneur Jésus-Christ pour célébrer le mariage de Thomas et d'Ottilie.

Puis, d'un ton impatient :

— Quelqu'un s'y oppose-t-il ?

Personne n'éleva la voix.

— Puisque nul ne s'y oppose, prions Dieu pour que cette union soit bénie à la gloire de Son Saint Nom et pour le salut des âmes des époux. Que chacun médite saint Paul : « *Maris, aimez vos femmes comme le Christ aime l'Église, et femmes, soyez soumises à vos époux comme l'Église l'est au Christ.* »

Haferitz posa la main sur l'épaule de Müntzer.

— Thomas Müntzer, je te donne Ottilie de Gersen comme épouse…

Puis il répéta son geste pour Ottilie.

— Ottilie de Gersen, je te donne Thomas Müntzer comme époux. Soyez unis jusqu'à ce que la mort vous sépare. Donnez-vous la main. Que votre mariage soit honoré par tous, et votre lit nuptial sans souillure, et que toujours vous ayez l'un pour l'autre ardente affection et charité mutuelle.

Thomas et Ottilie se donnèrent la main et échangèrent un chaste baiser. Ils étaient mariés. Dotty et moi le fûmes ensuite par Müntzer lui-même. Il termina en s'adressant directement à moi :

— Cher Luca, sois bienheureux de rompre avec l'Église romaine qui s'oppose à l'Évangile par ses interdits. Dieu et Sa Parole sont à tes côtés ! Ne t'inquiète pas de l'opinion des hommes ; l'un blâme, l'autre loue. Ne t'inquiète pas non plus de l'exil ou de la mort. Dieu commande contre son ennemi romain, l'antéchrist ! Tu n'as rien à craindre, Dieu est avec toi.

Tout avait été si simple, sans encens, sans chants religieux, sans déploiement de faste, que je ne réalisais pas vraiment ce qui venait de s'accomplir… J'étais marié ! Devais-je avertir ma mère ? Je craignais que le choc de la nouvelle la pousse à commettre un geste désespéré. En même temps, avoir une fille comme Dotty serait certainement pour elle un immense bonheur, sans compter que nous avions bien l'intention de lui offrir des petits-enfants. Ma tante Lucia ? Sans doute me comprendrait-elle, mais sa position auprès du cardinal l'empêcherait de me témoigner son soutien. D'autant qu'Armellino devait m'en vouloir d'avoir permis à Luther d'échapper aux assassins qu'il avait envoyés. Cela pourrait peut-être aussi peiner gravement ma tante qui s'était retirée du monde pour le service de Dieu, se privant de l'amour humain, d'un époux, d'une famille et des enfants. Le pape ? Je craignais qu'il m'excommunie sur-le-champ et me désigne à la vindicte populaire comme suborneur de nonne, athée et anticlérical…

Une horreur qui me conduirait au supplice !

Je tournais et retournais ces questions dans ma tête et décidai d'attendre mon retour à Rome pour avertir tout le monde, me faire pardonner et qui sait, célébrer de nouveau notre mariage mais d'une tout autre manière, même si Dotty ne croyait plus en Dieu.

La nuit s'annonçait grandiose. Beaucoup de nos voisins, flairant le porc entier qui rôtissait à la broche, vinrent nous rejoindre devant la maison de Müntzer. Ottilie et Dotty saluaient et embrassaient les connaissances, offrant à boire à tous ceux qui arrivaient. Parmi les premiers, je reconnus Storch avec sa femme et ses cinq enfants, puis les autres prophètes de Zwickau, Drechsel à la barbe immense, Stübner entouré d'un groupe de jeunes filles qui voyaient en lui un envoyé de Dieu. Tous les anabaptistes étaient là ! Des bières furent servies sans mesure. Nous partageâmes un repas de cochon grillé, de volaille et de gibier qui est resté dans toutes les mémoires. Au son de deux flûtes, d'un fifre et d'un tambourin, tout le monde dansa à faire trembler la terre sous nos pieds. Müntzer m'étonna. Il se mouvait gracieusement, suivait la musique et marquait les temps en rythme avec Ottilie. Dotty me jeta un regard ardent.

— On danse ?

— Non, je ne sais pas…

Ma mère et ma tante avaient déjà essayé de m'initier, mais en vain. Je n'étais pas doué. Dotty ne renonça pas. Elle me prit par la main, promettant de m'enseigner l'allemande.

— Viens. C'est facile.

Je la suivis pour lui faire plaisir. Nous fîmes trois tours accrochés l'un à l'autre comme deux ours savants, pataudset grotesques. Au moins, cela nous fit rire. Pour la gigue, je laissai Dotty aux mains d'un cavalier plus habile que moi et je m'isolai pour dessiner. Je laissais mon trait suivre le mouvement des corps sur ma feuille. Je n'avais pas besoin de regarder ma main. Ça montait, ça descendait, ça tourbillonnait, ça sautait en cadence. Des cris et des rires se fixaient sous mes doigts. Les pas des danseurs et les notes des musiciens se jetaient directement sur ma feuille comme sur une partition. La musique, la danse, la bonne chère, la bière excitaient les plus jeunes comme les plus âgés. Plus d'un couple s'éclipsa pour s'adonner au seul travail que les maîtres ne pouvaient leur voler, le travail de l'amour. L'ombre, les buissons, les fossés retentissaient de râles de plaisir et d'exclamations de jouissance. C'était le jour béni de la fête, l'espace et le temps unissaient les corps ; le mot « liberté » prenait enfin sens. Tout dansait pour moi dans cette nuit éclairée d'une nuée d'étincelles. Une pluie d'étoiles ! Cent feux ! Mais quand Dotty, essoufflée, se pencha au-dessus de mon épaule pour regarder mon œuvre, elle grimaça.

— Tu nous as fait une danse macabre ?

Je n'avais pas dessiné de figures, j'avais seulement lancé des traits et c'était vrai qu'on pouvait voir dans mes coups de fusain une ronde de squelettes, une farandole d'os et de tibias. Dotty se mit à tourner autour de moi, jouant de la fesse et de la poitrine, fredonnant en riant :

Paysan, il te faut décamper
La Mort va te chasser d'ici

Laisse un autre battre le blé
Bientôt la lumière s'éteindra !

Missive

L'envoyé du pape me remit une lettre de ma tante Lucia.

Mon cher Luca,

Sa Sainteté souhaite que tu oublies Tetzel et poursuives ta mission en Allemagne. Il tient à ce que tu l'informes scrupuleusement de tout ce qui se fait et tout ce qui se dit. Surtout, que tu surveilles ce Luther qui lui semble très dangereux et ce Thomas dont tu sembles familier. Ici, beaucoup plaident pour que Sa Sainteté agisse avec la plus grande fermeté contre ceux qu'on appelle « les schismatiques ». Mais avant d'aller plus avant, au risque de se fâcher avec Frédéric et l'Allemagne tout entière, le saint-père souhaite comprendre la situation en détail et en profondeur. Il m'a fait compliment de tes rapports et de tes illustrations qui lui permettent de mettre des visages sur ses adversaires. Il m'a dit : « Luca écrit comme on peint des arbres. » Méfie-toi pourtant de manifester trop directement où ton cœur penche. Tu n'as pas que des amis ici et certains murmurent que les Allemands t'ont corrompu et qu'il faut te compter désormais parmi les ennemis de l'Église. Je te conseille mesure et neutralité dans tes écrits. Tu manques beaucoup à ta mère qui va bien et tu me manques beaucoup aussi. Que Dieu te garde !

J'écrivis au pape :

Votre Sainteté,

Selon votre ordre, je vais oublier Tetzel. Nul ne sait où il prêche, ni s'il continue à vendre des indulgences. Plus personne ne semble s'y intéresser. Le pays s'agite beaucoup. Les idées de Luther, de Karlstadt, de Melanchthon agitent les esprits, ceux des plus pauvres comme ceux des princes. La misère est si grande que la richesse de l'Église et des puissants apparaît comme une trahison majeure de l'esprit de pauvreté prôné par Notre Seigneur Jésus-Christ. Le peuple, fiévreux d'une sombre tristesse, gronde et regimbe. Beaucoup répètent la phrase du Christ dans l'Évangile de saint Jean : « *Ne faites pas de ma maison une maison de voleur.* » Le retour d'Égranus, l'ancien curé de Zwickau, a forcé Thomas Müntzer à renoncer à sa chaire de Notre-Dame. Il prêche désormais à Sainte-Catherine, la paroisse des pauvres. Il ne s'en plaint pas, bien au contraire. L'église est trop petite pour accueillir tous ceux qui veulent l'entendre. Aussi ne se contente-t-il pas de parler à la messe, il porte sa parole dans les quartiers les plus désolés, dans les ateliers de tissage, dans les mines, dans toutes les réunions où s'exprime la colère des opprimés. La situation des paysans, des ouvriers et des journaliers est très cruelle. Ils travaillent sans relâche et sont corvéables à merci. Ils sont accablés de charges et d'amendes par les seigneurs et l'Église les taxe sous n'importe quel prétexte.

Le peu qu'ils obtiennent de leurs efforts est pillé par les nobles et les curés sans qu'il leur soit possible de se défendre. Beaucoup d'enfants, mis à l'ouvrage dès leur plus jeune âge, malades, mal nourris, maltraités par tous ceux qui se vengent sur eux de leur misère, meurent faute de soins. Beaucoup de femmes meurent aussi, éreintées par les accouchements, les travaux des champs ou du tissage, le soin de leur ménage et de leurs enfants, sans jamais trouver un instant de repos ni de félicité. Quant aux hommes, ils sont brisés, vieillis avant l'âge, découragés, désespérés, appelant la mort comme une délivrance. J'ai parfois l'impression que l'Allemagne est peuplée d'agonisants. Müntzer professe que le jour où l'on écrira l'histoire de l'impôt, on écrira l'histoire du monde, de son malheur et de sa chute. Luther a ouvert la voie d'une Église réformée, lavée de la corruption et de l'idolâtrie, semblable à celle de Notre Seigneur Jésus-Christ et de ses apôtres, fidèle au texte de l'Évangile. Beaucoup s'engagent aujourd'hui dans cette voie comme Thomas Müntzer, Karlstadt, Nicolas Storch et les anabaptistes qui, au-delà des questions religieuses, s'interrogent sur cette liberté nouvelle promise par le Christ, venu apporter « aux opprimés la libération » ; sur le droit d'exister qui devrait être un droit imprescriptible accordé à tous les hommes ; sur l'égalité entre tous les êtres qui vivent sur la Terre comme elle est établie dans les Actes des apôtres avec le partage des biens. Leurs voix dépassent celle de Luther. Elles sont si fortes qu'elles l'écrasent même parfois. En tout cas, elles pénètrent profondément dans le peuple, d'autant plus qu'elles se font désormais unanimement entendre en allemand.

Quand frère Thomas, par la voix de Daniel, affirme que la pierre est devenue si grosse et qu'incontinent elle a roulé sur les grandes statues pour les réduire en miettes, tous comprennent que le peuple doit briser les seigneurs aux pieds d'argile et que Dieu sera à leurs côtés pour établir un royaume de justice et de paix.

Dispersion

Un mois plus tard, nous étions de nouveau au vieux moulin devant une cinquantaine d'hommes et quelques femmes, tous anabaptistes. Il y avait des maîtres tisserands ruinés par la dévaluation de la monnaie, consécutive à l'abondance de métaux précieux extraits des mines, des compagnons obligés d'accepter n'importe quelle tâche à n'importe quel prix, des tondeurs, des cardeuses, des teinturières, des foulons, des calandreurs que j'avais déjà vus en ville… Nicolas Storch, leur prophète, passa la parole à Müntzer, rappelant que tous le connaissaient pour l'avoir entendu à l'église ou dans leurs ateliers sombres et humides où aucun bourgeois n'oserait mettre les pieds. Frère Thomas le remercia d'un geste et commença d'une voix vibrante :

— Je ne veux pas adorer un Dieu muet, je veux un Dieu qui parle. Je veux faire retentir un chant nouveau sur les pas de Jean Hus, le très fameux combattant du Christ dont nous ne devons jamais oublier la devise : « Cherche la vérité, écoute la vérité, apprends la vérité, aime la vérité, soutiens la vérité, défends la vérité, jusqu'à la mort. »

Müntzer laissa résonner cette phrase avant de continuer :

— J'ai très à cœur de guérir le mal insupportable infligé à la chrétienté par le fait que la Parole a été souillée et obscurcie depuis la mort des apôtres, dit-il avec force. L'Église immaculée est désormais une fille perdue et cette perdition durera jusqu'à ce que le bon grain soit séparé de l'ivraie. À l'exemple des amis de Dieu, comme Luther l'a dit : « Si nous avons des potences pour les voleurs, des haches pour les brigands, des bûchers pour les hérétiques, pourquoi n'aurions-nous pas des armes pour ces maîtres de perdition, ces cardinaux, ces papes, toute cette tourbe de la Sodome romaine qui corrompt l'Église de Dieu ? Pourquoi ne nous laverions-nous pas les mains dans leur sang ? »

La porte du moulin s'ouvrit brusquement sur Dotty, hors d'haleine.

— Les hommes du conseil perquisitionnent toutes les maisons et les ateliers ! Fuyez, ils arrivent pour vous prendre !

La dispersion fut immédiate.

Storch nous fit signe de le suivre. Avec Stübner, Drechsel et trois autres, nous passâmes par une trappe sous laquelle s'ouvrait un court tunnel qui menait à la forêt. Nous courions comme si le diable était à nos trousses mais, très vite, Storch nous fit ralentir et nous conduisit par un chemin connu des seuls braconniers. Je m'inquiétais.

— Nous ne pouvons pas abandonner Dotty et Ottilie !

— Ils ne toucheront pas aux femmes, assura Storch. C'est nous qu'ils veulent.

Müntzer était confiant. Afin qu'elles nous rejoignent, il trouverait un moyen de les avertir lorsque nous serions à l'abri.

— Où voulez-vous aller ? demandai-je.

— Où personne ne nous cherchera.

— En Bohême ?

Storch répondit avant Müntzer.

— Nous allons rejoindre Luther à Wittemberg, dit-il. Je sais qu'il ne m'aime pas, mais il sera flatté que je vienne lui demander assistance.

— Il m'écoutera, assura Müntzer.

— Nous verrons aussi Melanchthon, ajouta Stübner en tripotant son chapeau, je le connais bien. J'ai été son élève. Il m'a fait rencontrer Luther.

J'étais curieux de savoir ce qu'ils s'étaient dit.

— Il m'a reçu froidement avant de me déclarer que ma doctrine n'était qu'extravagances inspirées par l'esprit de mensonge.

Storch le défendit.

Stübner est inspiré par Dieu !

Stübner faisait tout pour se maîtriser. Ses muscles étaient raides mais il ne pouvait s'empêcher de trembler.

— Il n'a rien voulu entendre et, quand je lui ai dit que je justifierais la mission que Dieu m'avait confiée par un prodige céleste, il s'est levé en criant d'une voix terrible, un doigt pointé vers moi : « Arrière, Satan ! et que Dieu te punisse ! »

Nuit

La ténacité et l'opacité solennelles de la nuit servaient notre fuite. J'entendais les orgues inquiétants de l'orage.

Les arbres s'affolaient dans le vent. Des trombes de pluie déchiraient les nuées comme si le ciel voulait s'assurer que nos poursuivants ne pourraient pas nous voir et nous rattraper. Nous entamâmes une longue et lente montée en lacets. En piétinant la terre gorgée d'eau, j'avais l'impression de piétiner une chair souffrante, la mienne. Le monde lui-même n'était qu'un trou d'ombre, une caverne ouverte sur le néant. Inutile de lever les yeux vers le ciel pour implorer son secours, un linceul noir nous le cachait et les étoiles étaient mortes. Il n'y avait plus de forêt, plus de chemin, plus rien à quoi me raccrocher. Où allions-nous aux confins de la nuit ? Pourquoi y allais-je ? Ma tante Lucia m'avait écrit d'être prudent, de me méfier de tout et de tous, de mesurer mes paroles. Me revint l'angoisse d'être épié. Elle m'assaillait sournoisement, me désarmait, me déchirait depuis mon départ de Rome. Les mêmes démons, toujours, semblaient courir sur mes talons, le pape, les cardinaux, Emilio et ses tueurs, ma mère… J'entendais une voix me répéter : « Surtout ne te retourne pas ! Sauve ta vie ! Ne regarde pas en arrière ! » Je me voyais transformé en statue de sel comme la femme de Loth, en bloc de pierre, en transi. Je tentais de me raisonner, je n'étais pas suivi, nous ne l'étions pas ! Je décidai de ne fixer que le dos de celui qui me précédait, de me concentrer sur lui et sur rien d'autre ; mettre mes pas dans les siens sans souffler mot de mes craintes. J'allais, crispé, les mains et les dents serrées, haletant. Mon cœur battait comme une cloche. J'étais vivant, j'étais mort. J'avais froid, j'avais soif, et mon estomac criait famine. De longues brûlures me sciaient le ventre. Je me souvenais de ma mère farinant les gnocchis, préparant des escalopes panées, mijotant la sauce tomate. Depuis combien de temps n'avais-je pas mangé quelque chose cuit comme il fallait ? De vraiment bien cuisiné ? Préparé à l'italienne ? Un plat de pâtes, des *saltimbocca*, une délicatesse ? Cette idée attisait ma rage. Je la repoussais avec orgueil, honteux de ces pensées semblables à celles de Luther qui n'avait que manger en tête. Aucun de nous ne jurait ni ne pestait. Nos paroles étaient incapables de sortir de notre gorge. Gonflés d'averses, animaux hésitants, anges ou démons aveuglés, nous étions garrottés. Nous avancions à l'aveugle, cernés par un éther sombre et venteux. Seul Storch semblait se reconnaître dans les ténèbres. Il courait droit à travers la futaie comme un homme qui savait où il allait et combien de temps il lui faudrait pour atteindre le but qu'il s'était fixé. Les pieds boueux, nous n'étions pas aussi assurés que lui. Combien de lieues avons-nous parcourues ? Je ne sais plus. Je me souviens seulement qu'à un moment, au comble de la fatigue, j'eus la sensation de quitter mon corps ; comme si un autre à ma place faisait soudain le chemin ; comme si mes membres avaient une conscience et une science qui me dépassaient. L'épuisement, la douleur disparurent soudainement. Je ne sentis plus mes pieds ni mes jambes. Mes bras pendaient le long de mon buste comme des branches mortes. J'avais le front, les yeux, le crâne éclaboussés d'une pluie dont l'odeur métallique était celle du sang. Ma chemise autrefois bleue, mon manteau à capuchon, mon pantalon étaient tachés de terre et raidis de pluie. Mes chaussures prenaient l'eau. J'étais un fantôme fiévreux, le spectre halluciné d'un sorcier courant au sabbat. Je me sentais comme un vieux qui ne sait plus ni le jour ni l'heure.

Et dans cette nuit tourmentée, il se passa quelque chose d'étrange dans mon esprit : le visage de Dotty m'apparut comme éclairé de l'intérieur par une faible lumière. La voir, c'était l'embrasser, l'étreindre, vaincre l'oubli, la dévorer de plaisir, entendre le doux murmure de sa voix. Dotty me consolait. Elle m'ouvrait la route, écartait les branches basses qui auraient pu me griffer. Elle aplanissait les ronces et faisait rouler les pierres loin de moi. Je ne marchais plus, je volais, soutenu par cet amour jailli de la brume. Je murmurai, m'enfonçant dans son image :

— Dotty…

La pluie cessa enfin, le rideau d'ombres se leva, et je pus entrevoir l'horizon. La nuit disparaissait avec indifférence. Je ne sais plus qui, s'assurant que personne ne nous suivait, fit remarquer :

— Ça y est, nous sommes à l'abri !

Nous nous regardâmes. Nous étions frissonnants, boueux, dégoulinants de pluie.

— À l'abri ?

Cela nous fit rire de bon cœur.

Gibet

Le gris du ciel s'estompait pour laisser place à un bleu pâle aux reflets dorés. L'aube pointait. C'était l'instant magique où les oiseaux commencent à chanter dans la lumière qui monte. Nous nous arrêtâmes en haut d'une butte d'où on embrassait un horizon gigantesque et morcelé. D'un seul regard, nous pouvions voir les lignes des labours, les parcelles boisées, les pâtures qui coulaient en pente douce jusqu'aux premières maisons. J'observai le visage de mes compagnons. L'air que nous respirions était comme une eau de source qui nous lavait des peurs de la nuit. Découvrant la nature et ses richesses, tous retrouvaient leurs traits d'enfant et s'émerveillaient. Sans que personne l'ordonne, sans être attirés par les odeurs d'une cuisine, nous nous mîmes à marcher vite puis à courir comme s'il n'y avait plus que ça à faire : courir, courir, courir…

Nous arrivâmes à Wittemberg essoufflés, trempés comme soupe, loqueteux mais saufs, sans savoir vraiment à quoi et à qui nous avions échappé. Storch, Stübner et Drechsel nous conduisirent derrière l'église Sainte-Marie, chez des frères anabaptistes qui nous hébergeraient. Devant leur porte, le sol était dur, grêlé de mauvaises herbes et l'eau de pluie y ruisselait encore. Nous devions nous changer, mettre des vêtements secs, si nous ne voulions pas attraper la mort. Une grosse fille au sourire niais nous informa en ricanant que la veille on avait pendu un prêtre et trois hommes qui poursuivaient Luther pour le tuer.

— Le père Emilio ?

— Un papiste envoyé par un cardinal !

Mon hypothèse se vérifiait. Armellino était bien derrière l'attaque. En tout cas, pour l'instant, ce danger était écarté.

— J'aurais voulu voir ça, jura Müntzer. Personne ne va regretter quatre impies de moins ! Qu'ils aillent au diable !

La grosse fille me donna des chaussures en cuir informe, un pantalon trop petit et une veste trop grande de toile brune. Tandis que je me changeais, elle me surveillait du coin de l'œil, se trémoussant sans gêne pour attirer mon regard.

— Si tu veux les voir se balancer au gibet, je t'y conduirai.

— Je te remercie, mais je n'y tiens pas, lui dis-je, lui offrant un maigre sourire en guise d'excuse.

Elle grommela : « Châtré, va ! » et me tourna le dos, remuant ses grosses fesses comme une injure.

Müntzer fut à peine mieux loti que moi, mais il se moquait d'être mal fagoté. Il voulait voir Luther sans attendre et me demanda de l'accompagner. J'aurais bien eu besoin de manger et de me reposer au chaud mais je le suivis sans même prendre le temps d'attraper un morceau de pain.

Anabaptistes

Nous trouvâmes Luther à l'auberge devant un poulet rôti garni de fèves et de navets baignant dans un jus gras. Müntzer se dispensa des salutations.

— Frère Martin, nous arrivons de Zwickau où ta parole est entendue, mais le conseil fait tout pour la faire taire et interdire ceux qui, comme moi, la propagent. J'ai dû fuir pour poursuivre ma tâche.

Luther ne nous proposa pas de nous asseoir à sa table. Il avala un peu de bière et s'essuya la bouche avec la manche de sa robe.

— Ne me parle pas de Zwickau si tu ne veux pas me mettre en colère. J'y suis allé bien avant toi pour admonester ses habitants mais ils m'ont renié.

— Tu dois te réconcilier avec eux.

Luther toisa Müntzer. Jamais il n'y consentirait.

— Tu vantes ma cause mais, au fond, je crois que tu la méprises et que tu prépares autre chose là-bas.

— Je ne prépare rien qui soit contraire à l'Évangile, grinça Müntzer, refroidi par l'accueil glacial de frère Martin.

Luther leva un sourcil.

— On me rapporte que tu t'es acoquiné avec ces anabaptistes, dit-il. Tu es devenu un des leurs ?

— Non, je ne crois pas à leurs visions mais ce sont de « bons frères » auxquels m'unit une puissante solidarité envers les réprouvés.

— Ce sont des hérétiques.

— Ne parle pas comme le pape ! protesta Müntzer. Ce sont des créatures souffrantes qui cherchent la voie droite, ouverte par les plaies du Christ. Le peuple a faim, frère Martin. Le peuple souffre. Le peuple crie dans ses chaînes.

Luther souffla.

— N'empêche, tu devrais te méfier d'eux et de leurs fausses idées de liberté.

— Le Christ n'a-t-il pas rendu tous les hommes libres ? Pouvons-nous tolérer qu'il puisse y avoir encore des hommes réduits en servitude, traités comme des bêtes, des esclaves ?

— Abraham, les patriarches, les prophètes, n'avaient-ils pas d'esclaves ? Relis saint Paul ! Il enseigne qu'à cette époque, comme à la sienne, tous les serviteurs étaient des esclaves.

— Mais nous ne sommes plus à cette époque ! s'emporta Müntzer. Il faut abolir les corvées ! Il faut abolir le servage ! Laisser les paysans vivre de leur travail ! Libérer les ouvriers des mines où ils se tuent !

Luther n'écoutait pas. Il fixait le mur de l'auberge dans une attitude grotesque de penseur méditant face à l'abîme. Il poussa un grand soupir. Son plat refroidissait.

— Ne comprends-tu pas que s'il n'y avait plus de serfs, plus de serviteurs, plus d'esclaves, dit-il comme s'il jaillissait d'une profondeur, cela rendrait tous les hommes égaux et transformerait le royaume spirituel du Christ en un royaume terrestre et visible ! C'est impensable. Un royaume terrestre ne peut perdurer que s'il comporte en lui une inégalité de personnes, de sorte que certains soient libres, d'autres emprisonnés, les uns seigneurs, les autres sujets.

Müntzer le contesta violemment.

— Tu t'égares, frère Martin. Quand Dieu interviendra dans l'Histoire, il n'y aura plus ni juifs, ni Grecs, ni esclaves, ni hommes libres, ni seigneurs, ni comtes, ni ducs, ni banquiers. La colère de Dieu s'abattra sur le monde. Ce sera un embrasement destructeur et une moisson instauratrice de l'Église renouvelée. Ceux qui seront en Jésus-Christ seront distingués et les méchants rejetés dans l'abîme.

Luther, la bouche pleine, grogna sans cacher son irritation.

— C'est un songe creux.

— Je l'ai vu comme je te vois !

— Les anabaptistes t'ont infecté, tu te noies dans leurs imaginations.

— Tous les vrais prêtres doivent avoir des révélations !

Luther s'agita sur sa chaise pour lâcher un pet.

— Que me racontes-tu là, frère Thomas ? Il faut calmer les esprits et enjoindre le peuple à se garder de paroles qui conduisent à la sédition. Nul ne doit rien entreprendre sans l'aval des autorités établies.

— Le temps n'est plus aux arguties pour défendre l'ordre voulu par les seigneurs et le clergé. Souviens-toi :

Dieu écrit de son doigt vivant au cœur de l'homme. Et son message nous dit d'agir !

— D'agir ? Pauvre fou ! Si le peuple s'avisait de juger ses seigneurs temporels et de légiférer à leur place, le mal ne pourrait qu'empirer !

— Mais les seigneurs sont la cause du mal !

Quand Luther ne mangeait pas, son esprit tournait à vide. Il devait avaler, avaler encore et avaler tant et plus s'il voulait écrire pour expier, publier pour éclairer, écrire pour espérer, publier pour corriger, écrire pour ne pas pêcher, écrire, publier… Par provocation, il attrapa un pilon de poulet et y mordit à pleines dents, défiant Müntzer du regard.

— Je ne t'en propose pas. Laisse-moi.

La sauce lui coula sur le menton.

— Je ne veux plus discuter avec toi ! dit-il si vite qu'il s'étrangla.

Luther recracha ce qu'il avait dans la bouche.

— Tu es un illuminé, conclut-il après s'être rincé la gorge d'une grande lampée de bière. Retourne à Zwickau ou au diable, je ne veux rien entendre. Rien !

— Écoute-moi, frère Martin, menaça Müntzer en l'empêchant de boire de nouveau sa bière, je témoigne en vérité de ce que j'ai entendu parmi les ouvriers, les miséreux, les journaliers, les mendiants. Il ne faut plus tarder. La moisson est imminente. Communie avec les affamés, les déclassés, les misérables, Dieu s'arme avec eux.

— Je ne suis pas pour qu'on gagne la cause de l'Évangile par des effusions de sang.

— Tu préfères l'ordre inique des puissants ? La paix pour les riches, la misère pour les pauvres ?

— C'est par la parole que le monde a été gagné ; s'ils veulent être sauvés, il faut que les chrétiens reçoivent la lumière divine et le Saint-Esprit. « Il frappera la terre par sa parole comme d'une verge, et du souffle de ses lèvres, il fera périr les méchants. »

Un souffle de colère traversa Müntzer, il enrageait.

— Ne te cache pas derrière Isaïe ! Tu ne m'auras pas à ce jeu-là.

Il s'appuya des deux mains sur la table.

— Pourquoi demeures-tu sourd et aveugle à ce qui se passe aujourd'hui dans le pays ?

— Tais-toi donc ! Tu parles beaucoup, tu te vantes beaucoup mais qu'as-tu à montrer ? Quelles œuvres ? Si c'était Dieu qui t'envoyait, tu le prouverais par des miracles, comme les apôtres. Où sont-ils ? Où sont tes miracles ? Nulle part ! Tu te veux prophète, mais rappelle-toi que je suis le seul auquel le Seigneur a révélé ses desseins. C'est à moi que Dieu a donné l'inspiration pour vous annoncer la Parole. Toi et tes anabaptistes ne devez rien faire sans mon ordre et laisser les autorités temporelles prendre leurs responsabilités en vertu du légitime pouvoir des princes et des seigneurs.

— En te donnant aux princes et aux seigneurs, tu cours à ta perte, Martin ! Nul ne peut servir deux maîtres. Nul ne peut servir Dieu et Mammon ! Maudit soit l'homme qui empêche son épée de répandre le sang des ennemis du Seigneur. N'oublie pas saint Luc : « Faites venir mes ennemis, ceux qui n'ont pas voulu que je règne, et égorgez-les en ma présence ! »

— Ce n'est pas Jésus qui parle !

— Qui donc alors ? Le diable ?

Nous laissâmes Luther face à son écuelle à moitié pleine et son pot de bière rempli à ras bord pour rejoindre Storch et les autres chez les anabaptistes de Wittemberg. Müntzer était furieux. L'attitude de Luther l'indignait.

— Il serait le seul chrétien ! Martin a vite fait d'envoyer tout le monde au diable à l'exception de lui-même ! Mais comment peut-il prétendre édifier le peuple alors qu'il boit du vin de malvoisie, se goinfre de bons petits plats de courtisanes et pète comme un âne !

Je lui recommandai de parler moins fort, tout le monde pouvait entendre. Mais Müntzer n'avait que faire de mes recommandations. Il s'insurgeait contre frère Froussard, frère Glouton, et tous ceux du parti du Ventre.

— Les rois et les princes se sont ligués contre nous et Luther se dérobe, il se cache sous le manteau de la noblesse et la sert comme un chien flatte son maître. Nous devons briser leur alliance !

— Frère Thomas, calmez-vous ! Vous vous laissez emporter !

— Réfléchis un peu : pourquoi les nobles se servent-ils de sa réforme ? Pour la gloire de Dieu ? Pour que la justice et la paix soient enfin de ce monde ? Pour que nous soyons gouvernés par la Parole ? Non. Trois fois non ! Les princes et la noblesse soutiennent Luther parce qu'il leur a graissé la gueule et permis de mettre la main sur les biens de l'Église, pour rien d'autre. Ils le protègent parce que frère Vantard défend leurs intérêts mieux que quiconque. Sa théologie ne sert qu'à justifier que le peuple soit volé de tout, même de la Parole ! C'est la justification par le vol !

Il me retint par le bras comme s'il craignait que je m'échappe.

— Derrière Luther, il n'y a que de l'argent, encore de l'argent, toujours plus d'argent !

Le sang chaud de Müntzer le portait parfois à l'exagération mais il avait raison sur un point : c'était très difficile de discuter avec Luther. Convaincu qu'il était le seul à pouvoir résoudre les questions les plus obscures de l'Écriture, Luther ne discutait pas, il décrétait avec dédain et toujours avec un certain emportement. Luther avait la prétention d'être l'unique détenteur de la vérité et n'admettait aucune contradiction. Tout ce qui allait à l'encontre de ses analyses et de ses commentaires était un signe manifeste de l'action perfide du diable. Son inspiration venait de Dieu ; la contester, c'était contester Dieu lui-même. Luther ne doutait de rien, surtout pas de lui-même. Müntzer n'était pas aussi buté. Au contraire, il s'ouvrait aux autres. Il pouvait s'entendre avec les anabaptistes, les hussites, les spiritualistes, tous ceux qui prenaient les textes à bras-le-corps pour en faire jaillir une parole vivante et non un froid sujet de théologie. « Je prêche une foi chrétienne qui est en accord avec celle de tous les Élus ! », répétait-il. Müntzer n'était ni dogmatique ni ivre de pouvoir. Jamais il ne se plaçait comme figure tutélaire, comme directeur de conscience ou chef de bande. Jamais sous ses paroles n'apparaissait la figure d'un tyran, d'un évêque ou d'un pape. Il parlait en prophète. Luther voulait qu'on lui obéisse, Müntzer qu'on le comprenne. Entre eux, il n'y avait plus une fêlure mais un gouffre qui s'élargissait de jour en jour.

Storch convainquit Müntzer qu'il était imprudent de circuler en ville tant que la situation ne serait pas éclaircie à Zwickau, surtout s'il s'était disputé avec Luther. Nous devions rester à l'abri chez les frères, meilleure garantie de notre sécurité.

— Sois sûr qu'il y en a plus d'un qui rêverait de te voir rejoindre les papistes qui se balancent au bout d'une corde !

Müntzer accepta de mauvaise grâce de patienter à l'écart du monde. Il bouillait d'en découdre avec ceux qui voulaient empêcher l'Évangile par des commandements humains. Stübner partageait sa colère. Il souffla, regardant droit devant lui :

— Aussi vrai que Dieu existe, la voix de Luther est celle du diable.

Université

Deux jours plus tard, nous étions toujours sans nouvelles de Dotty et d'Ottilie mais Müntzer n'était pas inquiet.

— Elles en ont vu d'autres, m'assura-t-il. Elles savent ce qu'il faut faire.

Et, par un matin radieux, il me pria d'aller d'urgence sonder Karlstadt, à l'université.

— Frère Thomas m'envoie vers vous.

Le chancelier couvrit le texte qu'il était en train d'écrire pour que je ne puisse rien voir, pas même le titre. Il demeurait la bouche souriante, les yeux profonds, impénétrables. Il voulait comprendre avant de parler.

— Que veut-il ?

— Il craint que vous ne sous-estimiez l'antéchrist. Il veut savoir si vous êtes prêt à agir.

— Rassure-le, dit-il avec amitié, je suis prêt et je ne sous-estime personne, ni le pape, ni l'antéchrist.

— Ni Luther ?

— Luther est trop couard pour être dangereux.

Karlstadt se leva et alla s'asseoir dans un des deux grands fauteuils de son bureau.

— C'est ce qui irrite tant Müntzer, dis-je en m'installant en face de lui à son invitation. Luther juge que les ordres des autorités légales doivent être obéis, aussi iniques soient-ils.

— Il tient plus que tout à l'appui des princes.

— Et vous ?

Karlstadt se recula sur son siège.

— Je suis hostile à toute agitation, commença-t-il en préalable. Je hais et je fuis l'émeute mais Müntzer a raison de nous pousser à agir. En premier, nous devons obéir au commandement biblique, briser les statues et brûler les images dans toutes les églises.

— L'université vous suit ? demandai-je, sans montrer à quel point son idée me heurtait.

Quelle foi, quelle fidélité à la Bible pouvait justifier qu'on veuille nier le génie humain, la grandeur de l'art, et détruire la beauté ?

— L'université et le conseil, m'assura Karlstadt, sans deviner mon indignation.

Il quitta son fauteuil et se campa devant la fenêtre pour me raconter qu'il avait été témoin de la comparution de Luther devant l'empereur, à Worms. Charles Quint lui avait accordé un sauf-conduit, l'assurant de sa sécurité et de sa liberté d'aller et venir. Le duc Jean de

Weimar payait le voyage et l'université avait mis à sa disposition une voiture attelée de trois chevaux, un chariot surmonté d'une manière de dais pour l'abriter du soleil et de la pluie. Il y avait même un héraut d'armes qui chevauchait devant dans sa tunique armoriée, décorée de l'aigle impérial. Luther appréciait d'être acclamé partout où il passait, saluant la foule, jouant du luth comme un Orphée tondu et encapuchonné. Il se sentait fort d'une pétition que plus de quatre cents nobles avaient signée pour prendre sa défense. Cela n'empêcha pas le diable de le tourmenter à Erfurt et plus tard à Gotha, comme s'il voulait l'empêcher d'arriver à Worms. Mais à Leipzig, les conseillers de la ville lui offrirent un vin d'honneur, l'applaudirent comme « l'homme de Dieu » et à Naumbourg, les dames des notables lui baisèrent les mains.

— Incroyable, n'est-ce pas ?

Le chancelier se souvenait qu'avant que Luther n'entre dans la salle où l'attendaient l'empereur et sa cour, le fameux capitaine Georg von Frundsberg avait posé sa main sur l'épaule de frère Martin et lui avait confié assez fort pour qu'on l'entende : « Tu vas faire un pas plus périlleux que nous autres n'en avons jamais fait. Mais si tu es dans le bon chemin, Dieu ne t'abandonnera pas. »

— Il était dans le bon chemin ?

— Il n'a cédé sur rien, sans peur ni crainte. Cela restera sa grandeur, dit Karlstadt, très admiratif malgré tout ce qui les opposait désormais.

Karlstadt se rassit. Il raconta alors comment l'accusateur, l'archevêque de Trèves, avait disposé sur une table une vingtaine de brochures publiées par Luther qu'il lui avait demandé de reconnaître comme siennes. Ce que Luther, dans le froc noir des augustins, fit d'une voix faible, timide, mal timbrée, au point qu'il avait dû le répéter plus fort. Il avait retrouvé toute sa vigueur lorsqu'il avait refusé de les désavouer. Les traits contractés mais parlant clair, il avait expliqué qu'il y avait deux sortes de livres : ceux d'enseignement et de doctrine et ceux de controverse dans lesquels il attaquait ses adversaires. Des premiers, il ne pouvait rien rétracter car c'était la parole de Dieu. En revanche, s'il avait été trop violent dans les seconds, il voulait bien se laisser instruire.

— Que répondit l'empereur ?

— Charles Quint ne parle pas allemand et très mal le latin. Il s'est fait traduire les propos de Luther et lui a accordé un jour de réflexion. Il aurait confié : « Ce ne sera pas celui-là qui fera de moi un hérétique. » Mais, le lendemain, dans une salle surchauffée, non seulement Luther ne s'est pas rétracté pas mais d'un ton conquérant il a développé devant l'empereur sa thèse démontrant que les conciles, comme celui de Constance qu'il a donné en exemple, pouvaient se tromper. Debout, dans l'embrasure d'une fenêtre exposée aux courants d'air, il a conclu, dans un silence de mort : « Je ne puis parler autrement, que Dieu me vienne en aide ! »

— Il ne s'est rien passé ?

— L'empereur a mis fin à l'entretien avec un geste de colère et a quitté la place en faisant signe à son héraut d'emmener frère Martin. Nous avons tous cru qu'il le conduisait en prison. Il y a eu un grand tumulte. Les cavaliers espagnols criaient « Au feu ! Au feu ! », certains que Luther serait conduit au bûcher, mais les nobles allemands l'ont entouré, et, faisant rempart, lui ont permis de se mettre à l'abri. Dans la nuit, ils avaient fait placarder en ville un avertissement aux partisans du pape : ils étaient quatre cents sous les armes, prêts, s'il le fallait, à affronter six mille soldats de l'empereur. On m'a raconté qu'à l'auberge où il s'était arrêté pour boire, Luther aurait dit : « Si j'avais cent têtes, je préférerais me les laisser couper l'une après l'autre plutôt que de me rétracter sur un seul point. »

— Que va-t-il faire maintenant ?

— Je l'ignore. Pour le protéger des foudres impériales, Frédéric l'avait fait mettre en sûreté dans un de ses châteaux, à la Warburg près d'Eisenach mais il est revenu à Wittemberg malgré les ordres du prince. Il s'est justifié auprès de lui en affirmant qu'en son absence Satan avait pénétré la bergerie et qu'il y commettait de tels ravages que sa conscience lui interdisait de le laisser faire.

— Encore le diable !

— Oui, soupira Karlstadt en levant les yeux au ciel, toujours le diable ! Il prétend lutter contre lui pour étouffer dans l'œuf l'insurrection qu'il sent venir.

Plan

Je retrouvai Müntzer chez Reinhard et Gunther, les anabaptistes, dans leur maison haute de deux grands étages. La fille rébarbative m'en voulait d'avoir repoussé son invitation. Elle nous servit du hareng, de l'oignon, du pain et de la bière tiède qu'elle fit exprès de renverser sur moi sans un mot d'excuse.

Je relatai le plus fidèlement possible ce que Karlstadt m'avait dit, racontant comment, depuis la Diète de Worms, Luther redoublait d'efforts pour traduire la Bible et le Nouveau Testament en allemand. Pour le seconder, il avait réuni un véritable sanhédrin, cinq ou six hébraïsants et son ami Melanchthon. Karlstadt s'était longuement étendu sur l'inutilité du baptême, de la Cène, des images, des églises, des princes. Il ne supportait plus les objets liturgiques, les calices, les patènes ouvragées et ciselées, les vêtements sacerdotaux, les autels et leurs ornements, les reliquaires et les reliques, ni l'hostie consacrée. Pour lui, tout cela relevait de l'idolâtrie.

— Il voulait votre avis sur cette question, dis-je à Müntzer.

— Il prépare quelque chose ?

— Je ne sais pas. Il parle de rupture définitive avec le catholicisme, de schisme. Il a été très clair et très virulent dans ses propos contre les images.

Müntzer savait que j'aimais trop la peinture pour être d'accord avec Karlstadt.

— Il t'a laissé le contredire ? me demanda-t-il, l'œil moqueur.

— Je n'ai pas osé le provoquer.

Storch prit la parole. Les défaites n'avaient pas altéré son orgueil ni son courage.

— Je connais les thèses de Karlstadt, dit-il. Il a déjà écrit qu'il est illégitime d'avoir des images dans les églises et les maisons de Dieu. Il y a ce passage de la Bible qu'il cite tout le temps : « Vous renverserez leurs autels, vous briserez leurs statues, vous abattrez leurs idoles et brûlerez au feu les images. »

— C'est dans l'Exode, grommela Müntzer.

— C'est ça ! approuva Storch. Personnellement, je suis d'accord avec lui. Nous devrons nous débarrasser de tout ce fourbi mais je pense que ce n'est pas l'urgence.

Müntzer approuva.

— Luther se sert de la parole de Dieu pour défendre la propriété des princes. Eh bien, servons-nous de la Bible pour l'attaquer ! Pour mobiliser ceux qui, comme nous, veulent y lire une parole vivante contre la parole morte des clercs et des savants. Il faut faire place au droit et au jugement de l'Écriture. Même Luther, aussi pleutre et soiffard soit-il, en convient. Qui ne l'a pas entendu pester qu'il vaudrait mieux que tous les évêques soient assassinés et tous les monastères abattus plutôt que périsse une seule âme pour ces idolâtres ?

Müntzer et Storch avaient un plan : ils allaient disparaître, se fondre dans la population et allumer des feux partout où ils seraient reçus pour déclencher le grand incendie.

— Personne ne te connaît, personne ne te cherche, me dit Müntzer. Tu vas retourner à Zwickau avec Ottilie et Dotty.

— Et si ça tourne mal ?

— Ça ne tournera pas mal si elles restent en dehors de tous les rassemblements. Qu'elles attendent mon retour sans rien tenter. J'enverrai des messages.

— Quand partez-vous ?

— Sur l'heure.

Envoyé

L'envoyé du pape m'attendait à l'endroit habituel. Je lui remis mon rapport. J'écrivais :

Votre Sainteté,

De quelque côté que l'on se tourne, les feux sont attisés par la rivalité entre les différents partisans de la réforme de l'Église. Entre ceux qui prônent une réforme princière et nobiliaire et ceux qui réclament une réforme populaire. Les deux camps se disputent entre eux bien plus violemment qu'avec les catholiques. Luther, soutenu par les princes, combat toute idée d'insurrection paysanne, convaincu que c'est le Christ qui parle par sa bouche et que nul n'est autorisé à contester sa parole. Müntzer au contraire professe que la voie du changement ne peut passer que par l'expression du peuple retrouvant la pureté évangélique de la première communauté. Il défend les serfs adonnés au labeur qui passent leur vie à chercher de la nourriture pour, dit-il, « gaver la panse des tyrans ». Les anabaptistes partagent ses idées auxquelles ils adjoignent des revendications sur le rituel, sur le baptême, l'ascèse nécessaire et le partage des biens entre tous. Le plus radical est peut-être Karlstadt qui veut voir disparaître les images et les statues qui encombrent les églises, éradiquer tous les objets qui éloignent le croyant de la rencontre directe et immédiate avec Dieu. La Parole vivante, la parole de Dieu ne peut en aucun cas servir à décorer la pierre. Selon lui, nous devons nous « désincarner » comme le Créateur s'est incarné. Nous unir à lui par l'ascèse, faire le vide et anéantir en nous tout désir. C'est à ce prix que nous pourrons partager la lumière divine. Il professe que l'homme se déifie en rejoignant son Créateur par l'esprit. De leur côté, les autorités sont très incertaines, tantôt penchant pour l'un, tantôt pour l'autre, comme des enfants capricieux, ce qui suscite la rage de Luther. Il vient d'écrire une *Loyale admonestation* à tous les chrétiens de se garder de séditions et de troubles où il fustige ceux qui laissent faire et même apportent secours et justification à la cause de l'antéchrist. Cette indécision, ces hésitations, ces retournements sans rime ni raison ne font qu'augmenter la colère du peuple dont la condition se détériore de jour en jour.

De son côté, ma mère m'écrivait :

Mon cher fils,

Ta tante me donne bien peu de nouvelles de toi et ce dont elle me parle m'échappe la plupart du temps. Je n'entends rien à ces querelles de prêtres, d'évêques et de pape. À force de vivre avec eux, j'ai peur que tu deviennes allemand ou que tu entres dans les ordres et que je ne te reconnaisse pas quand tu reviendras, si tu reviens avant ma mort. Tu dois avoir beaucoup changé. Parles-tu encore italien quelquefois ? Manges-tu ce qu'il faut ? Dors-tu dans un lit ? Prie pour moi comme je prie pour toi et que Dieu te garde.

En route pour Zwickau, j'avais en tête ce propos de Müntzer qui affirmait que « la souveraineté populaire » était la seule souveraineté digne de légitimité. Pour lui comme pour Karlstadt, les croyants ne devaient se fier qu'à la Parole vivante délivrée par des prophètes inspirés, semblables à ceux de l'Ancien Testament. Ils devaient comprendre que les songes et les visions étaient dépositaires de l'Esprit et s'engager à lutter par eux-mêmes sans qu'il soit nécessaire de s'en remettre au clergé. Nul n'était besoin d'intermédiaires. S'il avait raison, l'Église devenait aussi inutile que les indulgences...

Quand j'arrivai enfin, Ottilie et Dotty me firent la fête, heureuses d'apprendre que nous avions échappé aux hommes du conseil et que Thomas et les autres étaient en sécurité. Je leur racontai comment nous avions regagné Wittemberg à travers la forêt au milieu d'une tempête nocturne, guidés par Storch sur un chemin de braconniers. Je leur détaillai ce que disaient Luther, les anabaptistes, Karlstadt qui entendait démontrer que Moïse n'était pas l'auteur du Pentateuque ; je leur rapportai que Thomas comptait se lancer dans un grand périple pour mobiliser le pays et combien il était déterminé et combatif. Nous partagions une bonne grosse soupe de raves au chou quand, je ne sais plus comment, la conversation dériva sur Marie-Madeleine.

— Dans l'Évangile de saint Jean, dit Ottilie qui l'avait étudié au couvent, Marie-Madeleine est la première à voir le Ressuscité. Cela devrait donner aux femmes une place d'honneur que l'Église leur refuse. Le pape, ses cardinaux, les prêtres nous veulent soumises, cloîtrées ou enfermées dans les travaux de la maison et le soin des enfants, incapables de penser par nous-mêmes. Cela ne peut plus être. J'ai dit à Thomas que notre combat, le combat des femmes, et le sien ne devaient être qu'un seul et même combat. S'il se bat sincèrement au nom du Christ pour la liberté et l'égalité des croyants, cette liberté et cette égalité ne peuvent être seulement celles des hommes.

Dotty était sceptique.

— Tu crois qu'il pense comme toi ?

— Oui, je le crois. Thomas ne veut rien pour lui-même. Il n'est pas comme Luther. Jamais il n'écrit ses sermons pour servir sa réputation et se mettre en avant. Il n'a pour seule ambition que de servir la cause commune. Ce qu'il veut, il le veut pour nous tous, pour nous toutes.

Me souvenant d'un cours du père Girolamo, j'intervins.

— Dans l'Évangile, Jésus expulse sept démons de Marie-Madeleine. Frère Martin vous dirait que c'était une possédée !

— Au couvent, dit Dotty, on nous enseignait que si Jésus avait chassé sept démons de Marie-Madeleine, c'était parce qu'elle avait tous les vices !

Ottilie s'offusqua.

— Elle n'était ni folle ni prostituée comme certains voudraient le croire et le répètent à l'envi. Elle aimait Jésus peut-être plus que les autres. C'est pour ça que c'est à elle, et à personne d'autre, qu'il apparaît en premier.

J'essayai de la pousser plus avant, imaginant Marie-Madeleine en papesse.

— Tu aurais voulu qu'elle prenne la place de Pierre ?

Ottilie m'apostropha comme on tance un gêneur :

— Tu crois qu'à cause de son sexe une femme ne serait pas capable de guider l'Église ?

Je ne savais que dire. J'hésitais.

— Je... Jamais une femme ne...

— L'humanité ne connaît pas de sexe, trancha Ottilie, m'empêchant de répondre. Pas plus que l'homme, la femme n'a demandé à naître. Comme l'homme, elle a des qualités physiques, mentales et morales. Comme lui, elle est soumise à toutes les vicissitudes de l'existence.

— Plus que l'homme même ! Aucune douleur ne nous est épargnée, l'approuva Dotty, soudainement très émue au souvenir de ce qu'elle avait vécu. On nous proclame saintes mais nous sommes des esclaves, pire, de la viande à battre et à satisfaire les hommes.

— Nous n'existons pas, renchérit Ottilie. Nous sommes assujetties à notre mari, au seigneur ou à l'ordre dont nous sommes prisonnières. La religion nous enferme dans l'ignorance, la superstition, la dépendance. Toutes les lois sont contre nous. Celles des princes comme celles de l'Église. Thomas a raison : si nous voulons vivre, nous devons les abattre.

Bien qu'élevé par ma mère et par elle seule, j'avais grandi dans l'idée que la femme devait obéissance à l'homme, à son père ou à son mari et soudain, il m'apparaissait combien cette idée était injuste et ne reposait sur aucune loi mais sur une force bestiale qui autorisait une partie de l'humanité à asservir l'autre. Il n'y avait pas de différence entre le serf prisonnier corps et âme de son seigneur et la femme condamnée à n'être que la domestique de son mari, de son père ou de son confesseur.

Un bloc douloureux de silence tomba entre nous.

Nous nous observions sans dire un mot, comme si aucun de nous trois n'avait assez de souffle pour reprendre la parole. Ottilie avait parlé fortement et plus clairement que Müntzer, sans s'appuyer sur des citations ou des gloses. Elle m'impressionnait, telle l'incarnation même de la révolte que le frère Thomas appelait de ses vœux. Je pensai que c'était à elle d'en prendre la tête, comme ça aurait dû être à Marie-Madeleine de guider l'Église primitive.

Ottilie venait d'affirmer : « On peut mourir de mépris. » Dotty chassa une larme inopinée qui roulait sur sa joue, Elle s'irritait de nous entendre parler encore de religion. Il suffisait d'un rien, d'un mot de trop, d'une idée en l'air, pour que son passé tinte douloureusement dans sa tête. Elle se moucha, se força à sourire.

— Il y a longtemps que je n'ai pas vu le sang, dit-elle en repoussant son écuelle.

— Très longtemps ? s'inquiéta Ottilie.

— Au moins depuis que nous avons vu cette étoile traverser le ciel en plein jour.

C'était presque trois mois plus tôt que nous avions vu une comète. J'avalai ma salive.

— Tant que ça ? demandai-je, sans parvenir à y croire.

— Je suis grosse, claironna Dotty. Tu vas être père, Luca Ponti !

Le lendemain, tourmenté par l'idée que j'allais avoir un enfant, je dessinais au bord de la rivière quand je fus interpellé par deux membres du conseil, escortés de deux soldats.

— Où sont-ils ? me demanda le plus vieux.

— Qui ça ?

Le plus jeune attrapa la manche de mon paletot et m'ordonna de me lever.

— Tu veux te retrouver en prison ? Arrête de faire l'idiot.

Il aboya :

— Où sont ceux du moulin ?

— Je l'ignore.

— On t'a vu fuir avec eux.

— Je n'ai pas fui, corrigeai-je. J'ai suivi le frère Thomas.

— Tu l'as suivi ? Tu l'as suivi où ?

— Jusqu'au milieu de la forêt. Après, je ne sais pas où ils sont allés.

Le jeune conseiller ne me croyait pas.

— Tu nous prends pour des imbéciles ?

Je pensais, *oui, je vous prends pour des imbéciles parce que vous êtes des imbéciles si vous croyez vous jouer aussi facilement de moi*, mais je gardai une attitude humble et déférente.

— Ils ne voulaient pas de moi, expliquai-je. Ils se méfiaient.

— Tu n'es pas des leurs ?

Je proclamai comme un défi :

— Je suis italien et catholique. Pas anabaptiste.

Le plus vieux s'approcha.

— Ils t'ont laissé au milieu de la forêt ? me demanda-t-il d'un ton paternel.

Je jouai le jeu. Je fis l'enfant, et expliquai d'une voix pleurnicharde :

— Oui, il pleuvait dru et il faisait noir, j'avais peur.

— Et où es-tu allé ?

— Tout droit à Wittemberg, prévenir Luther, dis-je en le dévisageant.

Ma réponse le fit sursauter.

— Tu le connais ?

— Je travaille avec lui à sa traduction des psaumes.

— Si tu ne nous racontes pas n'importe quoi, grogna le plus jeune, qu'est-ce que tu fabriques ici ?

Je m'efforçai de garder mon sérieux.

— Frère Martin m'a demandé de m'attacher aux pas de maître Müntzer et de lui rapporter ses paroles et ses actes.

— Et tu ne sais pas où il est ?

Je fis le signe de croix.

— Dieu m'est témoin que je n'en ai pas la moindre idée, et que Luther va m'en vouloir.

Ottilie et Dotty s'amusèrent beaucoup au récit de ma rencontre avec les deux conseillers. J'avais bien joué ma farce mais je ne leur avais pas vraiment menti. Les nouvelles de Müntzer nous parvenaient au compte-gouttes. Tantôt un colporteur ou un marchand nous en transmettait, parfois un messager nous remettait une lettre contre argent comptant ou un repas, parfois la rumeur publique faisait circuler des informations sans que l'on puisse savoir d'où elles venaient. On disait Müntzer en Suisse, à Strasbourg, à Prague…

S'il était à Prague, Ottilie l'espérait chez Rehor Hruby, le traducteur d'Érasme avec qui il avait correspondu. Elle espérait aussi qu'il ait pu être reçu au Carolinum, le grand collège fondé en 1366 où Jean Hus, avant d'être conduit au bûcher, avait prêché : « La volonté de Dieu et de l'Écriture nous enseigne que l'obéissance au supérieur n'est obligatoire que dans les choses licites. »

Storch revint le premier de leur expédition.

Sa femme était morte en son absence, en mettant au monde leur sixième enfant, une fille. Il ne se pardonnait pas d'être arrivé trop tard pour la soutenir dans ses derniers instants.

— Je suis maudit, gémit-il cachant son visage entre ses mains.

C'est un homme rongé de culpabilité, secoué de chagrin qui nous confirma que Müntzer circulait toujours en Bohême. Avec Stübner, ils étaient passés par le centre minier de Joachimsthal avant d'arriver à Prague où il avait obtenu l'autorisation de se faire entendre dans les chapelles de la Theyn, dans celle de la Fête-Dieu et, bien sûr, celle de Jean Hus. Storch avait avec lui une brochure parue à l'époque de ce très fameux combattant du Christ où il était écrit : « *Tous les hommes vivront ensemble comme des frères, aucun ne sera assujetti à autrui, le Seigneur régnera et le Royaume sera rendu au menu peuple.* »

— Frère Thomas aurait pu l'écrire, fis-je remarquer.

Storch m'approuva.

— Écoute la suite : « *Tous les impôts devraient être supprimés ; tous les biens répartis en commun.* »

— Ça aussi !

— Attends la fin : « *Les riches, les plus sûrs alliés de l'antéchrist, devraient rendre gorge. Tous les seigneurs, tous les nobles et tous les chevaliers seront exécutés et exterminés dans les forêts comme hors-la-loi.* »

Nous accueillîmes la conclusion de ce terrible texte dans un grand silence. Nous nous observions pour savoir qui, le premier, oserait le commenter. Autant nous étions d'accord sur la mise en commun des biens et la fraternité entre les hommes, autant nous nous interrogions sur la violence. Le Christ avait bien dit qu'il était venu dresser le père contre le fils, le fils contre le père, la mère contre la fille et la fille contre la mère, mais à la violence des seigneurs, une violence plus grande encore pouvait-elle être la bonne réponse ? Ottilie, malgré la frayeur que je pouvais lire sur son visage, s'inquiéta de savoir si son mari répétait de telles paroles et devant qui.

— En quelle langue prêche Thomas ?

— En latin pour les lettrés et en allemand pour ceux qui le parlent.

— Il y en a ?

— Oui, toute une communauté.

— Il ne s'est pas attaché un traducteur ? demanda timidement Dotty.

— Tu es fine mouche, toi, dit Storch, s'efforçant de sourire.

Il lui caressa la joue.

— Thomas s'est trouvé un Luca tchèque qui le suit partout.

— Il s'appelle comment ?

— Luckas !

La plaisanterie nous fit rire et nous détendit un instant.

— Quand va-t-il rentrer ? demanda Ottilie qui s'était pourtant juré de ne pas poser la question.

— Thomas écrit un grand texte qu'il veut faire placarder sur au moins douze églises comme Luther avait affiché ses thèses contre les indulgences. Je l'ai alerté sur le danger qu'il courait mais vous le connaissez, il ne veut rien entendre.

Storch se tut un instant.

— S'il est arrêté, il sera expulsé et il reviendra…

— Et s'il est tué ?

— Alors, que Dieu ait son âme.

Ottilie insista.

— Que Thomas veut-il écrire de si dangereux ?

— Je ne sais pas exactement, avoua Storch, mais je suis sûr qu'il va appeler à la révolte, à l'insurrection.

— Toujours avec les paroles de Daniel ? demandai-je, l'entendant, comme si j'y étais, reprendre à son compte le rêve de Nabuchodonosor.

— Oui, il croit que le peuple est mûr pour prendre son destin en main. Il m'a dit qu'il faut que les fils de Dieu passent sur le corps des rois et tous les royaumes qui sont sous le ciel leur seront donnés.

Storch avait un message pour moi. Müntzer voulait que je me rende à Wittemberg pour savoir où en étaient Luther, Karlstadt, Melanchthon et les autres à l'université… Il devait dénombrer les forces sur lesquelles il pouvait compter alors que la moisson était proche comme tant de signes l'attestaient. Ottilie et Dotty me poussèrent à partir sans attendre, me faisant jurer de revenir au plus vite.

Femmes

Beaucoup de choses avaient changé à Wittemberg en mon absence. Le couvent des augustins avait été déserté par les religieux, les uns pour jeter leur froc, les autres pour fuir le berceau de l'hérésie. Frédéric avait laissé la jouissance des lieux à Luther mais sans lui consentir de quoi y vivre bien.

— Son Altesse Frédéric ne vous donne rien ?

— Il est parcimonieux jusqu'à l'avarice ! Je vis comme un rat.

— Vous devriez prendre femme, suggérai-je. Frère Thomas l'a fait et s'en porte fort bien.

J'aurais pu ajouter « je m'en porte fort bien moi-même » en pensant à Dotty dont je me languissais déjà, mais Luther n'avait pas à le savoir.

— Je sais que Müntzer s'est marié ! ricana-t-il. On m'a rapporté que les femmes sont tellement entichées de lui et de son esprit qu'elles ne peuvent s'arracher à son influence. Il paraît qu'il les séduit en prétendant que c'est une voix divine qui lui ordonne de coucher avec elles pour délivrer la parole de Dieu.

— C'est une pure calomnie ! m'exclamai-je. C'est une honte de colporter de tels ragots !

— Peut-être…, admit Luther à contrecœur. Sais-tu que les évêques refusent que les prêtres se marient mais acceptent qu'ils aient une concubine s'ils payent un florin d'or par an ?

— Müntzer n'a rien payé. Sa femme n'est pas sa concubine, c'est son épouse.

— Épouse ou pas, je me méfie. Les femmes sont pires que les hommes. Dieu a bien trop à faire pour les surveiller comme il nous surveille.

— Celle de frère Thomas est très bonne, joviale, travailleuse, toujours prête à se rendre utile.

J'aurais pu en dire tout autant de ma mère.

— Je n'ai que faire d'une femme, bougonna Luther avec un geste agacé.

— Vous avez tort. Frère Thomas affirme qu'il n'est sur terre plus douce chose que d'être aimé par une femme.

— Ma parole, tu aurais cédé à la tentation que tu ne parlerais pas autrement !

Je lui rappelai la Bible : « Soyez féconds, devenez nombreux. »…

— N'est-ce pas la volonté de Dieu que l'homme et la femme s'unissent ?

— Oui, je sais.

— Aimer, c'est pécher ?

Luther se pinça les joues. Il avait encore grossi.

— Non, expliqua-t-il, les tentations de la chair sont vétilles. La première femme venue peut y remédier. Même le Christ y a cédé. Il a commis l'adultère avec la Samaritaine. Ne murmurait-on pas : « Qu'a-t-il donc fait avec elle ? », puis avec Madeleine, puis avec la femme adultère qu'il a pardonnée si légèrement. Tu vois, le Christ si pieux a dû lui aussi forniquer avant de mourir. Ces tentations sont inévitables et n'engagent pas ton âme. Mais que Dieu te préserve des tentations qui touchent à l'éternité, quand on ne sait plus qui est Dieu, qui est le diable… Quand on en arrive à se demander si le diable ne serait pas Dieu.

Je lui fis répéter.

— Le diable serait Dieu ?

Luther se pencha vers moi, secouant vigoureusement la tête. Non, il n'avait pu prononcer une telle phrase. Le démon se jouait de lui !

— Garde-toi des femmes, Luca, se reprit-il, lançant ses deux mains devant lui, comme s'il voulait chasser au loin ses paroles inquiétantes. Elles sont possédées ! Le diable nous guette toujours entre leurs cuisses pour nous inciter à la luxure et nous priver du pouvoir de prier.

Nous fîmes quelques pas sur un sol boueux. Le temps de laisser le diable s'éloigner ? Je l'interrogeai.

— Vous avez déjà rencontré une possédée ?

— Plus d'une fois ! Le diable s'empare plus facilement des femmes, surtout, comme je te l'ai déjà dit, quand elles sont au bain ou aux lieux. Il les pénètre par tous les orifices et en fait des sorcières à son service.

— Je ne crois pas à ces choses-là.

— Tu ne crois pas à l'enfer ?

— C'est une fable inventée pour maintenir les hommes et les femmes dans la crainte.

— Je te montrerai un jour une de ces possédées du diable !

Il s'échauffait.

— Je soutiens la coutume qui veut que les prêtres les lapident avant de les jeter au feu ! Elles ne méritent nulle miséricorde. Tu comprends ? Nulle miséricorde !

— Pardon, frère Martin, mais pourquoi encore et toujours en appeler au diable ?

— Combien de fois faudra-t-il que je te le dise ? Parce qu'il est à l'œuvre contre nous, contre toi, contre moi et contre ce que je fais.

— Comment en être sûr ?

— Parce que je le connais ! J'ai plus d'une fois mangé du sel en sa compagnie. Sais-tu quelle est la plus grande ruse du diable ?

— Non…

— C'est de nous faire croire qu'il n'existe pas.

Luther soupira.

— C'est par la possession diabolique que les hommes sont atteints de frénésie et de folie. Et je ne parle pas des femmes !

Il poursuivit d'une voix rêveuse :

— Parfois Satan – l'ennemi de tout bien et de toute santé – chevauche dans ma tête. Je sens que je pourrais faillir. Pour le chasser, je n'ai pas d'autre moyen que de bien boire et bien manger, alors les entreprises du Malin fondent comme neige au soleil.

— Manger suffit pour vaincre le diable ? m'étonnai-je.

— Manger et chier, affirma Luther. Quand le diable veut me tourmenter avec mes péchés, je lui dis que j'ai chié dans ma culotte et mes caleçons ! Qu'il se serve et s'en frotte la gueule !

Luther éclata de rire, heureux de son énormité qui me laissait sans voix.

Cranach me reprochait mes absences. Il comptait sur moi pour finir le serpent dans une nouvelle version d'Adam et Ève qu'il avait promis de livrer sans délai à l'église Saint-Elme. Luther m'accompagna à l'atelier en gémissant.

— Faut-il vraiment que je n'aie ni pain ni viande et que je boive de l'eau… alors que je dois écrire, écrire, écrire encore contre ton maudit Müntzer qui s'agite comme un chien du diable ?

— Frère Thomas n'est pas « mon » Müntzer.

— C'est un fou furieux. On m'a rapporté qu'il affole la Bohême. Il menace les princes bien plus que je menace le pape !

— Il est du côté du scandale et de la folie, comme saint Paul…

Luther allait répliquer lorsqu'une grosse Saxonne à la poitrine guerrière s'avança vers lui d'un air déterminé.

— Que me veux-tu, femme ?

— Je voulais te demander conseil, frère Martin. Avec douze de mes sœurs, nous nous sommes évadées du couvent de Nimbschen-lez-Grimma grâce à trois bourgeois de Torgau.

— J'ai entendu cette histoire. Je n'ai rien pour vous.

— Je ne veux pas l'aumône, dit-elle d'un ton sec. Je veux juste te parler de ton *De Votis Monasticis*, où tu déclares que rien dans les Écritures ne justifie l'existence du monachisme et que les vœux prononcés par les religieux n'ont aucune valeur.

Luther parvint mal à masquer son étonnement.

— Où as-tu lu ça ? Au couvent ?

— Chez Cranach, dit-elle, le menton haut. Barbara, sa femme, est ma cousine.

— Alors tu sais que je voudrais voir dans les flammes toutes les chaires de prédication, avec les couvents, les chapitres, les clôtures, les chapelles. Que tout cela ne soit que cendres et poussière à cause de l'horrible séduction que cela exerce sur des pauvres âmes comme la tienne.

Après ce que Luther m'avait dit sur les tentations du diable, la rencontre était amusante. Je pris les devants.

— Nous allions à l'atelier, dis-je. Maître Cranach m'a réclamé.

Elle m'emboîta le pas.

— Eh bien, allons-y ensemble !

Katharina

Cranach, la mine réjouie, nous accueillit avec de grandes démonstrations d'amitié. Il félicita Luther.

— Je vois que tu as déjà fait la connaissance de notre Katharina ! s'exclama-t-il, prenant par l'épaule la grosse Saxonne, brune, un peu hommasse, le nez en pomme de terre et les joues saillantes.

— Je voudrais m'entretenir avec le frère Martin, dit-elle en se tournant vers lui. S'il veut bien me consacrer quelques instants…

— Mais bien sûr, qu'il le veut ! s'enthousiasma Cranach.

Et, la poussant vers Luther :

— N'est-ce pas, que tu veux ? Tu vas découvrir une femme très érudite, aussi solide dans sa tête que ses pieds sont bien plantés sur terre.

Luther ne tenta même pas de refuser. Cranach leur suggéra d'aller chez lui où sa femme les attendait. Katharina invita Luther à la suivre.

— Vous venez, frère Martin ?

Je restai seul avec Cranach. J'étais curieux.

— Qui est cette femme dont vous faites si grand cas ?

— Katharina von Bora, proclama Cranach. Elle est allée chez les bénédictines où elle a appris à lire et à écrire, puis chez les cisterciennes où elle a étudié. Peut-être est-ce cela qui l'a éloignée de la vie religieuse.

— Comme beaucoup de nonnes, glissai-je en pensant à Dotty et à Ottilie.

— Oui, comme beaucoup…

— Elle s'est enfuie ?

— À la première occasion ! Grâce à un marchand venu livrer du poisson à l'abbaye ! Katharina et onze de ses consœurs se sont dissimulées dans des caques et ont pu franchir en secret les portes de l'abbaye. C'est une aventurière !

Cranach me demanda brusquement :

— Tu as remarqué ses yeux ?

— Non…

Il explosa.

— Mais quel peintre es-tu si tu n'es pas capable de remarquer l'éclat félin d'un regard chez une femme comme elle ?

C'était vrai que je n'avais pas prêté attention aux yeux de Katharina, alors que c'était sans doute la seule belle partie de son visage. Pour cacher ma honte, j'entrepris de faire diversion.

— Frère Martin semble lui plaire…

— Que Dieu t'entende !

— Vous complotez de les marier ?

Cranach s'efforça de ne pas rire. Il se caressa la barbe.

— Si on te le demande, tu diras que tu ne sais rien. D'ailleurs, tu ne sais rien !

Je n'avais pas beaucoup d'efforts à faire pour deviner ce que les Cranach manigançaient.

— Vous n'avez jamais songé à peindre l'enfer ?

— Dieu m'en garde ! Pourquoi veux-tu que je peigne ça ?

— Parce que votre ami Martin a toujours le diable au bout de la langue. Et que, pour lui, la femme et le diable ne font qu'un !

— Je sais. J'ai fait imprimer pour lui ses *Dix Commandements sur le célibat sacerdotal et la violation de cet engagement*. Selon lui, la passion et le désir ne se distinguent en rien de l'adultère et de la fornication mais il ne cesse d'y penser, d'écrire sur le sujet, de faire des sermons… C'est comme le diable, ça l'obsède.

Cranach se pencha vers moi.

— C'est pour chasser ses démons qu'il doit prendre épouse, affirma Cranach en hochant la tête. La vie le purgera de ses imaginations.

— C'est vrai que beaucoup de prêtres se marient désormais, remarquai-je, Müntzer s'est marié, Karlstadt aussi…

— Martin résiste, comme Melanchthon, mais je suis sûr qu'au fond, ils savent que leur résistance est vaine.

Serpent

Cranach avait préparé le travail sur une belle planche de peuplier, poncée et enduite. Adam et Ève se tenaient de part et d'autre de l'arbre de la connaissance. Ève tendait une pomme à Adam. Cette représentation m'avait toujours étonné parce que la Bible ne disait pas quelle sorte de fruit elle avait cueilli, simplement qu'« elle l'avait trouvé bon ». Pourquoi une pomme plutôt qu'une figue ou une poire ? J'imaginais que bien des pères de l'Église avaient dû se poser la question avant moi. Le serpent que je devais peindre s'enroulait sur les branches de l'arbre et pointait sa langue vers Ève pour la tenter. « Le jour où vous en mangerez, vos yeux s'ouvriront et vous serez comme des dieux qui connaissent le bien et le mal. » J'avais tant de fois entendu Müntzer réclamer qu'on instruise le peuple pour qu'il puisse agir en conscience et non obéir aveuglément aux ordres des puissants, qu'il aurait pu reprendre cette phrase à son compte. Qu'importait la menace de mort émise contre ceux qui goûteraient au fruit de la connaissance, on ne pouvait vivre sans savoir. Je commençai par appliquer un gris pâle sur tout le corps de la bête esquissé d'un trait. Plus tard, lorsque cette première couche serait sèche, j'y reviendrais avec un vert tendre puis avec un vert sombre et du brun pour les écailles. Son ventre devait être d'un blanc d'ivoire. L'important était de lui transmettre une énergie par la couleur, un mouvement, afin que son corps n'ait pas l'air d'une branche morte. Je devais soigner la tête, lui donner des yeux terrifiants et faire apparaître la vivacité de sa langue. L'œil froid, d'une fierté impassible et splendide, le serpent devait montrer une sorte d'élégance princière. Être une bête digne d'adoration, à la fois tentatrice et menaçante. Au moment où les Cranach agissaient dans l'ombre pour marier le frère Martin – le marier à une diablesse ! –, je trouvais ironique que le maître m'ait confié cette tâche. Peut-être un jour oserait-il donner à Adam le visage de Luther et celui de Katharina à Ève. Jouerait-il alors le rôle du serpent, c'est-à-dire du diable, ou s'identifierait-il à l'arbre, c'est-à-dire à Dieu ? Mais que se passerait-il si Adam s'appelait Müntzer, Ève Ottilie et le serpent Luther ?

Table

Le dîner nous réunit autour de la table dans la somptueuse salle à manger de Cranach, aux meubles lourds, aux murs ornés de tapisseries, aux miroirs encadrés d'or. La cuisinière avait préparé un brouet d'anguilles, mijoté dans du vin blanc et assaisonné d'épices, comme si elle avait cuisiné le serpent que je venais de peindre. Le vin et la bonne chère réussissaient à Luther, particulièrement en verve.

— D'Abraham, d'Isaac et de Jacob sont nés les juifs qui ont crucifié le Christ, dit-il d'une voix forte pour capter notre attention. Du nombre des apôtres est sorti Judas qui l'a trahi. C'est de l'Église romaine, qui a donné tant de martyrs, qu'est sorti cet antéchrist, ce monstre d'impiété qu'est le pape. Ce sont des ermites d'Arabie qu'est sorti Mahomet.

Il but un grand verre de vin de malvoisie et continua sa péroraison, évitant le regard de la femme de Cranach et celui de sa cousine Katharina qui lui faisaient face.

— Des femmes mariées proviennent les adultères. C'est du nombre des anges que sont sortis les diables ; du nombre des rois que sortent les tyrans. C'est de l'Évangile et de la vérité divine que proviennent les mensonges diaboliques ; des églises que sortent les hérétiques. De nos aliments que proviennent les excréments, des vins précieux que vient notre urine, du sang que sort le pus.

Nul n'osait l'interrompre. Il se frappa la poitrine.

— C'est de Luther, dit-il, que proviennent Thomas Müntzer, les paysans rebelles, les anabaptistes et les sacramentaires. Faut-il crier au miracle parce que des méchants sortent de notre nombre ? Non, il faut s'unir au mal, le pénétrer. Il n'y a pas d'autre voie. Il faut entrer dans les mauvaises consciences pour les forcer à se révéler. Il faut s'aboucher à elles, quitte à subir les pires abominations au nom du Christ, pour notre salut.

Cranach fit signe à un domestique de resservir Luther.

— Tu as raison, dit-il, des meilleures choses peuvent sortir les pires, exactement comme en peinture. Un bon tableau peut susciter l'idolâtrie.

Il pensait à la renaissance de l'hérésie docète qui niait l'incarnation ; qui affirmait que Jésus n'avait été crucifié qu'en image ; que c'était un esprit sans corps, un démon incorporel.

— Comme les mahométans, précisa Cranach.

Luther l'interpella :

— Tu sais que Karlstadt veut faire enlever toutes les toiles, toutes les sculptures, tous les objets précieux des églises ?

— Qu'il aille au diable ! En peignant ce que je peins, je fais autant que toi ou que lui en écrivant.

Je fis remarquer que chez les dominicains, on ironisait sur le fait que la peinture était la Bible des illettrés. Cranach se moquait de leur mépris.

— Ton maître Raphaël, le grand Léonard, le divin Michel-Ange, même moi, en toute modestie, faisons plus pour la foi que les textes pompeux de ces scribouillards !

— Je ne suis pas d'accord, protesta Luther. L'écrit primera toujours sur l'image !

Katharina ne le quittait pas des yeux.

— Frère Martin, intervint-elle, les œuvres peintes sont des miroirs obscurs où nous regardons la mort en image. Ces miroirs sont muets et nous laissent muets devant eux, tournés vers nous-mêmes, dans les profondeurs de notre âme. Invisible et présent, Dieu nous juge. Aucun mot ne peut exprimer ce que nous éprouvons alors. Les écrits ne sont ni supérieurs, ni inférieurs aux images. Ils sont d'une autre nature. Ils sont notre pain quotidien, l'air qui nous permet de respirer, notre moelle, le sang qui circule dans notre corps. L'image fixe le temps, les mots le poursuivent.

Cranach éclata de rire.

— Cette femme comprend mieux la peinture que toi ! dit-il en se moquant de Luther. Et je me demande si elle ne sait pas aussi mieux lire…

— Je ne prétends pas être savant, répondit Luther, les mâchoires crispées.

Il était vexé.

J'admirais Luther pour la force de ses convictions, son immense savoir, son audace ; en même temps il y avait chez lui une mesquinerie, un égoïsme, une haine des autres qui me faisaient le détester. Luther était un génie et le plus méprisable des hommes. Un Dieu diable. Je regrettais de ne pas avoir été plus attentif durant les cours du père Girolamo. Je me souvenais de ses leçons de théologie quand, après avoir commenté un passage de l'Évangile, plus d'une fois il nous ordonnait de fermer nos cahiers et de ne rien noter. « Je vais vous apprendre à lire », disait-il, puis il critiquait mot pour mot le commentaire qu'il venait de faire, pointant les incohérences, les mensonges, les affabulations du texte. Hélas, je n'avais pas sa science. Je n'étais pas de taille à me disputer avec Luther mais j'aurais aimé lui faire remarquer que ce n'étaient pas les juifs qui avaient crucifié le Christ mais, comme le martelait le père Girolamo, « les Romains, rien que les Romains, et pour des motifs romains » ! Que la « trahison » de Judas n'avait aucune vraisemblance ; que c'était une astuce cruelle pour incriminer les juifs ; en tout cas les Judéens, puisque Judas et Judéens étaient désignés par le même mot et que Jésus le Galiléen s'en était fait des ennemis ! Et tant de choses encore qu'il m'aurait plu de lui opposer sur Marie-Madeleine, sur la place des femmes dans l'Église et dans la vie, sur le mariage que Dieu bénit par la voix de Moïse…

Aux regards qu'ils s'échangeaient, je voyais que Cranach et sa femme se réjouissaient de la situation. Ils jubilaient. Katharina n'était pas belle mais elle avait l'âme virile. Elle osait contredire Luther, contester ses propos. Avec elle, il trouverait à qui parler. Cela promettait de belles attrapades car Luther jurait d'être le meilleur « dans la contradiction », comme il s'en était vanté avant de rencontrer Cajetan.

Luther reprit la parole en dévisageant Katharina qui soutint son regard sans ciller :

— Ne vous êtes-vous jamais demandé – vous, autour de cette table – qui a bien pu donner à Dieu l'idée de créer des êtres mâles, des êtres femelles et de les faire s'unir ? La femme a deux tétons et un petit pertuis entre les jambes. Mettez là une goutte de semence et elle deviendra chair, sang, os, nerfs, peau…

Il se frappa sur le ventre.

— … bedaine !

Luther ricana.

— C'est farce, n'est-ce pas ?

— Tu veux dire que Dieu s'amuse de nous, frère Martin ? demanda très sérieusement Katharina.

— Qui sait ? soupira-t-il.

Et, se penchant au-dessus de la table :

— S'il m'avait demandé mon avis sur la création des hommes, je lui aurais conseillé de s'en tenir à la motte de limon, dit-il pour la provoquer.

— Et tu serais une plante verte ! s'exclama Cranach en levant son verre à la santé de Luther.

Cauchemar

Le repas avait-il été trop copieux ? Les épices trop fortes ? Les ruses du diable dont nous avions discuté sans fin me pesaient-elles sur l'estomac ? Avais-je trop bu ? Je dormis mal cette nuit-là, assailli par un cauchemar où une sorcière, coiffée d'anguilles vivantes, chevauchait nue sur un balai pour se rendre au sabbat. Un bouc noir qui avait la tête de Luther l'attendait au sommet d'une montagne où gisaient les débris du soleil. Un cierge à la main, la sorcière s'approchait de Satan qui lui offrait son cul à baiser. Toutes les sorcières entamaient alors une ronde autour d'eux, lançant au bien membré des cris féroces...

— Luca ! Luca !

Mikaël, le fils aîné de Stroch, me secouait.

— Luca, réveille-toi !

J'ouvris les yeux, ne sachant plus si je rêvais encore ni où j'étais.

— Müntzer est rentré ? demandai-je, l'esprit embrumé, le front en sueur.

— Non.

Je n'y comprenais rien.

— Qu'est-ce que tu fais là ?

— Ottilie te fait dire que tu dois venir sans attendre. Ta Dotty est au plus mal. Elle est prise de fièvres et, sauf un miracle, elle va passer.

Il avait débité son message d'une traite, sans montrer la moindre émotion. Je restais cloué sur mon grabat, incapable de prononcer un mot, incapable de me lever, comme si tous mes membres étaient soudain paralysés. Je me sentais malade. Mes yeux tremblotaient sous mes paupières. Ma tête s'alourdissait du malheur annoncé. D'affreuses images de mort m'assaillaient. Des éclairs noirs qui m'empêchaient de me concentrer. L'amour de ma vie m'appelait au secours et son visage se troublait dans ma mémoire comme une eau dans laquelle on vient de jeter une pierre.

Le fils de Storch était venu à cheval. Nous repartîmes à deux sur le vieux roncin de son grand-père. Une bonne vieille carne avec deux grands yeux de velours cernés de souffrance que Dotty aimait cajoler. Dotty traitait toujours les animaux avec douceur. À Zwickau, les poules mangeaient dans sa main, le cochon adorait qu'elle lui gratte la couenne sous le menton, les chats recherchaient sa compagnie, jamais elle ne chassait un chien errant d'un coup de pied ou d'un coup de bâton. Dotty était toute tendresse et bonté. Elle haïssait la violence envers les bêtes comme envers les hommes. Mon cœur se révoltait. Une si grande âme ne pouvait pas disparaître ! Je voulais prendre sur moi ses douleurs, les enterrer au plus profond de la forêt.

Pâleur

Au trot laborieux du cheval, il nous fallut près de trois jours pour rejoindre Zwickau à travers les chemins creux bordés de marécages, les sentiers forestiers où le danger d'être attaqués était moindre que sur les routes qu'empruntaient les commerçants. Nous arrivâmes alors qu'une légère brume se levait et que le soleil disparaissait à l'horizon. Je me précipitai aussitôt dans la maison de Müntzer. Dotty gisait dans le lit d'Ottilie, éclairée d'une large coulée de soleil. Son visage était d'une pâleur de chrysanthème, ses bras tendus le long du corps. Sa respiration était si faible que je ne pouvais l'entendre qu'en me penchant sur elle. Je crus qu'elle était morte. J'éclatai en sanglots.

— Elle a perdu l'enfant, me confia Ottie à voix basse.

Et, pour me consoler :

— Ça arrive…

— Elle va mourir ?

— Dieu seul le sait. Prions…

J'essuyai mes larmes d'un geste rageur.

— Non.

— Non ? Tu ne veux pas prier pour elle ?

— Pourquoi m'adresserais-je à un dieu au nom duquel Dotty a été enchaînée, affamée, conduite au seuil de la folie, et qui voudrait maintenant la conduire au cimetière ? dis-je avec colère.

Je saisis Ottilie par les épaules.

— C'est toi qui as sauvé Dotty de ce couvent maudit où elle était condamnée à périr ! Pas les prières, pas les messes, pas ce dieu injuste et cruel. Toi, et toi seule dois être remerciée. Si je devais prier quelqu'un, ce serait toi que je prierais. Ton amitié, ton amour pour Dotty ont été plus forts que tous les salamalecs des prêtres et des nonnes.

J'étais bouleversé. Si Dieu souhaitait la mort de Dotty, je faisais la promesse de me battre jusqu'à mon dernier jour contre l'Église, la religion, la foi, « la fable de Jésus » comme disait le pape. Tout cela m'apparaissait soudain comme une immense imposture. Un énorme mensonge incapable de sauver mon amour ! À côté du mien, le combat de Müntzer ne serait rien. Je me ferais soldat, je renverserais les tables, j'effondrerais les murs, je déchirerais le ciel. Je serais en première ligne, non pour améliorer ou amender l'Église comme le voulait Luther ; non pour la transformer et la régénérer comme le prêchait Müntzer. Non. Pour l'abattre ! Je me souvenais avoir entendu dans l'auberge de ma mère un client s'en prendre au Christ : « Qui lui a demandé de mourir pour nous ? Sûrement pas moi. Qu'avait-il besoin de s'acquitter de nos dettes ? Personnellement, je ne dois rien à personne. » Moi non plus, je ne devais rien à personne, surtout pas à Dieu. Sans Dotty, ma vie ne valait rien. Je haletai, avalant coup sur coup de grandes lampées d'air.

— Si les juifs sont vraiment le peuple déicide, cela signifie que Dieu est mort. Eh bien, pour moi, il est mort, et c'est vain de le prier. C'est stupide !

Ottilie tenta de m'apaiser.

— La mère Martha va passer, dit-elle, d'une voix douce.

— Qui c'est ?

— Une femme aussi habile à soulager les accouchées qu'à guider la charrue droite dans le sillon.

— Une sorcière ?

Je repensai avec effroi à celle de mon rêve. Cette mère Martha allait-elle venir sur un balai baiser le cul du diable et emporter dans ses griffes l'âme de Dotty ? Je ne savais plus quoi penser. J'étais aussi perdu que Luther entre Dieu et le diable. Je transpirais, je pleurais, tout mon corps semblait livré aux feux de Saint-Elme. Ottilie tira un tabouret près du lit et me força à m'y asseoir.

— Ne bouge pas de là. J'ai un reste de soupe et du hareng…

— Je ne veux rien manger.

Ottilie soupira.

— Ne discute pas, dit-elle en m'apportant une écuelle. Il faut que tu manges, m'ordonna-t-elle en la posant sur mes genoux.

Mais je ne pus rien avaler. La cuiller tremblait dans ma main.

Potion

La mère Martha vint voir Dotty juste avant la nuit. Sans doute avait-elle attendu la lune décroissante pour se montrer. C'était une vieille femme au visage parcheminé, au regard d'un noir intense, aux gestes mesurés, habillée de vêtements confectionnés de ses mains. Rien à voir avec la sorcière qui m'avait poursuivi en rêve. Elle tâta le front de Dotty, les joues, le nez. Elle posa ses lèvres sur les siennes pour mesurer son souffle. Puis, repoussant la couverture, elle libéra Dotty de sa chemise, palpa sa poitrine et posa sa main sur le mont à la croisée des cuisses.

— Faites chauffer de l'eau et donnez-moi du vinaigre, réclama-t-elle.

Elle ajouta :

— Il me faut aussi des linges propres.

Ottilie sacrifia sans hésiter une nappe que Müntzer tenait de sa mère. La vieille femme la coupa en carrés et s'en servit pour laver longuement Dotty de ses suées, la frotter énergiquement, laissant une compresse tiède et vinaigrée sur ses parties intimes. Puis elle lui pétrit très doucement le bas-ventre et la força à boire une préparation dont elle ne nous donna pas la composition. Ottilie soupçonna que c'était un mélange de bézoard et de simples, macérés dans du vin blanc ou de l'urine.

— Je connais ce genre de remède, me glissa-t-elle à l'oreille. J'ai vu une sœur en préparer quand j'étais au couvent.

— Pour toi ?

— Pour la mère supérieure que notre confesseur avait engrossée et qui voulait faire passer l'enfant.

— Elle est morte ?

— Elle a survécu et n'a jamais renoncé à ses pratiques.

La mère Martha nous commanda de mettre sur Dotty tout ce que nous avions de plus chaud pour la faire transpirer abondamment et chasser la fièvre.

— Il faut qu'elle sue, il faut qu'elle pisse, pour que son âme n'aille pas errer dans les limbes.

Nous devions la veiller et lui rafraîchir régulièrement le front avec l'eau vinaigrée qui avait servi à sa toilette.

— Si le diable ne l'emporte pas, elle vivra.

Veille

Pendant les heures que je passai à son chevet, je fis plusieurs portraits de Dotty sur son lit de sang et de feu. Loin de ses geôliers et de ses confesseurs, son visage était paisible, lisse et doux comme une pierre de lune. La maladie l'auréolait d'un voile lumineux comme celui qui l'avait illuminée sur la route de Zwickau. D'une main légère, je m'appliquai à saisir la délicatesse de ses traits, son front de miel, son incroyable beauté d'ange endormi. Plus que jamais, j'étais sûr que si Raphaël avait dû peindre la Vierge, il l'aurait choisie pour modèle, et si Cranach cherchait une Ève pour un nouveau tableau, c'était elle qu'il devait faire poser. Mais si le malheur venait à me l'enlever, ce serait à moi – et à personne d'autre ! – qu'il reviendrait de la peindre en gloire. Et je la peindrais si bien que son portrait deviendrait l'image immortelle de la Femme. Pendant des siècles et des siècles, sa beauté serait vénérée sans qu'il soit nécessaire d'y figurer Dieu ni d'en appeler à lui. Dotty était belle non parce qu'elle était belle mais parce qu'elle portait la beauté en elle. C'était « une belle âme », comme disaient ceux qui la connaissaient. Que cette belle âme n'ait plus la foi, qu'elle déteste l'Église et ses représentants, ses pompes et ses ors, n'oblitérait en rien l'amour que je lui portais. Au contraire, cela me galvanisait. Plus j'aimais Dotty, plus je sentais que la foi m'abandonnait. Le Christ s'éteignait pour moi et Dieu finirait par disparaître comme dans le portrait de sainte Cécile peinte par mon maître. Dieu ne m'était plus nécessaire. Avais-je jamais eu la foi ? J'étais capable de prononcer des paroles selon le rituel chrétien, de faire des gestes requis au nom d'un être invisible qui du Ciel surveillait tout, savait tout, gouvernait ma vie et la jugeait. Quelle sottise ! Comment avais-je pu croire à une chose pareille ? Autour de moi, je voyais des enfants mourir de faim, des femmes violées, des hommes battus, torturés, exténués de pauvreté, de malheur, de douleurs… Dotty avait raison : Dieu n'avait que faire des pauvres. Il n'y avait aucune place pour eux aux cieux. Pas de paradis. L'immensité céleste n'était qu'un néant désert et glacé. L'Église se gargarisait de son dieu de bonté, de son dieu d'amour mais c'était le plus cruel des mensonges. L'amour du prochain n'était qu'une hypocrisie pour justifier l'ordre immoral existant. S'il y avait un Dieu, c'était le dieu des riches et des puissants, épargnés de tous les maux. Sur la terre, régnaient la férocité des seigneurs se faisant obéir par la force des armes, la contrainte, la violence, au nom de cette illusion grandiose qu'ils vénéraient pour mieux asservir. Tant que le peuple ne comprendrait pas l'immensité de cette supercherie, il demeurerait esclave. Le jour où il prendrait conscience que l'injustice dont il était victime ne venait pas de Dieu mais des hommes, enfin il se lèverait en masse, et les princes, les seigneurs, le clergé, les bourgeois, tous seraient balayés comme Müntzer l'annonçait sans relâche.

Je veillais.

Comme la mère Martha l'avait recommandé, j'épongeais souvent Dotty et la baignais d'eau vinaigrée pour la rafraîchir. Dotty demeurait immobile, comme si elle ne sentait ni les soins que je lui prodiguais, ni mes baisers sur ses joues, sur son front, sur sa bouche. J'embrassais une gisante sculptée dans du marbre. Une figure de pierre. « La vie n'est qu'un instant sans cesse répété », professait le père Girolamo. Je ne voulais pas que celle de Dotty s'évanouisse dans les nuées. Je me repentais d'être parti si vite de Wittemberg où Cranach avait une pharmacie. Pourquoi n'avais-je pas couru voir l'apothicaire, écouter ses conseils et emporter pour Dotty une médecine qui n'aurait rien à voir avec la sorcellerie ? Je jurais que j'allais sauver mon amour, notre amour, sans prière, sans signe de croix, sans génuflexions. J'encourageais Dotty à tenir bon. Elle devait lutter, repousser la torpeur qui l'envahissait, la fièvre qui la rongeait. J'entendais la pluie crépiter sur le toit. La pluie, encore la pluie. Il pleuvait donc toujours dans ce maudit pays ? Je haïssais la pluie. Je haïssais ces lieux de souffrance et de froidure. Je haïssais l'ombre qui me collait à la peau, je haïssais tout. Je haïssais la terre, je haïssais le ciel, l'eau, le vent, les arbres. Je haïssais la mort. Je haïssais sa voix inexorable, son rire triomphal et son dernier silence. Je me mis à saigner du nez comme cela m'arrivait parfois. Je ne parvins pas à retenir le sang qui tombait sur mes lèvres, sur mon menton, signe cruel de mon impuissance. Je haïssais mon impuissance face à la mort.

La nuit avançait.

Soudain la fenêtre s'ouvrit d'elle-même, laissant entrer un air léger. Je ne fis rien pour la refermer. Je ne bougeais pas, planté sur mon tabouret comme un rocher à flanc de montagne. J'avais l'impression que tous mes nerfs étaient tendus comme le lin sur le métier. Le moindre bruit, chaque craquement me faisaient sursauter mais il m'était impossible de faire un geste, de me lever, de m'agiter. J'aurais voulu me vider l'esprit, détendre un à un tous mes muscles mais je demeurais rigide, minéral. Si Dotty mourait, je voulais mourir à côté d'elle. Être sa stèle. Rien ne pourrait nous séparer. L'unique chandelle était presque consumée. Son aigre flamme s'évanouissait. Bientôt, même les ombres disparaîtraient. Je sentais l'obscurité s'emparer de moi. J'entendais le vent au-dehors, je devinais les chouettes ou les hiboux qui poussaient leurs cris sinistres. J'imaginais la nuit célébrant sa victoire définitive sur le jour, se vautrant dans la noirceur de ses draps. À bout de forces, je luttais encore. Je ne voulais pas me rendre, renoncer. Il ne fallait pas que je dorme, non il ne fallait pas… Le crayon tomba de ma main. Je n'essayai pas de le ramasser. Il ne fallait pas, non, il ne…

Je m'endormis dans le silence funèbre de la maison.

— Luca ?

Qui m'appelait ?

— Luca !

J'ouvris péniblement les yeux. Ils étaient tout gonflés et mes lèvres se mirent à remuer comme si je goûtais quelque chose, mais pas un mot n'en sortit. Qu'était-il arrivé ? Le vent était tombé, les rapaces s'étaient tus, les ombres s'étaient envolées. Dotty avait repoussé tout ce qui la couvrait comme un linceul ou une pierre tombale. Elle était assise dans le lit, l'œil vif, les joues roses, les épaules nues. Elle me parut plus belle que jamais, plus angélique, plus désirable. Ce n'était pas un mauvais rêve dont le jour me délivrait. C'était elle, c'était ma femme, mon amour, je le voyais avec certitude. Je l'embrassai sur le front, dans le cou, sur la bouche. « Car dans ses yeux brûlait un rire tel, que je pensai avec les miens toucher le fond de ma gloire et de mon paradis[1]. » La fièvre avait disparu ! La mort était passée sans l'emporter dans ses rets. Je l'étouffais dans mes bras. J'aurais voulu la fondre en moi, l'absorber tout entière. Elle murmura :

— Tue-moi…

Je peinais à articuler comme si, moi aussi, j'émergeais d'une longue léthargie.

— Te tuer ?

— Bats-moi. Tue-moi. J'ai perdu notre enfant, gémit Dotty, comme si elle s'accusait d'un crime et réclamait son châtiment.

— Tais-toi ! Tu dois vivre !

— Non, je ne veux plus, j'ai…

— Des enfants, nous en ferons d'autres ! criai-je avec ferveur, prenant son visage entre mes mains. Beaucoup d'autres si tu veux !

La sueur avait soudain inondé ma poitrine et mon dos. Mes oreilles bourdonnaient, je tremblais autant qu'elle. J'écartai à toute force mes douleurs, l'affliction, les regrets et les plaintes. Je débordais de gratitude.

---

1. Dante Alighieri, *La Divine Comédie, Le Paradis*, chant XV, 32-36.

— Tu es vivante, vivante ! lançai-je, et c'est le plus beau jour de ma vie !

Missives

J'étais trop loin de Luther et de Müntzer pour fournir des renseignements précis au pape. Je lui écrivis une courte missive d'après ce que j'avais recueilli auprès de voyageurs :

> Saint-Père,
>
> La situation est très confuse ici, en Allemagne. À Wittemberg, Luther et Melanchthon réunissent des foules immenses. Lorsqu'ils s'en prennent à Rome, à l'Église, à votre personne dans les termes les plus vulgaires, ils sont acclamés et applaudis. J'ai entendu Luther se vanter d'avoir brisé par sa seule parole votre puissance, celle des évêques, des curés et des moines et celle même de l'empereur et des rois ! Il a fait rire tout le monde en racontant *Le testament de l'âne* : « Dans son testament l'âne légua aux papistes sa tête, aux cardinaux ses oreilles, aux chantres sa voix, son crottin aux paysans, ses os aux joueurs, sa peau aux traîne-sabres et trognes militaires pour faire des tambours et des timbales. » En revanche, Luther a rompu avec Karlstadt qui publie brochure sur brochure contre les images et les sculptures, si bien qu'une église et la collégiale de Wittemberg ont été vandalisées par des augustins et une bande d'étudiants. L'un d'entre eux m'a rapporté la colère de Luther quand il a appris

que toutes les images avaient été brûlées. Pour lui ces actes ne peuvent être que d'inspiration diabolique. Il proclame à qui veut l'entendre que les réformes doivent être réalisées par les seules autorités établies ; que le peuple est aveugle dans son insubordination. Il n'a pas de mots assez durs contre Karlstadt. Quant à Müntzer et aux prophètes de Zwickau, j'ignore tout de leurs agissements et de l'endroit où ils se trouvent.

Le messager avait une lettre pour moi.

Ma tante m'annonçait une terrible nouvelle. Le Vendredi saint, mon maître Raphaël était mort. Il avait succombé après une semaine de fièvre que ni la médecine ni la prière n'avaient pu faire tomber. Les uns disaient que Raphaël payait ses excès amoureux, les autres que c'était la malaria ou quelque méchante maladie qui lui avait ruiné les poumons et ôté la vie. Il avait reçu l'extrême-onction dans sa chambre où son lit faisait face à sa dernière œuvre, *La Transfiguration*, que Giulio Romano devrait achever. La terre avait tremblé quand mon maître était mort, la chambre du pape s'était fissurée, le ciel s'était fermé de nuages et avait explosé d'orages comme dans l'Évangile à la mort de Jésus. Je ne pouvais m'empêcher de penser que mon maître ressemblait au Christ tel qu'il était représenté par de nombreux grands peintres et que sa mort un jour béni n'en était que plus significative. C'était un être doté de tous les talents qui disparaissait, un ange de bonté et de générosité, d'une incroyable modestie au regard de son génie. Chacun devait savoir que ce drame les concernait tous. Ma tante me racontait les funérailles grandioses auxquelles mon maître avait eu droit : « En son honneur, quatre cardinaux vêtus de pourpre ont porté son corps au Panthéon et sa main a été embrassée par le pape. Pietro Bembo avait été chargé d'inscrire sur le sarcophage de marbre : "Ci-gît Raphaël, qui durant toute sa vie fit craindre à la Nature d'être maîtrisée par lui et, lorsqu'il mourut, de mourir avec lui". » Je ne pus lire la suite tant les larmes inondaient mon visage. Sans lui pour soutenir ma main, où trouverais-je désormais la force de peindre ?

Dotty se remit vite de sa fausse couche, comme si le drame l'avait traversée sans laisser la moindre trace. De nouveau, elle chantait en travaillant sur le métier à tisser, ramassait les légumes et les œufs au jardin, cuisinait en s'amusant des formes étranges que prenaient parfois les épluchures. Plus vivante, plus légère que jamais, alors que j'étais terriblement affecté par la disparition de mon maître. Un chat de tristesse labourait mon cœur. Ses griffes me déchiraient, ses dents me tourmentaient. Le chagrin pesait sur moi d'un poids que nul ne pouvait soulager. Pour toujours, je porterais le deuil de Raphaël. Mon mal était un long cauchemar sans rive mais je devais le taire. Personne – surtout pas Dotty ! – ne devait soupçonner l'acide qui me rongeait le foie et incendiait mes veines.

D'ailleurs, qui s'en souciait ?

Pour ne pas ajouter du malheur au malheur, je me forçais à faire bonne figure. Je dorlotais Dotty, je la distrayais, n'hésitant pas à faire le pitre pour l'entendre rire alors que tout en moi pleurait. Je sus que Dotty était tout à fait guérie quand, dans la lumière tamisée du couchant, près de l'étang, nous fîmes l'amour sous la chevelure délicate d'un grand saule avant de nous baigner comme si nous procédions à un nouveau baptême.

Sous un dôme d'or, l'eau scintillait.

Gravure

Il se passa encore deux mois avant que Müntzer ne revienne de Prague. J'étais retourné à Wittemberg travailler dans l'atelier de Cranach. Je l'aidais à répondre à une somptueuse commande quand je reçus un message d'Ottilie m'annonçant que grâce à Simon Haferitz, l'ami qui les avait mariés, Müntzer avait obtenu un poste à Allstedt. Il nous demandait de le rejoindre sans délai tant il avait hâte de nous revoir.

J'avais terminé le drapé des femmes au bas d'une grande crucifixion pour laquelle Cranach m'avait fait venir, je pouvais le quitter sans remords et rejoindre Dotty qui me manquait cruellement. Avant mon départ, il m'offrit une bourse et un petit opuscule de vulgarisation qui venait de sortir de la presse de maître Bergmann, *La Passion du Christ et de l'Antéchrist*. Il avait été légendé par Luther et Melanchthon. Cranach l'avait illustré de treize gravures sur bois démontrant en quoi la papauté et le christianisme étaient antagonistes. Les auteurs organisaient leur récit autour de trois contradictions majeures : la première entre le Christ qui refuse la dignité et la puissance temporelle et le pape qui s'en empare ; la deuxième entre la pauvreté du Christ, sa souffrance, son humilité et l'opulence de la papauté, son oisiveté, son orgueil ; la troisième entre la foi désintéressée tout intérieure et le culte extérieur, fertile en profits matériels.

— Vous partagez ces idées ?

— Entièrement, répondit spontanément Cranach. Pas toi ?

— Si, et je les ferai partager à Müntzer dès que je le verrai.

Cranach ricana.

— Tu as l'air de bien l'aimer !

— Oui, je l'aime bien.

— Martin le déteste !

— Luther déteste tout le monde. Il s'invente Müntzer en ennemi alors qu'il devrait l'embrasser comme un frère. Thomas est un homme droit, vivant et déchiré, qui n'attend ni position ni fortune mais œuvre pour le bien commun. Au nom de sa foi, Müntzer est prêt à donner courageusement sa vie pour les autres, pour un monde meilleur. Croyez-vous que Luther soit capable d'un tel sacrifice ?

— Je ne sais pas, avoua Cranach, après un long silence.

— Müntzer est un juste, dis-je en le dévisageant.

Et, d'une voix ferme :

— Vous devriez faire son portrait.

Cranach me donna une bourrade.

— Tu veux que je me fâche avec Martin ?

Allstedt

Allstedt était une petite cité qui se vantait d'avoir accueilli d'anciens rois germaniques et abrité Frédéric Barberousse dans son château. La population était essentiellement composée d'artisans et de maraîchers mais c'était d'abord des mineurs qui travaillaient le cuivre, l'argent et l'or pour le comte de Mansfeld que Müntzer voulait se faire entendre. Il prêcherait dans la vieille église Saint-Jean tandis que la paroisse de la ville neuve était confiée à son ami Simon.

Müntzer avait clairement exposé son programme :

— Je vais dire et chanter toute la messe en allemand, déclara-t-il à la municipalité, sans mentir sur ses intentions. La messe évangélique est célébrée en latin par des papistes au détriment de la foi chrétienne. C'est une abomination et de l'idolâtrie. C'est pur paganisme que d'accorder aux mots latins une vertu « magique ». Le culte ne vaut que par sa valeur éducative. À chaque office, je lirai un chapitre entier du Nouveau Testament dans la traduction que Luther vient de faire paraître pour le rendre intelligible à tous et je lirai des psaumes que j'ai traduits moi-même, au plus près de la Parole. Je ne veux plus entendre parler de l'hypocrite confession papiste ni du baptême des nouveau-nés.

Il ajouta :

— Le clergé est devenu égoïste, rapace et paresseux. Il ne se donne même plus le mal d'instruire le peuple. Quel intérêt y trouverait-il ? Aucun. Son pouvoir ne repose que sur l'ignorance du commun. Ces clercs sont des voleurs qui s'approprient indûment le texte sacré.

Les rues étaient pleines de gens de toutes conditions venus l'entendre dénoncer les diableries du pape et du clergé comme il l'avait fait dans son manifeste de Prague dont il m'avait donné à lire la copie en allemand : « Aussi longtemps que le ciel et la terre existeront, ces fourbes et scélérats de prêtres ne pourront être de la moindre utilité à l'Église, car ils renient la voix du Christ, ce qui est le signe sûr et certain qu'ils sont des diables ».

Le peuple le soutenait avec enthousiasme. Son succès était si grand qu'il parvint aux oreilles de Luther.

Ce dernier écrivit à Müntzer pour le mettre en garde et lui rappeler comment cela avait fini à Zwickau. Mais Müntzer se moquait de ses avertissements.

— Je ne suis pas surpris que frère Gros Lard s'effraye de ce qui va s'accomplir ! Mais l'excellente et invincible réforme que nous portons dans nos âmes n'a pas besoin de frère Bonne Vie pour s'accomplir !

Tour

À Allstedt, Müntzer était logé dans la tour de Wiprecht où sa porte était toujours ouverte à tous. Nous fîmes la connaissance de Pfeiffer, un ancien moine au corps noueux qui s'était rendu fameux en montant sur une borne devant l'église de Mühlhausen-en-Thuringe pour alerter la foule contre la diablerie du pape, du clergé, des moines et des nonnes. On racontait qu'il avait annoncé l'arrivée d'un prophète à la main et à l'œil pleins de flammes. Un prophète venu avertir les enfants de Dieu que sa justice allait s'abattre sur les impies et les traîtres. Nul ne sera épargné ! Müntzer et lui échangèrent toutes les informations dont ils disposaient et conclurent qu'ils étaient faits pour cheminer ensemble sur les pas du Christ.

Comme à Zwickau, je logeais dans une pièce attenante à celle où il avait installé sa presse à imprimer. Avec mon aide, avec celle d'Ottilie et de Dotty, Müntzer imprima et mit rapidement en circulation sa *Protestation de Thomas Müntzer de Stolberg dans le Hartz, pasteur à Allstedt*, au sujet de la vraie foi chrétienne et du baptême.

Contre les théologiens, contre Luther – qu'il ne nommait pas –, récusant la justification par la foi, il invitait le peuple à éprouver le bien-fondé de ses idées et n'acceptait de soumettre sa doctrine qu'à son jugement.

Un dimanche, il y eut près de trois mille étrangers en ville, venus entendre celui « qui annonçait quelque chose ». Un élu dont on disait qu'il parlait au nom de Dieu. Les rues, les hostelleries et les estaminets étaient pleins comme pour un pèlerinage, ce qui inquiéta le très catholique comte de Mansfeld. Il fit savoir qu'il interdisait formellement à ses sujets d'assister au service divin sous peine de sanctions, et fit déployer des lansquenets devant l'église. Le dimanche suivant la Nativité de Marie, bravant l'interdiction, et malgré les rangs clairsemés, Müntzer répondit en chaire en traitant le comte de filou hérétique et d'écorcheur. Il le mit au défi de venir le rencontrer avec ses curés et ses professeurs pour lui démontrer que la doctrine qu'il prêchait était contraire à l'Écriture.

— Si vous ne le faites pas, je vous tiendrai pour un malfaiteur, un scélérat, un Turc, un païen. Les princes n'effraient pas un homme pieux comme moi. Demain, le glaive vous sera ôté et confié à la ferveur populaire pour votre ruine et celle des impies. Si vous maintenez vos interdictions insensées, je vous mettrai en accusation devant la chrétienté tout entière. Je ferai même traduire mes écrits en maintes langues pour vous vilipender. Osez être un seigneur favorable ! Je m'en remets à Dieu.

L'aveu

J'avais passé une partie de la journée à couper du bois et Müntzer m'avait aidé à le rentrer avant de surveiller l'impression de son prochain sermon. Dotty et Ottilie s'affairaient à préparer la soupe tandis que, Müntzer et moi, nous nous réchauffions au coin du feu. Les bûches crépitaient, faisant sauter des étincelles, de petits morceaux de braise que j'écrasais sous ma semelle. Il régnait un silence délicat dans la pièce, comme si soudain la paix s'étendait sur le monde entier. Thomas somnolait sur son tabouret en tripotant le bord de son chapeau.

— J'ai parlé de vous à Cranach, dis-je sans craindre de troubler sa quiétude. Il ronchonnait mais je l'ai presque décidé à faire votre portrait…

— Peindre celui de Luther ne lui suffit plus ?

— Vous devriez accepter, c'est un grand artiste.

— Pour quoi faire ? Pour me faire adorer comme le pape à qui on lie les mains et on baise les pieds ? Pour me faire cracher dessus comme une figure de carnaval ? Non, je ne veux pas. Je ne suis pas beau, je ne suis pas aimable, je ne suis pas comme frère Content de lui, je n'ai pas le temps de m'admirer dans un miroir ni de me faire adorer dans un cadre.

J'étais déçu. Décidément, Thomas, comme Luther, n'entendait rien à la peinture ; il ne sentait pas l'esprit qui y soufflait ; son mystère qui nous interrogeait plus puissamment que bien des mots.

— Vous êtes fait pour vous entendre avec Karlstadt ! persiflai-je. Il méprise les peintres et leurs œuvres. Il dénonce l'artiste comme « faiseur d'images » devant lesquelles on s'incline comme on s'inclinerait devant Dieu lui-même. Il condamne cette idolâtrie qui abrutit et mystifie le peuple.

— Qu'est-ce que Cranach peut répondre à ça ?

— Il répond que Karlstadt est un butor et qu'il n'est pas le seul à le penser. Il m'a autorisé à copier le passage d'une lettre que Dürer lui a fait parvenir. Ils ne s'aiment pas mais se respectent en tant que peintres. Dürer lui écrivait : « Certains iconoclastes veulent anéantir ces arts, ces dons de Dieu » et plus loin : « Je crois que personne n'est si dépourvu de bon sens qu'il aille adresser ses prières à du bois, de la pierre, du métal ou des couleurs. » Cranach est certain que son œuvre, celle de Dürer, celles des peintres traverseront les siècles tandis que le nom de Karlstadt sera oublié depuis longtemps sous la crasse de sa bêtise.

J'avais noté une phrase que Cranach m'avait dite et que j'aurais pu prononcer : « Si Dieu m'a gratifié du don de reproduire les figures, pourquoi s'offusquerait-il que je le fasse ? »

— Et toi, tu en penses quoi ?

— Je pense que le christianisme n'a pas donné au monde le dieu de justice et de bonté qu'il lui avait promis. En revanche, il a servi les arts et la beauté plus que tout autre religion.

Müntzer me regarda en face comme s'il n'était pas sûr d'avoir bien entendu.

— L'art ? C'est à ça que tu crois ?

— Oui. À quoi pourrais-je croire d'autre ?

— Croire à l'art et à ses œuvres, c'est de l'idolâtrie. C'est trahir Dieu.

— On ne trahit pas un ennemi, répondis-je avec un pâle sourire.

— Dieu est ton ennemi ?

Je fis une grimace pour toute réponse.

— Tu parles du christianisme comme s'il était loin de toi, grogna Müntzer que cette conversation contrariait.

Ma réponse tomba comme une pierre dans l'eau.

— Il l'est.

— Tu ne te sens plus chrétien ?

— Je pense que le savoir et la sagesse devraient guider tous nos gestes. Et que l'art est la forme supérieure de l'expression humaine.

Sa voix se fit pressante.

— Que fais-tu de la foi ?

— Rien.

— Rien ?

— La foi n'est rien pour moi, la raison est tout, avouai-je sans faiblir.

J'avais parlé trop vite. Müntzer pâlit, le souffle court.

— Comment peux-tu proférer de telles horreurs ?

Je pris le temps de m'expliquer.

— La nuit où j'ai cru que Dotty allait mourir, j'ai senti la foi s'éloigner de moi jusqu'à ce qu'elle disparaisse. Elle n'est jamais revenue.

J'y avais beaucoup réfléchi.

— Vous qui croyez que Dieu a créé toute chose sur la terre, dis-je calmement, demandez-vous pourquoi il a créé un être comme moi. Un être qui ne croit pas en lui. Comment est-ce possible ? Demandez-vous pourquoi, alors que je n'ai plus la foi, je me conduis plus honnêtement que ceux qui, comme frère Martin, la proclament en se griffant les joues et bafouent chaque jour tous les plus beaux principes des Évangiles ? Je me souviens que la première fois où je vous ai vu devant votre cure, à Halle, vous expliquiez aux paysans qui vous entouraient que les seigneurs – tous chrétiens, pieux et baptisés ! – font des lois qu'ils s'empressent d'ignorer mais que les pauvres doivent respecter sous peine de mort. Ils doivent leur obéir comme à Dieu : tu ne voleras point ! Mais ce commandement ne vaut pas pour eux. Les seigneurs s'approprient sans vergogne les poissons dans l'eau, les oiseaux dans l'air, la végétation sur la terre. Ils exigent que tout leur appartienne, que tout leur soit dû. Ils peuvent tout prendre et ne laisser aux miséreux que privations et humiliations. Pourquoi ces seigneurs chrétiens, laïques ou religieux, s'affranchissent-ils si aisément des commandements divins ? Parce que Dieu soutient leur cause comme le prétend Luther ? Parce qu'ils sont riches ? Parce qu'ils sont armés ? Parce que le peuple n'ose pas se dresser contre eux ? Parce que le paradis n'existe que pour les riches, les forts, les puissants et uniquement sur la terre ? Parce ce qu'ils savent que pour en profiter, il faut condamner les serfs, les misérables, les mendiants à vivre ici en enfer ? Ainsi, au nom du Christ, tous les hommes peuvent être opprimés, le paysan sans terre, l'artisan privé d'outils, le malheureux qui ramasse du bois mort pour se chauffer et qui est pendu comme votre père l'a été. L'Éternel soutient-il ces crimes ou seraient-ce les seigneurs et les princes qui dictent leur loi en s'appuyant sur la religion et sur ses rites ? Vous dites souvent que le bien et le mal se disputent sur la terre. Je suis d'accord mais pourquoi accuser Dieu ? Il n'y est pour rien. Il ne peut rien. Il n'est pas, c'est tout. Le ciel est vide et sans secours. Sur la terre, il n'y a que la cupidité des hommes et leurs mensonges qui gouvernent.

Pendant quelques jours, Müntzer ne m'adressa plus la parole. Je pensais avec émotion que j'avais eu une enfance choyée auprès de ma mère et de ma tante, une adolescence studieuse et riche chez les dominicains et dans l'atelier de Raphaël ; j'avais toujours été entouré, écouté, considéré, même par le pape, au point qu'il avait fait de moi son envoyé ! Le silence de frère Thomas me blessait cruellement. Mes arguments l'avaient-ils heurté à ce point ? Je ne pouvais admettre qu'il me boude comme une fillette grincheuse et rancunière. Un matin, il m'apostropha :

— Tu ne dessines plus beaucoup ?

— La mort de mon maître m'en a fait passer l'envie.

— Tu ne crains pas que cela attriste le pape ?

— Que Raphaël soit mort ?

— Que tu ne dessines plus.

— Pourquoi cela l'attristerait-il ?

— Parce que tes messages seront moins amusants à lire.

Je sentis le sang déserter mon visage : il savait !

— Je le sais depuis toujours, confirma-t-il. Le messager de Sa Sainteté n'est pas de bois. Il aime les auberges d'ici, le boire et le manger, et ne déteste pas prendre du bon temps avec quelque servante…

— Je ne suis pas venu pour vous espionner, dis-je pour me disculper. Je devais surveiller que Tetzel ne détourne pas ce que rapportaient les indulgences.

— Mais cette grasse crapule papiste l'a fait quand même ! se réjouit Müntzer.

Il marqua un temps.

— Tetzel a disparu, tu es resté, dit-il, l'air matois.

Je lui rappelai que je n'y étais pas obligé, c'était lui qui me l'avait demandé.

— Puisque j'étais découvert, pourquoi ne pas m'avoir chassé ?

Müntzer hocha la tête.

— Tu m'intriguais, soupira-t-il. Quel était le dessein du Seigneur en t'envoyant à moi ? Je savais que le pape comptait sur toi pour le tenir informé de tout ce que je disais et ce que disait Luther. Je préférais t'avoir près de moi que de t'abandonner dans les plis de la robe de frère Martin.

Je restais sans expression, le cœur déchiré. J'avais envie de disparaître. Je devais faire des efforts pour me maîtriser.

— Je n'ai rien écrit qui vous desserve, affirmais-je froidement. J'ai fait au pape le rapport le plus exact possible de ce qui se passait, des paroles prononcées par l'un et l'autre. Je m'en suis toujours tenu aux faits.

— Je n'en doute pas. Je ne doute pas non plus de ta sincérité.

Müntzer tira les poils de sa barbe.

— Enfin, jusqu'à un certain point.

— Je n'ai jamais menti, ni sur vous ni sur Luther, protestai-je.

— Non, mais sur toi.

— Sur moi ?

Une lueur d'ironie traversa son regard.

— J'espère que tu as écrit au pape que tu t'es marié selon mon rite et non selon le rite catholique ; que tu as perdu la foi pour une nonne défroquée que tu as engrossée ; que l'Église n'est à tes yeux qu'une marchande d'illusions et la plus grande organisation de coercition apparue sur la terre. Une machine de guerre entièrement vouée à assurer la fortune des princes et des puissants ; à justifier que le peuple soit sucé jusqu'à la moelle et ses os jetés aux chiens des adorateurs du veau d'or.

— Prêchez-vous autre chose ?

— Je prêche le Christ des petits et des humbles mais j'avance sans masque, à figure découverte, pas comme Luther ou comme toi.

Il s'amusait de me voir à la torture.

— Tu as bien conscience que ton athéisme fait de toi un plus grand ennemi du pape et de l'Église que Luther, Karlstadt ou moi. Aux yeux du clergé romain, tu es un apostat. Et les apostats finissent tous au bûcher.

— Vous allez me dénoncer ?

Müntzer haussa les épaules.

— Pour qui me prends-tu ? N'oublie pas quel homme je suis. Cette histoire n'est pas la mienne. Elle est entre toi et toi. Entre toi et Dieu. Pour moi qui suis fidèle à la Parole, chacun doit être libre de croire ou de ne pas croire. Les juifs, les musulmans ne sont pas moins croyants que nous, ils méritent le respect que nous réclamons pour notre foi même si nous les combattons pour les éclairer.

— Et pour l'absence de foi, quel respect ?

— Dieu jugera.

Dieu ! Encore Dieu, toujours Dieu dans la bouche de Müntzer, qu'il invoquait autant que Luther jurait par le diable. C'était trop pour moi. Je n'avais plus rien à faire ici. J'annonçai que j'allais rentrer en Italie.

— Dotty viendra avec moi.

Müntzer secoua la tête.

— Je ne crois pas, dit-il. Que tu sois apostat est une chose mais que tu désertes la bataille en est une autre.

— Je ne déserte pas ! m'indignai-je. Je vous ai toujours soutenu, je vous soutiens et je vous soutiendrai toujours contre les princes. Mais, ne vous en déplaise, Dieu n'est pour rien dans tout cela.

— On dirait que tu as choisi ton camp.

— Vous le savez bien, dis-je rageusement.

Müntzer ouvrit les bras comme s'il voulait me donner l'accolade.

— Oui, je le sais et j'ai besoin de toi. Tu vas rester encore un peu ici.

— Pour l'imprimerie ?

— Pour m'informer de ce qui se trame à Wittemberg et de ce que prépare frère Après moi le déluge.

— Vous voulez que j'y retourne ?

— Luther t'aime bien, tu lui as sauvé la vie. Alors ce que tu as fait jusqu'alors pour « Sa Sainteté », tu vas le faire encore une fois. Mais, pour moi, pas pour le pape. C'est seulement après me l'avoir rapporté que tu seras libre de lui transmettre ce que tu auras vu et entendu. Tu pourras alors rentrer chez toi avec Dotty, si elle veut toujours te suivre.

Excommunication

Müntzer m'avait piégé en me faisant concéder que je soutenais sa cause. Je ne pouvais plus reculer. Je devais le servir en jouant auprès de Luther un rôle d'espion qui me répugnait. À chaque lieue que je parcourais, je me souvenais du père Girolamo qui nous avait fait travailler sur un passage de la Bible : « J'ai exaucé ceux qui ne me demandaient rien, je me suis laissé trouver par ceux qui ne me cherchaient pas. J'ai dit : "Me voici." » Je m'étais « laissé trouver » par Müntzer qui ne me cherchait pas et j'avais répondu : « Me voici. » sans mesurer ce que cette réponse impliquait. Aurais-je pu y échapper ou était-ce ce que le destin me réservait ? J'avais été naïf d'avouer mon athéisme à Müntzer. Il ne pouvait pas me comprendre, comme il ne pouvait comprendre celui de Dotty. Ses souffrances l'avaient éloignée de Dieu alors que frère Thomas prêchait que c'était par cette seule voie qu'on se rapprochait de Lui. Je me consolais de ma bêtise en pensant que c'était une chance d'être témoin de ce qui se passait aujourd'hui en Allemagne. Il me faudrait me souvenir de ce combat des riches contre les pauvres quand je rentrerais à Rome...

Il faisait froid et humide.

Je traversai Wittemberg plus vite que je l'avais traversée la première fois que j'y étais venu. Une grande agitation régnait dans les rues. Des groupes discutaient devant les échoppes, des hommes s'interpellaient, des femmes chuchotaient entre elles. Je crus que Tetzel était revenu vendre des indulgences. Peter, un des étudiants avec qui nous étions allés chez l'imprimeur de Cranach, me rattrapa en courant.

— Luther est excommunié ! me cria-t-il, sans prendre le temps de me saluer.

Nous ne nous étions pas vus depuis Leipzig.

— Quoi ?

Il me répéta, détachant les mots :

— Luther est ex-com-mu-nié !

J'en restai bouche bée.

— Viens, suis-moi ! Marcus et Johan sont déjà là-bas !

Peter m'entraîna à sa suite.

— Dépêchons-nous !

Il me raconta que le pape avait d'abord publié la bulle *Exsurge Domine* appelant à brûler les écrits de Luther et lui ordonnant de se rétracter. Luther n'en avait rien fait. Au contraire, il s'était employé à exciter la haine germanique contre Rome. Luther avait fait diffuser un appel à la noblesse chrétienne de la nation allemande, exhortant les vrais chrétiens à réprimander le pape pour l'obliger à obéir à l'Écriture qu'il trahissait par son impiété. Avec Peter, nous courûmes jusqu'à la porte de l'Est, où, sous une grande croix, les étudiants brûlaient les livres de droit pontifical et les pamphlets antiluthériens. Le plus audacieux, Marcus, l'ami de Peter et de Johan, réclama le silence avant de jeter au feu la bulle d'excommunication *Decet romanum pontificem*...

— Puisque tu as contristé le saint du Seigneur, que sa colère te consume !

Une acclamation salua son geste. Autour du bûcher, les professeurs de l'université et les étudiants entonnèrent le *Te Deum.*

Te Deum laudamus :
te Dominum confitemur.
Te æternum patrem,
omnis terra veneratur.

Que la foule reprit en chœur :

Saint, Saint, Saint, le Seigneur,
Dieu de l'univers ;
le ciel et la terre sont remplis de ta gloire.

Couvent

Luther était dans sa cellule, la plus grande du couvent. On y accédait par un escalier étroit. De sa fenêtre, on découvrait tout l'arrière de Wittemberg, des champs et des bois, un paysage mouvant, bruissant d'oiseaux. Je remarquai que Luther ne portait plus la robe de son ordre mais une tenue civile, comme Müntzer qui s'habillait en paysan. Mais contrairement à lui, Luther avait choisi un costume bourgeois, noir et argent, taillé dans une belle pièce de drap.

— Je me suis fait faire cet habit de cour, se vanta-t-il, en l'honneur de Dieu et pour faire enrager Satan.

Il me montra une tache d'encre sur le mur.

— Tu vois cette tache ?

— Oui ?

— Eh bien, sache que pas plus tard qu'hier soir, je commençais à m'endormir quand j'entendis un grand fracas. Je me levai pour aller voir ce qui se passait dans l'escalier mais il n'y avait rien ni personne dans l'escalier. Quand je me retournai, je vis un grand chien noir qui me défiait, les babines retroussées, le regard en feu. J'eus la présence d'esprit de me recommander au Christ, Notre Seigneur, de saisir mon encrier et de le lui jeter à la tête.

— Vous l'avez manqué, dis-je, en observant le mur souillé.

— Non, dit Luther. Il avait disparu.

— Le chien ?

— Le démon. Satan…

Profitant de ma présence, il m'ordonna de prendre des notes sous sa dictée pour une lettre qu'il rédigerait plus tard.

— Pape Léon, messieurs les cardinaux et vous tous qui avez à Rome quelque puissance, commença-t-il en marchant de long en large, je vous accuse et vous déclare en face que, si cette bulle est de vous, moi Martin Luther, en pleine autorité d'enfant de Dieu et de cohéritier de Jésus-Christ, appuyé sur le roc et sans crainte de l'enfer, je vous conseille, au nom du Seigneur, de rentrer en vous-mêmes et de cesser rapidement vos blasphèmes.

Il s'échauffait.

— Si vous ne le faites pas, sachez que moi et tous les serviteurs de Jésus-Christ considérerons désormais votre trône pontifical comme occupé par Satan et siège de l'antéchrist auquel nous ne nous soucions pas d'obéir. Tout au contraire, nous vous prions de ne jamais nous absoudre et de parachever sur nous votre sanglante tyrannie.

Sa voix enfla.

— Entends-tu, pape, toi qui n'es pas très saint père, mais le plus grand pécheur ? Que Dieu détruise au plus vite, du haut du Ciel, ton siège et le précipite au fond de l'Enfer ! C'est Satan le mauvais qui ment par ta voix et par ta plume.

Luther ne décolérait pas, s'agitait, jurait, vociférait comme si je n'étais pas là.

— Que les papistes ne s'avisent pas de venir dans mon Église comme des cochons pour y placer leur idole ! Ils ont d'autres lieux pour torcher le cul de leur pape ! Laissons-les donc enseigner que péter dans son surplis est un péché mortel ou que celui qui lâche un pet à l'autel est damné. Et je ne parle pas des mômeries de ces bestiaux stupides pour celui qui se lave la gueule et en boit une goutte et ne peut célébrer la messe, ni de cet autre qui, la bouche ouverte, avalant sans le vouloir un moucheron ne pourrait recevoir le sacrement. C'est sur ces articles imbéciles que les gorets papistes fondent leur truie d'Église.

Et, s'adressant à moi :

— N'écris pas ça, mais qu'on me laisse agir pendant deux années encore, et tu verras ! Pape, évêques, cardinaux, prêtres, moines, clochers, messes, vigiles, tuniques, frocs, tonsures, règles, statues, tout le fourbi de l'organisation papiste s'évanouira comme l'ombre !

— Frère Thomas ne dirait pas autre chose.

— Ne me parle pas de ce diable de Müntzer, j'ai déjà le pape et sa meute diabolique qui courent après moi !

Luther se pencha au-dessus de la table, appuyé sur ses poings.

— Ça fait bientôt trois ans que je souffre d'injures, de menaces et de tout ce que mes adversaires peuvent inventer contre moi, dit-il en me soufflant au visage. J'ai offert de demander pardon, de garder le silence, j'ai prié pour qu'on m'éclaire si j'étais dans l'erreur, j'ai tout tenté pour établir les conditions de la paix dans l'Église mais personne ne m'a écouté. Müntzer, le pape et les autres chiens galeux ne veulent travailler qu'à ma ruine et à celle de l'Évangile !

Luther avait parlé avec tant de fougue que je n'avais pu saisir que des bribes de son discours et n'avais presque rien noté.

— Pardonnez-moi, frère Martin, mais vous parlez si vite que je n'ai pas pu tout prendre…

— Ce que tu as noté suffira à suppléer ma mémoire.

Je lui demandai :

— N'êtes-vous pas content que d'autres soutiennent votre combat ?

— Ils me soutiennent, ricana-t-il, mais secrètement, ils me vouent à l'enfer comme ceux qu'ils prétendent combattre en mon nom. Tous ceux qui déforment ma doctrine sont poussés par des diables. Mais je ne suis pas dupe, je les ai démasqués ! Avec Müntzer, Karlstadt, Storch, le diable a juré ma mort, je le sens bien. Il n'aura de repos que lorsqu'il m'aura dévoré. Qu'il me dévore donc ! Mais je veux lui rendre le ventre et le cul si étroits que lui et ses démons chieront en hurlant de douleur.

Je pris la défense de Müntzer.

— Frère Thomas n'est pas un suppôt du diable ! plaidai-je. Vous vous trompez. Il n'est ni fourbe ni sournois. Il n'a pas de projet secret ni de plan. Il se bat pour le Christ avec autant de vigueur et de courage que vous.

Luther me rabroua.

— Alors qu'il m'obéisse, et ne fasse rien sans m'en avoir averti.

Soudain apaisé, il me confia d'une voix lointaine :

— Tu sais, je ne puis plus prier sans maudire. Je suis le fiel de Dieu. Mes os, ma chair, mon sang débordent de malédictions. Si je dis : « Que Votre Nom soit sanctifié », il faut que je reprenne : « Maudit soit le nom des papistes et de tous les blasphémateurs ! » ; si je dis : « Que Votre volonté soit faite », je dis aussi : « Maudits soient les projets du pape ! »

Luther semblait épuisé.

— C'est ainsi que je prie chaque jour, murmura-t-il pour lui-même.

Chaque jour plus violent, plus grossier, plus aigri, Luther me décevait. À croire qu'il n'écrivait plus qu'assis aux lieux et que sa pensée ne sortait plus que de ce trou-là. Je l'avais entendu dire : « Le pape s'est fait le chef de la chrétienté, c'est-à-dire le sous-trou du diable ; c'est par là qu'ont été chiées dans le monde ces nombreuses abominations que sont les messes, les moineries et toutes espèces de débauches. » Ce n'était pas digne de lui. Sa hargne fangeuse contre Rome me heurtait comme me heurtait sa jalousie envers Müntzer. Luther ne supportait pas l'audace de frère Thomas qui disait et chantait la messe en allemand sans attendre une autorisation officielle. Müntzer le devançait. Il était plus proche du peuple que lui, plus cohérent, plus inflexible, n'hésitant pas à mettre sa vie en jeu face aux autorités. Ce que Luther n'avait pas le courage de faire…

Dîners

Chez Cranach, où il dînait maintenant tous les soirs, Luther se laissa aller à s'apitoyer sur son sort. Il se plaignit de ne plus pouvoir travailler, ni étudier, ni écrire, ni prier, tourmenté par les tentations de la chair, le vent du désir et par la constipation qui le livrait à la torture.

— Aucun de mes ennemis ne m'a porté de coups plus rudes que ceux que j'ai reçus des miens. Cette pensée me fait bien mal. La fumée de leurs brasiers me mord les yeux et m'irrite le cœur. Pourtant, j'ai plus fait pour l'Évangile que beaucoup de ceux qui aujourd'hui s'en réclament avec ostentation…

— C'est pour ça que Rome a voulu vous tuer !

— Je sais… Je sais qu'il y a beaucoup de séditions, que les amitiés se brisent mais rien, jamais, ne pourra m'obliger à donner l'Évangile en pâture aux passions humaines.

Il soupira.

— Qui plus que moi a ressenti l'épouvante et le poids de la mort ? Cette sensation avec laquelle rien ne peut se confondre dans l'ordre de l'esprit ? Je préférerais être un porc que d'être sans cesse sujet aux morsures de cette sangsue collée à mon âme.

— Frère Martin, vous délirez, dit Katharina, qui n'aimait pas entendre parler de la mort.

— Je délire, exactement ! répliqua Luther. C'est vrai que nous allons tous mourir et rien en nous n'est prêt à rejoindre Notre Seigneur…

Il s'expliqua :

— Le porc, sur son fumier, s'imagine sur un lit de plumes. Il se repose, ronfle tranquillement, sans craindre ni roi, ni maître, ni enfer, ni démon, ni colère divine. Il n'a pas la moindre inquiétude et ne se soucie même pas de ce qu'il mangera. Si on le chasse, il grogne, et puis c'est tout. S'il pouvait parler, il dirait : « Tu te fâches, pauvre fou, mais tu n'as même pas le dixième de mon bonheur. Tu ne vivrais jamais une heure aussi sûre et douce que les miennes, même si tu étais l'homme le plus puissant et le plus riche. »

— Le porc ne craint donc pas la mort ? demanda Katharina, visiblement choquée.

— Jamais, trancha Luther. Ni avant, ni pendant ; jamais il n'a ressenti ce qu'était mourir. La vie lui a toujours été bonne et éternelle.

Fermant les yeux, il soupira :

— Mon Dieu, faites que je sois un porc !

Nous laissant tous perplexes dans un silence gêné.

Un autre soir où l'on venait de servir des fruits magnifiques, Luther s'en prit aux juifs. Le sommeil le fuyait. Il lui fallait absolument sa dose de haine s'il voulait combattre ses insomnies. Il le fit d'abord sur le ton de la plaisanterie.

— Une secte juive, les sabbataires, voudrait forcer les chrétiens à se circoncire car cette opération était un grand honneur jusqu'au temps du Christ, raconta-t-il en coupant une poire. Mais Dieu nous garde d'une telle pratique ! J'espère bien que nous ne serons jamais assez fous pour accepter la circoncision. Qu'on coupe plutôt le sein gauche à Kathie, à Barbara et à toutes les femmes !

Puis, lorsqu'il vit que ce qu'il croyait drôle n'amusait personne, il enchaîna sur un autre registre pour relancer la conversation :

— Quand un voleur vole dix pièces d'argent on le pend, dit-il en s'essuyant le jus de poire qui lui coulait sur le menton, mais quand un juif vole dix tonneaux d'or grâce à son usure, il est plus fier que le Seigneur lui-même.

Cranach hésitait à le suivre.

— Ne crois-tu pas que nous pourrions nous imputer à nous-mêmes les injustices que nous imputons aux juifs ? Nous les avons exclus de tous les honneurs et nous ne leur laissons que la spéculation…

Luther balaya la remarque.

— C'est normal qu'on refuse aux juifs tout droit d'escorte et de protection publique. Qu'on leur interdise de faire du commerce ! Grand bien nous fasse si on brûle leurs synagogues et leurs écoles ! Je ne suis pas opposé au fait qu'on enfonce et démolisse leurs maisons, qu'on enlève tous leurs livres de prières et leur Talmud !

Il lança à Cranach :

— Tu sais combien les juifs aiment le Livre d'Esther où un roi autorise les juifs à massacrer tous leurs ennemis ; combien il correspond à leur appétit de vengeance, à leurs désirs meurtriers ! Le soleil n'a jamais brillé sur un peuple plus assoiffé de sang, plus vindicatif que celui-ci, qui se prétend élu afin d'avoir licence d'assassiner et d'étrangler les gentils. Il n'y a pas de créatures plus avides ; il n'est que de les voir pratiquer leur maudite usure.

Luther reprit son souffle.

— Je suis pour qu'on leur confisque leurs économies, leurs bijoux, leur or, leur argent, proclama-t-il en grimaçant. Ils se flattent de l'espoir que, lorsque le Messie viendra, il rassemblera tout l'or et tout l'argent du monde et le leur partagera, comme Müntzer prétend partager les biens des seigneurs entre tous les gueux d'Allemagne !

J'osai faire remarquer que Notre Seigneur était juif et que frère Thomas ne l'était pas.

— Tu ne comprends rien ! s'emporta Luther.

Il tendit son poing vers moi.

— Bien qu'aucune religion ne soit aussi extravagante que la religion chrétienne, je ne veux croire qu'en un seul juif, Jésus-Christ, fils de Dieu. Notre Seigneur est né juif mais, par la transcendance, il s'est élevé au-dessus de cette race maudite. Quant à Müntzer, toutes ses idées le ramènent à celles de la juiverie la plus abjecte, la plus malhonnête et païenne.

Puis, prenant conscience qu'il allait trop loin, il tenta de modérer son propos.

— Peut-être quelque sainte âme miséricordieuse sera-t-elle d'avis que je suis trop virulent avec ces pauvres et pitoyables juifs. Peut-être ne suis-je capable que de me moquer de pareils diables ? Je voudrais faire bien plus, mais ils sont plus forts que moi. Ils ont un dieu passé maître dans l'art de la raillerie. Il s'appelle le diable. D'ailleurs, essayer de convertir un juif, c'est essayer de convertir Satan. Car le juif a un cœur dur comme du bâton, comme de la pierre, comme du fer !

Et, satisfait de sa sortie, il réclama à boire.

— Bref, ce sont des enfants du Malin, condamnés aux flammes de l'enfer !

Puis il conclut en nous recommandant d'aller voir le bas-relief de l'église Sainte-Marie où des juifs et des porcelets tètent le lait de leur mère pendant qu'un rabbin soulève cette dernière pour scruter son anus. Luther leva son verre.

— À la truie, qui représente la synagogue ! Si vous aimez tant les juifs, allez leur donner le baiser de la paix sous sa queue !

Lumière

Après qu'ils furent tous couchés, Cranach vint me rejoindre dans l'atelier.

— Frère Martin déraisonne, n'est-ce pas ?

Cranach agita la tête de gauche à droite et de droite à gauche, dansant d'un pied sur l'autre, comme s'il hésitait à parler.

— Il y a une chose que tu dois comprendre, dit-il enfin. Martin ne supporte pas de rester seul face à lui-même. Il ne supporte pas sa propre compagnie. Il lui faut un public. Il a besoin d'une audience, d'une confrontation, aussi dure soit-elle. Si elle ne vient pas, si le silence s'installe, il sort une énormité, en appelle au diable ou écrit vite un livre pour ranimer le feu.

Cranach voyait juste. Il connaissait Luther comme un frère.

— Vous avez raison. Il lui faut des adversaires, des ennemis pour le faire vivre.

— Martin ne peut s'entendre avec personne. Il est comme un grand brûlé dont on ne peut toucher la moindre parcelle de peau sans le faire hurler.

Il soupira, l'air désolé.

— Il a toujours été comme ça…

— Il ne s'est jamais disputé avec vous ?

— Bien sûr que si ! Quand nous étions jeunes, nous en sommes même venus aux mains à propos de la résurrection !

Selon Cranach, Luther né était provocateur. Toute son enfance, son adolescence, il s'était heurté à son père, à ses oncles, à sa mère qu'il avait rendu folle. Il ne pouvait grandir que dans le conflit.

Par dix fois, j'avais pu moi-même le constater !

— Quand ce ne sont pas les prophètes de Zwickau, Müntzer, les doctrinaires, les dissidents, les briseurs d'images pieuses, les femmes, les juifs, les catholiques, le pape, il faut qu'il déverse sur nous sa bile et la boue de ses boyaux, comme s'il voulait nous dégoûter de l'espèce humaine.

— Il cherche l'affrontement.

— À Leipzig, le duc Georges disait qu'il était fou.

— Il n'est pas fou, nuança Cranach, il est exaspérant. Une fois marié – et Dieu sait que nous faisons tout pour que cela advienne ! –, il se calmera. Je fais confiance à Kathie pour apaiser ses tourments.

— Vous croyez que ça suffira ?

— En tout cas, avec Kathie, il trouvera à qui parler.

J'aimais beaucoup Cranach. Sous ses allures de notable sévère, de bourgeois satisfait, c'était un homme bon, volontiers drôle, aimant manger et boire en joyeuse compagnie, aimant sa femme et ses enfants, entièrement voué à son art, même si mille autres occupations officielles l'en détournaient.

— Je sais que ton maître est mort, dit il. À table, j'ai bien vu que tu essayais de cacher ta tristesse, mais tu n'y parvenais pas. Tu étais…

Il chercha le mot juste.

— … ailleurs, finit-il par dire en s'emmêlant avec le mot « absent ».

En réalité, il avait dit « abseurs ». Je fis semblant de ne pas l'avoir remarqué.

— Raphaël a été plus qu'un père pour moi.

Cranach hocha gravement la tête.

— Son œuvre témoignera de lui pour toujours.

— La vôtre aussi, dis-je sincèrement. C'est la force des images : traverser le temps…

Et, un peu pompeusement :

— Nous passons, elles demeurent.

Pour tous, Raphaël était mort. Pour moi, il ne l'était pas. Sa mort n'était qu'une apparence. Il suffisait que je pense à une de ses toiles pour que la vie qui s'y cachait se révèle et qu'elle renaisse. La mort n'existe pas en peinture. Et je pouvais remercier mon maître d'avoir pris la précaution de me peindre afin que je voyage avec lui pour l'éternité. Raphaël ne mourrait jamais. Je ne mourrais jamais…

Cranach fit une grimace.

— Tu veux toujours peindre ?

— Je ne sais plus. C'est comme si la mort de mon maître m'en avait passé le goût.

— Tu es doué, pourtant.

— Cela ne suffit pas, vous le savez autant que moi.

Quand Raphaël vivait, je peignais, défié par son génie, pour me mesurer à lui. Je n'ambitionnais pas d'être son égal, comme Giulio Romano, mais d'être plus grand que lui ! Je rêvais d'une peinture jamais vue avant moi. Je voulais faire des chairs vertes, des visages bleus, briser la symétrie et la perspective, trouver le chaos véritable de la nature, ne pas me contenter d'en être le témoin respectueux comme l'étaient aussi bien Dürer que Léonard. J'ambitionnais de me montrer plus génial que ces deux génies. Être celui qui allait révolutionner l'art de peindre aussi puissamment que Müntzer et Luther révolutionnaient la religion. Pour y parvenir, il me fallait un grand adversaire, un géant comme celui qui se dresse dans le livre de Daniel. Il me fallait Raphaël. Depuis sa mort, je ne pouvais plus me battre que contre le vide de sa disparition. Au mieux, je serais son épigone, au pire son plagiaire. Autant renoncer avant de souffrir le ridicule puis le désespoir. Je pouvais encore dessiner comme on écrit, pour donner corps à ma mémoire, mais je ne voulais plus peindre. À quoi bon ? Raphaël avait emporté mon désir de peinture dans sa tombe…

Nous passâmes une partie de la nuit à parler de l'œuvre de Cranach, des portraits qu'il avait faits et ferait encore de Luther, de Melanchthon, de Frédéric III, d'Albert de Brandebourg, de ses toiles religieuses, de ses crucifixions et de ses nus où il atteignait, à mes yeux, le sommet de son art.

— Je ne te suis pas, dit Cranach. Pourquoi mes nus seraient-ils supérieurs à mes autres toiles ?

— Dans vos nus, vous échappez au sujet, assenai-je. Quand vous peignez Jésus en croix, la dérision du Christ, ou l'adoration des mages, vous êtes enfermé dans les demandes du client. Vous répondez à la commande, vous l'exécutez, on vous paye. Mais où êtes-vous dans la toile ? Bien sûr, on dit « c'est un Cranach », tant votre art et votre manière sont reconnaissables entre tous et valent le prix qu'on vous en donne. Mais où est l'artiste Cranach qui met sa vie en jeu, dégagé du commerce, du souci de plaire ? Quand vous peignez les Trois Grâces, Vénus, Diane, Lucrèce, vous n'êtes que dans la peinture. Vous êtes libre de vous y perdre. Qu'importe alors le titre que vous donnez à l'œuvre, nous ne voyons qu'un corps qui nous touche par sa sensualité, sa grâce, sa beauté. Avec ces femmes, il n'y a plus d'Histoire, plus de légende, plus de mythe, vous embrassez l'humanité vivante. Vous faites corps avec elle. Devant nos yeux, vibre une chair sensible, délicate, qui n'est que lumière ; qui échappe aux contingences et au temps. Vos nus sont éternels. Dans les autres, quel que soit votre talent – et vous savez à quelle hauteur je le considère –, vous gardez une distance qui à la fois marque votre respect pour le sujet et vous protège d'une exposition trop personnelle. C'est à cela que vous devez renoncer.

Cranach réfléchit.

— Je devrais donc m'affranchir du sujet ?

— Sans hésiter. Les « sujets » de vos œuvres de commande ont un défaut terrible : ils vieillissent, se datent, se corrompent. Dans un siècle, on les regardera comme des « vieilles toiles », alors que cela n'arrivera jamais avec vos nus.

Je repris mon souffle.

— Il faut se donner tout entier à la peinture. S'y jeter, s'y brûler, s'y dissoudre, n'être que lumière et couleurs, affirmai-je avec aplomb. Un jour, on peindra autrement qu'aujourd'hui. La perspective, les apparences, le sujet ne compteront plus pour rien. Bousculant les formes et les figures, seule l'intériorité vaudra.

— L'intériorité ? Mais pourquoi ?

— Je ne sais pas. Peut-être pour atteindre quelque chose que seule la peinture peut atteindre.

— Atteindre quoi ?

Sa voix se fit anxieuse.

— Une vérité ? Une spiritualité ? Une grâce ?

Je ne sus que répondre à son impatience. Mon cœur avait parlé, je n'avais pas de théorie à lui servir. Cranach hocha gravement la tête et garda le silence.

— Tu aurais dit la même chose à Raphaël ? finit-il par me demander.

— J'admire l'œuvre de mon maître mais tant y ont travaillé que je ne suis jamais sûr d'y reconnaître sa main.

Il était si doué, si facile, si inventif ; il a tant produit et tant fait produire qu'il est insaisissable.

— Tu veux dire qu'on ne peut pas savoir qui a peint quoi ?

— Je veux dire que je ne le trouve vraiment que dans les portraits qu'il a faits de ses amis, comme je vous reconnais dans vos nus.

Cranach n'en revenait pas.

— Tu me reconnais dans mes nus ?

— Dans chacun d'eux, je vois un portrait de vous.

Après un silence, devant sa mine stupéfaite, j'ajoutai :

— Katharina a raison de dire que les toiles sont des miroirs aveugles. Face à elles, on croit observer un sujet mais le sujet ne compte que pour les ânes et les aveugles. C'est soi qu'on observe sans se voir dans l'image d'un autre. Si la toile n'est pas celle d'un homme qui s'y livre tout entier, si elle n'est pas une quête sincère du vrai, si elle méprise celui qui la regarde par des artifices ou des ruses de métier, il n'y a pas d'image, c'est un gouffre où le regard meurt. Dans vos nus vous échappez au sujet et je vous vois… à nu.

Convocation

Trois jours plus tard, Luther était convoqué chez Frédéric, le Grand Électeur, le prince de Saxe. Il m'ordonna de le suivre. Cela m'étonnait.

— Vous voulez que je vienne avec vous ?

— Tu seras mon témoin.

C'était la première fois que Luther me demandait de l'accompagner au château dont les travaux d'embellissement se terminaient. De quoi pourrais-je témoigner devant le prince ? Des sorties de Luther contre Rome et le pape, cette « merde du diable chiée dans l'Église ! » ? De ses emportements contre Müntzer, Karlstadt, les anabaptistes et tous ceux qui ne pensaient pas comme lui ? De ses diatribes contre les juifs ? Contre les femmes et le diable ? De ses doutes ? De ses peurs ? Je ne savais que penser. Une autre question me trottait dans la tête : Frédéric m'autoriserait-il à faire un portrait de lui ? Du moins une esquisse... ?

C'était une journée sans vent. Le monde semblait se barricader derrière quatre murs sans fenêtres, sous un dais de plomb d'un gris soutenu. Nous nous mîmes en route aussitôt pour ne pas faire attendre le prince. Nous nous hâtions dans une lumière lisse, uniforme, ni celle du jour, ni celle de la nuit. Soudain, l'armure céleste se fendit. Il y eut une furieuse ondée.

— À Rome, tu as déjà vu le pape, dit-il, protégeant sa tête de l'averse.

Je lui rappelai que ma tante travaillait auprès de son camerlingue et que le pape... Il m'interrompit.

— Ne trouves-tu pas honteux de voir le représentant du Christ se promener en cortège impérial ?

— Je ne crois pas que Sa Sainteté sorte souvent de ses appartements.

— Mais quand il sort avec son cortège de fonctionnaires, sa cour pontificale, ne crois-tu pas que cela offense la pauvreté du Christ qui n'avait même pas d'endroit où poser sa tête ?

Luther parlait sans savoir. Il ne connaissait pas le pape Léon. Sa Sainteté n'était pas l'homme qu'il détestait. J'arguais qu'il savait se montrer généreux, charitable, attentif aux autres.

— Charitable avec les bonnes prébendes allemandes qu'il guette comme le loup les brebis ! s'emporta Luther. Les Romains nous traitent d'animaux ou de pochards et ne songent qu'à nous duper. Pour eux, nous sommes des porcs et peut-être moins que des porcs. Si les princes et la noblesse n'y mettent bientôt le holà, l'Allemagne deviendra un désert dont la population sera réduite à s'entre-dévorer pour survivre.

Sa véhémence m'effrayait.

— Que comptez-vous faire ?

— Le pape s'est fait chef de la chrétienté, c'est-à-dire trou du cul du diable, déclara-t-il, l'air dégoûté. C'est par là que ces abominations ont été chiées dans le monde : messes, moines, moineries et toute espèce de débauche. Pour avoir sacrifié la vérité à la médisance, il faut mettre le pape en accusation comme imposteur. Nous devons détruire son idolâtrie, la réduire à néant.

Et, se reprenant :

— Dieu est si fort ennemi de ce culte qu'il ne veut pas qu'il en reste même un peu de poussière.

Par le glaive

Le prince nous reçut dans une pièce basse, très peu meublée, sans même un feu pour nous réchauffer. Il me fit l'effet d'une figure moulée en plâtre gris. J'avais en tête le récit d'un de ses songes, rapporté par son intendant et gravé sur bois par Cranach. Frédéric avait rêvé que le Tout-Puissant lui envoyait un moine, le propre fils de l'apôtre Paul. Le moine s'était mis à écrire. « Il le fit en si grosses lettres, avait raconté le prince, que je pouvais lire ce qu'il écrivait. La plume dont il se servait était si grande que son extrémité atteignait Rome ; elle y perçait les oreilles d'un lion et faisait chanceler la triple couronne sur la tête du pape. Tous les cardinaux et les princes, accourant en toute hâte, s'efforçaient de la soutenir. Moi-même et mon frère, nous voulions aider aussi : j'étendis le bras ; mais à ce moment je me réveillai le bras en l'air, tout épouvanté et fort en colère contre ce moine qui ne savait pas mieux gouverner sa plume. » Comme dans son rêve, Frédéric était furieux contre Luther.

— Le pape t'excommunie, l'empereur te met au ban de l'empire, de partout me viennent des nouvelles de pillages de couvents et de châteaux, de révoltes de paysans et d'ouvriers… Tu as allumé un feu qui se propage dangereusement.

— Qui sème le vent récolte la tempête, récita mécaniquement Luther.

— Ne dis pas n'importe quoi ! s'irrita Frédéric. L'empereur, le pape, les princes, tout le monde t'en veut. Combien de temps encore pourrai-je te protéger si tu n'y mets pas du tien ?

Luther voulut se défendre.

— Dieu est avec moi ! proclama-t-il. Mes adversaires me reprochent de me mettre en avant, d'avoir la prétention d'être seul à instruire le monde. Ce sont eux qui me font sortir du rang. Sont-ils bien certains que je ne suis pas poussé par Dieu ? Qu'ils craignent donc de mépriser Dieu en me méprisant ! Et quand bien même je ne serais pas prophète, je suis du moins certain que la parole de Dieu est en moi.

— Tu es insupportable ! Garde ce genre d'âneries pour tes prêches ! Et œuvre sans tarder à rétablir l'ordre et notre autorité sur tous les pouilleux à qui tu as chauffé la tête…

Le prince lui agita une lettre sous le nez.

— … comme ce Müntzer qui m'écrit : « Dieu tout-puissant m'ayant fait prédicateur, j'ai coutume de faire sonner les éclatantes trompettes avec un tel zèle qu'elles n'épargnent aucun de ceux qui s'opposent à la parole de Dieu. » Et tu sais par quoi il conclut ?

Frédéric ne laissa pas à Luther le temps de répondre. Il explosa comme s'il s'agissait d'une attaque personnelle.

— « Les biens de l'Église seront distribués aux pauvres » !

— Je sais, votre Altesse, et je désapprouve, s'empressa de dire Luther pour tenter de l'apaiser. Aujourd'hui, les paysans et certains nobles se croient meilleurs que tous les pasteurs réunis. Ils prétendent connaître leur Évangile mieux que saint Paul, mieux que tous les docteurs en théologie. Même mieux que moi !

Luther me fit passer devant lui.

— Je suis ici avec un apprenti de l'atelier de Cranach qui connaît Müntzer et pourra vous éclairer…

Le prince m'interpella.

— Eh bien, parle !

— Frère Thomas est un disciple du frère Martin et de Karlstadt aussi…

Frédéric se mit à crier en agitant les bras.

— Je le savais. Tout cela est ta faute ! Je vous protège, toi, Melanchthon, Karlstadt et les autres de mon université, je vous soutiens, et comment suis-je récompensé ? La révolte, le pillage, le vol !

Je tentai de reprendre la parole.

— Dans son sermon à Zwickau, frère Thomas a recommandé « de prêter grande attention au mouvement du monde actuel », dis-je en me raclant la gorge. Il prophétise que les anciennes institutions vont s'écrouler, il veut mettre tout le monde en garde.

Luther intervint :

— Il fait le fier dans son petit coin, mais mieux vaut le tolérer jusqu'à ce qu'il laisse voir ce qu'il porte en lui…

— Pas question de tolérer quoi que ce soit, le coupa Frédéric. Je l'interdis. Il est fou ! Donner l'argent aux pauvres ? On met le monde à l'envers avec de telles mesures. C'est diabolique ! Que les pauvres soient pauvres, c'est normal, et Jésus lui-même l'a dit : il y en aura toujours. Qu'ils pillent les couvents si ça leur chante mais qu'ils me rapportent le butin.

Il se pencha vers Luther.

— Sais-tu que les deux tiers des terres allemandes appartiennent à l'Église ? Je vais faire tout saisir. L'argent, les champs, les bâtiments, tout ! C'est à moi ! À moi ! À personne d'autre ! Je ne laisserai pas des excités comme ton Müntzer les distribuer à des gueux. Et tu vas m'y aider, frère Martin, parce que, pour faire cela, il me faut une bonne raison, bien chrétienne.

Luther s'inclina.

— Votre Altesse a raison de vouloir intervenir, si Müntzer veut aller plus loin que la parole, s'il veut pousser la populace à passer aux actes, il est impératif que vous l'en empêchiez...

Et, se reprenant :

— ... que nous l'en empêchions, par la plume et par le glaive, s'il le faut.

Le Prince Électeur n'était pas nommé « le Sage » sans raison.

— Par le glaive ? s'interrogea-t-il en fronçant les sourcils.

Il hésitait à intervenir dans les affaires de foi malgré les exhortations de Luther.

— C'est une affaire d'importance que d'user de violence, dit le prince.

Il s'interrogeait.

— Peut-être a-t-on donné aux pauvres gens des motifs de se rebeller et, notamment, en interdisant la Parole de Dieu ? Nous, les gouvernants laïques et ecclésiastiques, nous opprimons le peuple de multiples façons. Plaise à Dieu de détourner sa colère de nous.

Je profitai de son humeur bienveillante pour informer le prince que Müntzer comme Karlstadt voulaient réformer la messe...

— Qu'est-ce que c'est encore que cette histoire ?

Luther fut obligé d'expliquer.

— Dès lors que nous traduisons la Bible en allemand, dit-il, pouvons-nous continuer à dire la messe en latin ?

— Müntzer et Karlstadt y ont renoncé..., précisai-je.

Frédéric tonna, les mains levées au ciel.

— Qu'est-ce que je disais ? C'est une révolution !

— Non, votre Altesse, glissa Luther, une réforme...

La rencontre avec Frédéric avait ouvert l'appétit de frère Martin. Nous filâmes à l'auberge où Melanchthon nous attendait. Luther revint sur la menace d'une révolte paysanne ; sur les hésitations de Frédéric à y répondre par la force. Je n'avais pas faim. Je posai mes coudes sur la table, le menton dans les mains, pour l'écouter.

— C'est incroyable, dit-il en attaquant sa saucisse au chou, me voilà plus véhément envers les paysans rebelles que notre timoré de prince ! Les paysans sont des brutes, seule la misère peut les empêcher de se conduire en bêtes féroces, je ne cesse de le répéter. L'âne veut être battu et le peuple veut être gouverné avec énergie. Lui parler du Dieu de miséricorde qui va jusqu'à se faire crucifier ne sert à rien. Aux paysans, il faut prêcher ce Dieu qui punit la terre en la frappant de la peste, de la disette et de la guerre afin qu'ils prennent peur et se fassent dociles. Le servage doit être féroce comme il existait chez les juifs. Et si cela ne suffit pas, il faudra les exterminer un à un.

— Si on tue tous les paysans, qui nous nourrira ? objecta Melanchthon.

— Dieu pourvoira, répondit Luther.

— Dieu pourvoira les cimetières.

Luther balaya d'un grand geste le persiflage de Melanchthon.

— Que m'importe qu'on extermine les paysans insurgés ! Si leur sang doit couler, qu'on les conduise au supplice sur mon ordre ! Qu'il coule et qu'il retombe sur moi ! Je le ferai remonter jusqu'à Dieu car c'est lui qui m'a ordonné de parler et d'agir comme j'ai parlé et agi.

C'est le diable qui a allumé cette fièvre paysanne et elle ne cessera pas tant que les ennemis du Seigneur ne seront point tous exterminés. Dieu est avec moi, pas avec eux.

— Ce n'est pas Dieu, mais tes livres qui nous ont menés à ce désastre, répliqua Melanchthon. Tu ne peux pas le nier !

Melanchthon craignait moins les paysans que les princes catholiques unis contre les partisans de la réforme.

— Oublie les paysans, insista-t-il. Ils sont moins dangereux que les papistes !

Luther s'en moquait.

— S'il faut prendre les armes contre tous les culsbénis, je le ferai moi-même pour frapper à mort ces vauriens. Tous ceux qui sont dans la prédication doivent mettre la merde du pape et des évêques sous le nez des calotins, des tièdes et des imbéciles. La parole de Dieu, c'est la colère, la violence, la guerre, la destruction.

Il se recula sur sa chaise.

— Que veux-tu que je dise ? Cela ne sert à rien de se plaindre et de gémir comme une femme. Nous faisons ce qu'il faut, rien d'autre. Dieu sait que cette lutte n'a pas été déclenchée ni conduite par moi, mais par sa libre et divine volonté.

Il ricana.

— Le pape se croit inspiré d'écrire : « *Nous commandons formellement.* » comme si Dieu parlait par sa voix. S'il commande « formellement », c'est par le cul, pas par l'esprit !

Luther attira Melanchthon jusqu'à lui par le pourpoint, presque visage contre visage.

— C'est merveille que le pape ne m'interdise pas de péter aux latrines !

Et, fanfaronnant :

— Tous les hommes ne sont qu'obscène viande de boucherie qui pourrit et qui pue, asséna-t-il.

Melanchthon n'appréciait pas qu'on lui serve les lieux à table.

— Plût au ciel que tu gardes le silence ! Nous ne pouvons pas être contre tout et contre tous. Ce n'est pas en ajoutant l'injure à l'injure que nous vaincrons nos ennemis ! Chaque fois que tu couvres de fange Müntzer, les anabaptistes, les paysans, les prêtres, les moines, tu les renforces.

Il prit soin de prononcer sa conclusion lentement.

— Le peuple nous hait.

— Eh bien, qu'il nous haïsse ! s'emporta Luther que cela semblait réjouir. Il faut avant tout en imposer à la populace et être les plus forts. Celui qui meurt de peur sous la menace, qu'on l'enterre au son des pets !

Melanchthon prétexta un cours qu'il devait donner et partit sans même avoir rompu le pain. Luther tenta de le retenir.

— Où vas-tu ? Ne sais-tu pas que là où ça sent la merde, ça sent la vie ?

Mais Melanchthon fit la sourde oreille et quitta l'auberge, lançant haut et fort :

— Tu perds la tête, Martin, que Dieu nous vienne en aide !

Luther fit signe qu'on lui apporte à boire.

— Tu vois, même Melanchthon me déteste aujourd'hui !

Il réprima un rot.

— Si je passe dans mon lit, que ce soit pour Rome une honte et un défi. Souvent, Notre Seigneur Dieu m'a donné à entendre que le pape, le diable, les rois, les princes, les souverains me détesteront mais ne me feront pas de mal. Je suis dans Sa main…

Il ricana.

— Sais-tu que j'ai réussi à faire pendre ce prêtre et ses hommes qui en voulaient à nos vies ?

— Oui, je l'ai appris.

— Ils se cachaient en attendant leur heure mais ils n'étaient pas de taille à s'en prendre à moi. Et il en sera de même pour tous ceux qui se dresseront contre ma parole. Y compris Érasme !

— Érasme ?

— Érasme, oui ! Le célèbre Érasme ! Le grand Érasme ! L'ami, le conseiller de l'empereur ! Il me cherche noise mais je l'écraserai comme une punaise qui puera encore plus morte que vivante !

Je ne comprenais pas pourquoi Luther, avec une telle haine dans la voix, disait soudain vouloir s'en prendre au doux Érasme. Il se délecta de m'éclairer.

— Saint Paul ordonne de fermer la gueule des bavards inutiles ! Je me suis torché le cul avec les livres d'Érasme mais je ne laisserai pas passer ses attaques contre ma doctrine. Ne lui en déplaise, nous sommes dans la main du Seigneur, il n'y a pas de libre arbitre. Je serai le glaive qui lui fera comprendre que tout dépend de la grâce divine. Les bonnes actions, les conciliations, les lamentations sont indifférentes à Dieu et par conséquent parfaitement inutiles.

— Comme les indulgences ?

— Comme les indulgences !

Les yeux rêveurs, il ajouta après un long silence :

— Depuis cent ans, personne n'a été plus détesté que je le suis. Jean Hus n'était rien auprès de moi.

Et, après s'être servi à boire :

— Je ne vois plus rien dans ma vie qui me réjouisse, se plaignit-il. Je suis las de vivre.

— Vous n'éprouvez plus aucun plaisir ?

— Plaisir ? Quel horrible mot !

Luther vida son gobelet, sauça son écuelle.

— Je ne veux plus rien, dit-il la bouche amère. Puisse Notre Seigneur Dieu prononcer rapidement son jugement dernier. Je tendrai le cou pour qu'il me foudroie.

Soudain, Luther parut perdre conscience. Son regard s'éteignit, son menton trembla, ses mains s'agitèrent devant lui comme s'il se débattait contre une vision ou un rappel douloureux de son passé. Reprenant ses esprits, il m'ordonna de partir comme on chasse le témoin gênant d'une action honteuse.

— Va-t'en !

Et, me montant la porte, il répéta plus fort sans me regarder :

— Va-t'en !

Vierge

Je laissai Luther mariner dans l'eau noire de sa mélancolie, « le bain où se baigne le diable », selon lui. J'oubliai ses aigreurs, ses ressentiments, ses malédictions et je me rendis directement chez Cranach dont je préférais la compagnie. Il travaillait sur une Vierge à l'enfant sous un pommier. Je remarquai aussitôt qu'il avait cherché à la peindre tout en douceur, comme l'aurait fait mon maître Raphaël.

— C'est très beau, lui dis-je, sincère.

Cranach hocha la tête. Mon appréciation confirmait son jugement : sa toile venait bien et promettait d'être réussie.

— Sais-tu que nous avons ici, à l'université, un grand savant dans la langue hébraïque, Matthieu Aurogallus ?

— Vous voulez apprendre l'hébreu ?

— Je crois que je devrais lire la Bible dans sa langue si je veux vraiment la comprendre, répondit gravement Cranach.

— L'entendre en allemand traduite par frère Martin ne vous suffit pas ?

— Non. Je veux l'entendre comme le Christ l'entendait.

Il se caressa la barbe.

— Par exemple, Aurogallus m'a expliqué que dans la prophétie d'Isaïe que cite saint Matthieu, celle que nous appelons « la Vierge » s'appelle en hébreu « la jeune femme ». L'hébreu dit *almah*, que le grec traduit *parthenos*. La virginité de Marie vient de la traduction !

J'étais stupéfait.

— Vous voulez dire qu'elle n'était pas vierge ?

Cranach hésitait à s'avancer.

— Ne va pas le répéter, risqua-t-il, mais je pense que la mère de Jésus l'a conçu comme toutes les femmes ont des enfants. Comment pourrait-il en être autrement ? D'ailleurs, saint Matthieu donne le nom des frères de Jésus et le nombre de ses sœurs.

Je n'étais pas d'accord.

— Chez les dominicains, on m'a enseigné que c'étaient des cousins ou les enfants d'un premier mariage de Joseph.

Cranach ricana.

— L'Église compte suffisamment de clercs pour justifier n'importe quoi.

— C'est Aurogallus qui vous a appris ça ?

— Il m'apprend à lire, répondit gravement Cranach.

Devrais-je moi aussi apprendre l'hébreu pour enfin comprendre quelque chose à la Bible ? Le père Girolamo nous rappelait souvent cette injonction des rabbins à « scruter les lettres » pour nous forcer à lire le texte sacré et à nous interroger sur chaque mot, sur chaque phrase comme s'il s'agissait de n'importe quel autre livre. Comme saint Jean faisant dire à Pilate : « Ce que j'ai écrit, je l'ai écrit. », l'écriture, et donc la lecture, étaient fondamentales. Les reliques étaient des inventions à but commercial et les lieux saints étaient saints seulement parce que les chrétiens décrétaient qu'ils l'étaient, rien ne pouvait confirmer que l'histoire s'y était bien déroulée. D'après le père Nodetti, pour qu'il y ait un lieu saint, il fallait qu' une route y conduise les pèlerins. À un moment, ils s'arrêtaient, lisaient une page d'Évangile tandis qu'un marchand ambulant leur vendait de quoi se restaurer. Après, une boutique s'installait à cet endroit, puis une autre, jusqu'à ce qu'une cathédrale se dresse et que le lieu fût déclaré « saint ». Impossible de les considérer comme témoins de l'histoire. Il n'y avait pas d'autres « lieux saints » que les textes qu'on devait scruter. Même s'ils ne visaient pas à dire l'histoire, à tout le moins permettaient-ils d'entendre l'écho de l'histoire ! Je réfléchissais. Croire ne menait à rien, la foi obérait l'intelligence. Il fallait savoir. Et pour savoir, nous devions lire, lire, lire jusqu'à ce que les yeux nous sortent des orbites ! Si Marie avait eu Jésus et ses autres enfants comme toutes les femmes, sa virginité n'était qu'une fable et le miracle de la naissance virginale une fantaisie. Si Marie était juive, Jésus aussi l'était. Les chrétiens appelaient Seigneur un juif qui vivait sous la loi de Moïse et seulement elle. Un juif « envoyé aux brebis perdues d'Israël » sans autre horizon que sa terre. Un juif qui n'avait jamais appartenu à leur religion et à qui, sans doute, le christianisme aurait fait horreur ! C'était incompréhensible. Les chrétiens ne devraient-ils pas tout simplement accepter d'être juifs et cesser de persécuter cette race ?

Je ne regrettais pas d'être venu à Wittemberg, même si cela retardait mon retour en Italie. J'avais beaucoup appris. Rien qui puisse servir directement la cause de frère Thomas mais beaucoup sur la lecture, la peinture, le gouvernement de la Saxe et de l'Allemagne en général. Chaque camp me paraissait construire une forteresse de certitudes et semblait bien décidé à les défendre comme des vérités révélées. Müntzer m'avait accusé de vouloir « déserter la bataille ». Il se trompait, je n'étais pas homme à me dérober devant le danger. En revanche, j'étais convaincu qu'il y aurait un combat comme dans l'Apocalypse quand la Bête, les rois de la terre et leurs armées sont jetés dans l'étang de feu embrasé de soufre. Et que nous y serions précipités…

Avant de retourner à Allstedt, je me rendis dans le petit bois derrière l'église de Mühlanger pour remettre une lettre à l'envoyé du pape. J'avais envie de le désarçonner et de le rouer de coups pour m'avoir trahi et trahi le secret qui me liait au Saint-Père. Mais le mal était fait et je ne fis rien contre cet ivrogne bavard et débauché. J'attendrais d'être à Rome pour lui régler son compte.

Votre Sainteté,

Je ne puis vous faire parvenir en entier *La Passion du Christ et de l'Antéchrist*, composé de vingt-six gravures sur bois de Cranach, commentées par Melanchthon. J'ai pu soustraire à l'imprimerie une page que je vous joins. On y voit Jésus en train de chasser les marchands du Temple et une autre vous représentant en train de vendre des indulgences. Pour beaucoup, ici, vous faites désormais figure d'antéchrist. Luther qualifie la messe d'invention forgée par le diable pour établir un faux clergé. Il la juge sans rapport avec les prescriptions de l'Écriture. Pour lui, la messe est une commémoration, pas un sacrifice. Je sais que le Nouveau Testament, traduit en allemand par Luther et illustré par Cranach, sera bientôt sous presse. Ces écrits, ces gravures, ces livres ont un très grand succès, se répandent partout en Allemagne et même au-delà. Une terrible agitation règne dans tout le pays, les esprits s'échauffent : Karlstadt dénonce les images comme « mythifiantes », Storch et les anabaptistes sont pour la suppression du baptême des enfants, Müntzer, Storch, Karlstadt et beaucoup d'autres appellent à la dissolution de l'institution cléricale et à une réforme radicale de la liturgie. Müntzer a écrit une *Très bien fondée apologie* où il stigmatise les seigneurs laïques et ecclésiastiques qui considèrent toutes les créatures comme leur propriété et se sont tout approprié, jusqu'à l'Écriture qu'ils ont volée. Je ne crois pas que Luther et Melanchthon l'approuvent en tout point et soutiennent les opinions des autres, mais leurs idées ont libéré un tel flot qu'ils ne sont pas en mesure de le maîtriser.

En espérant qu'il plairait au pape, je joignais à mon envoi un portrait de Frédéric que j'avais fait de mémoire car je n'avais pas osé lui demander l'autorisation de le réaliser quand j'étais devant lui.

Ma mère m'écrivait :

Mon cher fils,

Ta tante Lucia a pu lire la dernière lettre que tu as fait parvenir à Sa Sainteté avec les portraits des Allemands dont le nom est impossible à retenir. Je ne comprends toujours pas ce que tu fais là-bas sinon faire enrager le pape par les nouvelles que tu lui donnes. Chaque jour, je prie pour que tu reviennes.

Rire

Dix jours plus tard, j'arrivais à Allstedt sur le chariot d'un commerçant de draps. En entrant dans la ville, je gardai les yeux fermés pour faire venir en moi l'image de Dotty comme reflétée dans une eau sombre. J'avais grande hâte de retrouver ma femme, même si j'avais encore du mal à prendre conscience que j'étais réellement marié. J'avais en tête une vieille chanson entendue à Rome dans l'auberge de ma mère :

Je veux mourir sur tes lèvres, maîtresse
C'est ma gloire, c'est mon heur,
C'est mon trésor, ma richesse
J'ai logé ma vie en ta bouche, mon cœur.

Dotty n'avait rien à elle. Même sa robe, son gilet et son tablier lui avaient été donnés par Ottilie. Elle n'avait rien et ne réclamait jamais rien, comme Jésus qui enseignait de s'en remettre à la Providence. On pourrait penser qu'elle était pauvre, je préférais croire qu'elle était libre comme les oiseaux qui n'ont besoin ni de semer ni de moissonner pour se nourrir. Mais nous vivions dans un temps où la Providence manquait à ses devoirs, Dotty devait travailler. Au service d'un riche bourgeois de la ville, Ottilie et elle s'épuisaient sur le métier à tisser d'un veuf pour faire du drap.

Je trouvai Dotty à l'ouvrage.

— Frère Thomas est dans les parages ?

— Il imprime son sermon ! lança-t-elle en se levant. Viens, je t'accompagne !

Nous nous embrassâmes discrètement. Au passage, Ottilie qui cardait de la laine demanda :

— C'est important ?

— Je dois lui annoncer la grande nouvelle.

— C'est confirmé ? Luther est excommunié ?

Nous rejoignîmes Müntzer dans la grange, près de sa presse. Pour la première fois, je le vis éclater de rire.

— Luther s'est marié !

Son rire se mua en ricanement cynique.

— La putain de Babylone l'excommunie et il en épouse une pour fêter ça ! Alléluia !

— Tout le monde a été surpris que frère Martin se décide si vite, dis-je d'un ton froid.

Je ne souhaitais pas entendre de nouvelles injures contre le pape.

— Tu connais sa femme ?

— C'est une ancienne nonne. Une Saxonne qui ne s'en laisse pas conter.

Müntzer jubilait.

— J'aimerais voir ça !

— En se mariant, Luther dit se venger du diable.

— Luther n'a que vengeance à la bouche. L'as-tu déjà entendu prononcer le verbe aimer ? Jamais. C'est un serpent qui se nourrit de son propre venin.

Luther prétendait qu'il n'éprouvait pour sa femme que de l'attendrissement et de la pitié, pas de l'amour. Il ne l'avait prise que pour obéir à son père qui souhaitait depuis longtemps qu'il se marie. S'il acceptait que son mariage soit une façon de glorifier Dieu, c'était surtout pour lui l'occasion de provoquer les grands satrapes, les princes et les évêques assez insensés pour interdire aux clercs de se marier.

— Plus ils se scandaliseront à mon sujet, disait-il, plus je serai heureux !

— Hypocrisie ! Mensonge ! Perfidie ! Dieu a bon dos d'être appelé à bénir sa luxure.

Müntzer se moquait des justifications de Luther, il m'avait envoyé à Wittemberg pour savoir ce qui se disait et me pressait de l'en informer.

— Melanchthon pense qu'il déshonore sa vocation et frère Martin lui-même n'est pas si satisfait que ça. Il pense qu'en se mariant il a perdu son autorité sur la pensée du peuple…

— Je reconnais bien là frère Froussard ! s'exclama Müntzer. Moi aussi je me suis marié et je ne flétrirai jamais assez la turpitude du célibat scélérat de l'Église diabolique. « Croissez et multipliez » a dit Dieu, et ce ne sont pas les glapissements des moines, des curés, des évêques ou du pape qui peuvent couvrir Sa parole !

— C'était un petit mariage avec pour seuls témoins Cranach, sa femme et une autre dont je ne me souviens plus du nom. Melanchthon n'a même pas été prévenu. Cela s'est fait très vite, le soir de Pâques. Mais après, il y a eu un grand repas de noces. Tous ont envoyé de l'argent, la municipalité, l'université, même Albert de Brandebourg qui a fait parvenir vingt florins d'or pour que le ménage s'établisse !

— Luther a régalé la noblesse allemande de si bon miel qu'elle peut lui être reconnaissante ! Frère Martin a allumé un cierge à Dieu, il en allume aujourd'hui un autre au diable. Les cloîtres, les couvents que sa prédication restituait au peuple, il les promet maintenant aux princes et se fait gloire de sa friponnerie.

— Son Altesse Frédéric lui a ordonné d'écrire une diatribe contre vous et ceux qui vous soutiennent.

La nouvelle amusa Müntzer.

— Une diatribe ! Rien que ça ? Frère Trouillard va s'empresser d'obéir ! Ce coquin est plus lâche qu'un chien jaune qu'on siffle et qui vient en remuant la queue.

— Il a besoin du soutien du prince.

— Qu'est-ce qu'il va inventer pour lui plaire ?

Je lui détaillai les griefs de Luther.

— Selon lui, tous ceux qu'il nomme avec mépris des exaltés, c'est-à-dire vous, frère Thomas, Karlstadt, Storch, Stübner, les anabaptistes, les sacramentaires, vous n'êtes que des brigands et des assassins animés par le diable. Je l'ai entendu dire plusieurs fois : « Personne ne se dresse contre moi ! » Il se laisserait couper la tête cent fois que plutôt d'approuver l'insurrection.

— Je reconnais bien là le lèche-cul des princes !

Müntzer me tendit une page qu'il venait d'imprimer.

— Je n'ai pas besoin d'attendre la fameuse diatribe de frère Bouffi d'Orgueil, j'ai déjà répondu. Lis donc ça, dit-il avec satisfaction.

Je lus : « *Il n'est guère étonnant que le plus orgueilleux des docteurs de l'Écriture, le docteur Menteur, devienne chaque jour davantage un bouffon plein de morgue et qu'il se couvre de Ta Sainte Écriture, sans humilier le moins du monde sa vanité et ses aises. Il prétend rien de moins que d'avoir affaire à Toi directement comme s'il était parvenu à Ta connaissance (par Toi, porte de vérité). Pourtant il est tellement impudent devant Ta face et il outrage à l'extrême Ton véritable Esprit.* »

— Toute conciliation entre vous est donc impossible ?

— Comment pourrais-je lui donner la main de communion alors qu'il me poursuit de sa jalousie effrénée, de sa haine, me livrant aux quolibets de ses compagnons et que sa grande gueule sacrilège me traite de Satan ou de diable ?

Ses explications m'accablaient.

— Tous les deux, vous avez trop le goût des mots. Et tout simplement trop d'orgueil pour vous écouter ou même pour vous entendre. Vous vous empoisonnez par la parole.

Il me rembarra.

— N'essaie pas de jouer au diplomate. Il n'y a de plus rien à espérer de Luther. Dieu m'est témoin que j'ai essayé mais il ne sait qu'invectiver les humbles et flatter les puissants.

Müntzer attrapa une feuille.

— Je te lis ma conclusion : « Ô docteur Menteur, renard retors, tu as par tes mensonges contristé le cœur du juste que Dieu n'avait point désespéré. Tu as de la sorte affermi la puissance des scélérats impies pour qu'ils demeurent à jamais dans leur ancienne ornière. Voilà pourquoi tu connaîtras le sort du renard captif. Le peuple sera libre et Dieu son seul Seigneur. »

Il reposa son texte sur la presse.

— Tu en penses quoi ?

Que répondre ?

— C'est comme si j'avais pris un coup de marteau sur la tête, dis-je après un long silence.

— C'est ça ! C'est exactement ça ! se réjouit Müntzer.

Puits

Un messager vint porter une lettre de Luther. Müntzer fut surpris de sa modération. Il s'attendait à une charge haineuse du « pape de Wittemberg », comme il l'appelait, et recevait une proposition de paix écrite en termes mesurés. Un envoi qui s'adressait autant à lui qu'à Stroch et aux anabaptistes.

> Au nom de son Altesse, le Grand Électeur de Saxe, je vous adjure de renoncer aux actes de violence qui sont commis aujourd'hui. Je ne veux d'aucune réforme qui ne soit conduite par la seule autorité établie. Ne vous laissez pas aveugler par Satan ni perdre dans l'insubordination commandée par des démons. Prenons patience : tout le fourbi romain, papes, cardinaux, curés, messes, bulles et ordonnances pontificales s'en iront en fumée. C'est le diable qui veut entraver le cours de la vérité par des émeutes et des violences. Restons sages et remercions Dieu pour Sa Sainte Parole et remettons-nous-en à la sagesse des princes…

Dotty devait tirer de l'eau au puits. Je l'accompagnai pour parler avec elle de la lettre de Luther.

— Thomas ne sait plus quoi penser. Est-ce que frère Martin est sincère ? Il craint sa duplicité. Ce ne serait pas la première fois qu'il dit une chose et agit tout au contraire. Il m'a cité saint Paul : « Aux derniers jours les amateurs de plaisirs auront bien les apparences de la bonté, mais ils en renieront la vertu. » En plus, Thomas est convaincu que s'en remettre « à la sagesse des princes », comme il l'écrit, c'est poser sa tête sur le billot.

Nous fîmes quelques pas en silence.

— Tu ne te demandes jamais comment tout cela va finir ?

Dotty poussa son épaule contre la mienne.

— Je me souviens d'une histoire que me racontait ma mère, dit-elle, prenant mon bras.

Après avoir pris une grande inspiration, elle poursuivit :

— Un jour, des paysans furent surpris par un orage... Ils se réfugièrent dans une grange mais la foudre ne les laissait pas en paix. Ils décidèrent de mettre leurs chapeaux dehors. Le premier qui s'envolerait désignerait le pécheur après qui le Ciel en avait. Ce fut le chapeau d'Ernst qui s'envola. Aussitôt, les autres le poussèrent dehors en le maudissant à grands cris. Un instant plus tard, la foudre incendiait la grange, et tous périrent...

Dotty me donna un baiser sur la joue.

— Ernst était le seul juste !

Je lui rendis son baiser.

— Tu veux dire que Thomas est le seul juste et qu'il n'a rien à craindre des foudres de ceux qui le vouent au diable ?

— C'est une belle histoire, non ?

— Oui, une très belle histoire, mais...

Dotty me fit signe de me taire.

— Thomas est un juste, tu l'es aussi et Ottilie plus juste encore. Tant que nous sommes ensemble, rien ne peut nous arriver, dit-elle avec fermeté.

Je me détendis.

— Si ça tourne mal, tu me défendras ?

— Je serai ton épée et ton bouclier, jura-t-elle, bombant le torse, montrant les muscles de son bras.

Son rire me fit oublier mes idées chargées d'orage.

— Il me tarde de te présenter ma mère. Je suis sûr que tu l'aimeras !

— Et elle, tu crois qu'elle m'aimera ?

— Tu seras la fille qu'elle n'a pas eue.

Dotty me reprocha de ne jamais lui avoir dit le nom de ma mère.

— Elle s'appelle Isabella… mais tout le monde la surnomme « Bella » car c'est une très belle femme.

— Je lui ressemble ?

— Pas du tout !

— Je ne suis pas belle ?

— Tu es plus belle que belle ! dis-je en serrant sa taille. Mais ma mère est aussi brune que tu es blonde, aussi charpentée que tu es gracile. Vous êtes toutes les deux très belles et aussi différentes qu'on peut l'être. Mais qu'importe la beauté de l'une ou de l'autre. Vos grâces me flattent, mais ce qui compte, c'est que toutes les deux vous ayez un grand cœur. Un cœur si grand que vous pouvez aimer un asticot comme moi ! Je n'ai rien à craindre. Je sais que jamais votre bonté, votre amour ne me feront défaut.

Dotty fit un tour sur elle-même.

— Tu n'as pas de sœur ? demanda-t-elle avec espièglerie.

— Non, ni de frère. Je suis son seul enfant. Mais je te présenterai ma tante Lucia avec qui j'ai grandi. Elle sera une sœur pour toi, comme elle l'a été pour moi.

Je racontai que Lucia appartenait à l'ordre des clarisses et travaillait avec le grand argentier du pape, le cardinal Armellino.

— Un méchant homme, mais le pape Léon ne peut pas se passer de lui.

Dotty, les yeux brillants, était curieuse.

— Tu as déjà vu le pape ?

— Oui, quand j'ai accompagné mon pauvre maître sur le chantier de Saint-Pierre. C'est même la dernière fois que je l'ai vu…

— Le pape ?

— Raphaël, répondis-je, sentant les larmes me monter aux yeux.

Prononcer son nom me bouleversait mais je me contins.

— Tu lui as parlé ?

— À Raphaël ?

Dotty leva les yeux au ciel.

— Au pape !

J'étais ému, je ne comprenais rien.

— Le pape ? Oui, je lui ai parlé quand je lui ai montré les derniers plans de la basilique.

— Il est comment ?

Nous arrivions au puits.

— C'est un homme doux, affable, dis-je en accrochant le seau à la corde pour le laisser descendre au fond. Et je suis bien triste d'entendre les injures que lui adressent Luther et Thomas et les autres. Je sais bien que c'est à la fonction qu'ils s'attaquent, pas à l'homme, mais tout de même…

— Ce n'est pas l'antéchrist ?

La question de Dotty me fit rire.

— Si c'est l'antéchrist, cela veut dire que le diable a la tête aux fêtes et aux banquets ! Pas à persécuter ses contradicteurs ! Le pape Léon mène grand train et dépense sans compter pour son plaisir. C'est un viveur, un libertin. Sa table est la mieux garnie de Rome, les vins qu'on y sert sont sans égal et toutes les beautés de la ville s'y retrouvent !

Je remontai le seau, accompagné du grincement lent de la roue.

— Tu sais, je ne suis pas sûr que les grandes questions théologiques l'intéressent tant que ça. Le pape Léon est poussé à réagir par son entourage, mais je crois qu'il préférerait s'occuper d'art, de littérature, de jolies femmes et de gentils garçons…

Dotty n'était pas convaincue. Nous restions l'un en face de l'autre, sans bouger, comme si nous attendions que la vérité jaillisse du puits. Dotty me regardait sans faire un mouvement. Sa voix me parvint comme un murmure.

— Tu crois qu'il a la foi ?

J'hésitai.

— Peut-être… Peut-être pas… Il a un rôle à tenir, mais ce que cache son cœur, personne ne peut le savoir.

— Pas même Dieu ?

— Tu te moques ?

Dotty m'offrit un regard apaisé et m'aida à décrocher le seau. Nous repartîmes, le nez au vent, les yeux pleins du vert tendre des arbres et des buissons.

— Rome te manque ? me demanda-t-elle avec un soupçon de malice dans la voix.

— Je n'ai qu'une hâte : y retourner et t'emmener avec moi.

Je m'exaltais.

— C'est la plus belle ville du monde. Voir Rome, c'est rencontrer la beauté, la couleur, la lumière !

— Ah oui ? Alors, emmène-moi vite ! Emmène-moi la voir ! Emmène-moi tout voir !

Dotty semblait avoir oublié les douleurs qui avaient si violemment tourmenté son corps, les tortures du couvent, les souffrances et les fièvres de la fausse couche. Sa jeunesse, notre amour, le chant des oiseaux, les beautés du soleil qui se lève, la nuit et son drap d'ombres protectrices la rendaient heureuse comme si tout ce qu'elle avait vécu jusqu'alors n'avait jamais existé. Délivrée du poids de la religion, de l'obligation de croire – « cette glu ! » –, elle rattrapait son enfance volée par les coups, les brimades des religieuses, son adolescence recluse dans un cachot. Dotty jouissait sans mesure de chaque instant, elle rayonnait et son bonheur était pour moi le plus beau des cadeaux. Quand elle travaillait sur le métier à tisser ou binait au potager, elle chantait sans se soucier des cals qui lui abîmaient les mains. Dans la maison, quand elle se déplaçait pour aider à la cuisine ou au ménage, c'était avec la grâce d'un chat et, dehors, elle marchait comme on danse, même pour aller aux lieux !

Son visage se voila subitement d'une ombre fugace. Elle s'arrêta et se tourna vers moi.

— J'ai peur, dit-elle, comme un enfant chagrin.

Dotty n'était pas du genre à s'effrayer d'un rien. Sous ses airs de rose fraîchement cueillie, un sang farouche et brave coulait dans ses veines. Comme disait Ottilie en pensant à ce qu'elle avait enduré, « cela l'aura affermie ». Je m'alarmai.

— Peur de partir avec moi ?

— Peur que Thomas nous fasse tuer avant même que nous puissions nous mettre en route.

Courroux

Dans la cour du veuf pour qui elle travaillait avec Dotty, Ottilie avait réuni les femmes de notre voisinage avant qu'elles descendent toutes ensemble livrer du drap au marché. J'en profitai pour me faire oublier. Je m'assis dans un coin pour dessiner des portraits à mon aise.

— Les seigneurs comme les curés nous accusent d'être la cause de tous les malheurs, commença-t-elle. Ils se disent chrétiens mais ils ne font que répéter le poète grec Hésiode, qui prétendait que nous sommes à l'origine du malheur des hommes à cause de nos désirs violents, de notre art du mensonge et du caractère perfide de nos paroles. Thomas et les autres veulent se libérer de l'Église et nous le voulons aussi, comme nous voulons nous libérer de la prison de nos vies et de la malice des hommes. Nous n'avons à être soumises à personne : ni au pape, ni aux princes…

Et, après un silence plein d'hésitation :

— … ni à nos maris.

— Tu es folle ! cria Gertrud, une femme maigre au visage marbré de blanc et de noir. La femme doit obéir à son mari. C'est dans la Bible !

Cette affirmation fit bondir Ottilie.

— Qui l'a écrite ? Des hommes ! Et qui veut nous fourrer dans le crâne ce qu'elle raconte ? Des hommes ! Pourquoi l'ont-ils écrite, pourquoi veulent-ils nous l'imposer ? Pour nous persuader de notre infériorité ! Mais Thomas te dirait que nous pouvons lire la Bible autrement.

— Parle pour toi ! Personne ne sait lire ici !

Ottilie reprit au milieu des rires.

— Notre sexe dépasse celui des hommes en beauté et en courage ! Nous travaillons autant et même plus qu'eux, nous les nourrissons, eux et leurs enfants, nous nous battons à leurs côtés.

— Et ils ne se privent pas de nous battre ! ricana une grosse brune aux yeux méchants.

De nouveau, il y eut des rires.

— Nous supportons les douleurs de l'accouchement, continua Ottilie. Nous donnons la vie, souvent au péril de la nôtre. Est-ce une raison pour nous estimer moins ?

Elle tenait à être écoutée.

— Du temps des apôtres, hommes et femmes étaient égaux, dit-elle quand les murmures cessèrent. C'est cela que nous devons exiger. Nous devons résister au sort qui nous est fait et revendiquer notre droit à la liberté !

— On ne comprend rien à ce que tu racontes ! protesta la belle Hannah, la femme de Schmitt, le forgeron.

— Eh bien, je vais vous le dire autrement, concéda Ottilie, faisant taire les bavardages qui reprenaient de plus belle.

Elle prit le temps de réfléchir.

— Nous sommes des femmes, sommes-nous pour autant sans intelligence ? Oui ou non ?

Un « non ! » unanime lui répondit.

— Nous sommes des femmes, ne devons-nous servir qu'à l'enfantement et au plaisir des hommes ? Oui ou non ?

— Non !

— Nous sommes des femmes. Ne sommes-nous que des bêtes condamnées à nous taire ?

— Non !

— Sommes-nous douées de parole ?

— Oui ! clamèrent en riant celles qui lui faisaient face.

— Nous sommes des filles, des mères, des épouses, sommes-nous incapables de travailler sans être surveillées ?

— Non !

Ottilie, sûre d'être comprise, n'avait plus besoin d'attendre une réponse.

— Sommes-nous si dénuées de jugement que nous ne puissions nous gouverner sans être commandées et punies ? Non. Nous sommes un sexe prétendument « faible » mais ne sommes-nous pas plus fortes que bien des hommes pour supporter ce que nous supportons ? Supporter, supporter encore, supporter toujours, sans raison, sans espoir, sans récompense ? Oui, trois fois oui !

— Qu'est-ce que tu veux qu'on fasse ? osa timidement Gertrud.

— Thomas pense que le temps de la moisson est proche. Que nous allons balayer la terre de ceux qui nous oppriment, comme l'avait prophétisé Jean Hus, l'homme de Dieu. Mais ce combat ne sera grand que s'il est grand pour nous, les femmes, s'il nous arrache à la condition honteuse où l'on veut nous maintenir. Nous devons nous tenir prêtes pour enfoncer toutes les portes derrière lesquelles on veut nous enfermer. Notre victoire sera le jour où nous pourrons étudier librement, devenir prêtre ou médecin, manier l'épée ou nous servir d'un arc comme les hommes !

Elle martela :

— Nous n'avons pas à être ni surveillées ni soumises !

Et, se redressant fièrement :

— Je me souviens que le prophète Osée annonçait : « Dans sa colère, Dieu a donné au monde les seigneurs et les princes et il les ôtera de nouveau dans son courroux ! »

Ottilie cria presque :

— Nous devons être le courroux de Dieu !

En dessinant la brune à l'énorme poitrine, la maigre Gertrud, la belle Hannah, j'imaginais la tête de Luther s'il avait entendu ce qu'Ottilie venait d'affirmer sur l'intelligence, la liberté des femmes. Je le voyais les bras levés au ciel, appelant à ce qu'on lapide et brûle ces sorcières, ces possédées, ces succubes ! J'aurais aimé que Katharina von Bora entende Ottilie ; qu'elle nous fasse partager ce qu'elle en pensait. Je me souvenais que Kathie ne laissait pas frère Martin raconter n'importe quoi sous prétexte qu'il prétendait être la voix de Dieu. Chez Cranach, elle l'avait vivement contredit lorsque, vantant l'art des femmes à parler « avec une suavité qui ferait pâlir Cicéron », il avait détaillé le rôle qui, selon lui, leur revenait : « Dès qu'elles quittent le domaine domestique, elles ne sont plus bonnes à rien. Ce n'est pas qu'elles manquent de vocabulaire, mais elles ne comprennent pas tous les sujets. Elles parlent sottement avec désordre et un méli-mélo qui dépasse la mesure. La femme est faite pour tenir la maison, l'homme pour la politique, le gouvernement temporel, les guerres, pour administrer et pour mener à bien les affaires judiciaires. » Kathie s'était moqué de lui, arguant que, si elle n'était bonne à rien, elle se demandait bien à quoi frère Martin était bon. Luther, toujours prêt à faire la leçon aux autres, à se payer de mots pour se mettre en valeur et à critiquer toutes et tous, ne savait rien faire de ses dix doigts. Au grand amusement de Cranach, Mme Luther jugeait qu'il ferait mieux de se taire plutôt que de dégoiser contre les femmes ! Jamais il n'aidait à la tenue du ménage, jamais il ne mettait la main à la pâte. Il ne savait ni peler les légumes ni couper du bois et encore moins s'occuper d'un enfant ! Son époux était un incapable.

— Il a deux mains gauches !

— Que voudrais-tu que je fasse ? avait protesté Luther qui tenait à avoir le dernier mot. Si je me mettais à laver les couches ou à m'acquitter de quelque autre tâche méprisable, tout le monde se moquerait de moi ! On me tiendrait pour un sot et un efféminé. C'est cela que tu souhaites ?

Ottilie avait raison de s'insurger contre l'infini servage des femmes, des paysannes, des tisseuses, des cardeuses, des ourdisseuses ; contre les charges qui leur rompaient le corps et l'âme ; contre l'infâme soumission dans laquelle la société voulait les maintenir, comme si elles étaient des bêtes à entraver et à conduire à la chaîne.

— L'être le plus pauvre d'Allemagne, disait-elle, le plus misérable, le plus abandonné de Dieu est une femme. Cela ne sert à rien de réciter des prières en espérant que ça change, vous devez réfléchir et agir !

J'avais fait trois portraits d'Ottilie, l'un où, le visage calme, elle adressait à ses voisines son beau regard sombre ; un autre où, farouche, la bouche entrouverte, elle semblait reprendre haleine après une longue tirade ; un dernier au moment où son cri ultime sortait de sa bouche, lui faisant briller les yeux et tendre tous les muscles du cou. Quand Ottilie parlait, Dotty ne la quittait pas des yeux. Littéralement, elle buvait ses paroles. J'étais jaloux. Ce que ces deux femmes avaient partagé dans leur ordre, les horreurs dont elles avaient été les témoins et les victimes, leur fuite dans le feu et le sang les liaient plus que je ne le serais jamais avec Dotty. Elles étaient inséparables ; comme des sœurs jumelles, comme mère et fille, comme fille et fille, amantes par l'esprit sinon par le corps…

La beauté de Dotty tenait à sa jeunesse, à son innocence, à la gravité de son cœur, celle d'Ottilie, à la force de ses convictions, à l'ardeur qu'elle mettait à les porter, à sa détermination. Müntzer n'était pas plus éloquent que sa femme, ni plus audacieux ni plus courageux.

Ils se valaient.

Alliance

Müntzer voulait savoir pourquoi, contrairement à leur habitude, les mineurs de la mine de Schneeberg n'avaient pas assisté à l'office dominical. Je l'accompagnai, curieux de rencontrer ces hommes sur qui frère Thomas comptait tellement pour lever le pays. Nous entrâmes dans une galerie creusée à partir d'une faille dans la roche. Le minerai d'argent remontait du fond sur de petits chariots poussés par des enfants de sept ou huit ans à moitié nus, le visage barbouillé de terre et de cendres. Jamais ils ne s'arrêtaient, jamais ils ne jouaient, à la tâche de l'aube à la nuit tombée.

— Tu rêves ? demanda Müntzer.

— Je réfléchissais.

— À quoi ?

— À ceux qui travaillent ici comme s'ils creusaient leur propre tombe, avant même d'avoir vécu.

Müntzer ferma les yeux un instant. Il chantonna :

— *Quand Adam et Ève étaient seuls sur la terre*
Il n'y avait pas de propriétaires
En ces temps heureux, tout était en friche
On ne savait ce qu'était un riche.

Tout est dit, non ?

— Oui, tout est dit.

— C'est Dotty qui chante ça. Tu ne l'as jamais entendue ?

Müntzer m'interrogea soudain :

— Tu sais à qui appartient cette mine ?

— Au duc de Mansfeld ?

— À Fugger, corrigea-t-il, Mansfeld la lui a donnée pour rembourser tout ce qu'il lui devait. Et à qui appartient le haut-fourneau qui transforme le minerai d'argent ?

— À Fugger ?

— Et qui vend le minerai ?

— Fugger…

— Tu comprends vite.

Fugger, l'homme le plus riche du monde, que j'avais vu à Rome quand avait été scellé le contrat qui autorisait la vente des indulgences ! Comment aurais-je pu deviner que cette rencontre allait décider de ma vie ?

Nous nous enfonçâmes dans une galerie. Müntzer me raconta que, lorsqu'il prêchait à Prague, il avait pu lire les chroniques de Cosmas qui établissaient que, dans les temps bibliques, « *tout comme la splendeur du soleil et la fraîcheur de l'eau, aussi bien les champs cultivés et les pâturages, et même les mariages, tout était mis en commun* ». Il me rapporta aussi les déclarations d'un théologien anglais, John Wyclif : « D'abord, toute chose que Dieu a faite bonne doit être mise en commun ; en voici la preuve : tout homme devrait être en état de grâce ; s'il est en état de grâce, il est maître du monde et de tout ce qu'il contient : donc tout homme devrait être le maître du monde tout entier. Mais en raison du grand nombre des hommes, cela ne se produira que s'ils mettent tout en commun : donc toute chose doit être propriété commune. »

— *Omnia sunt communia*, je ne dirais pas autre chose contre ceux dont la fortune est la seule religion et l'or le seul Dieu, affirma Müntzer, les mâchoires serrées. Comment un homme peut-il dire « c'est à moi » et refuser aux autres d'en avoir leur part ?

À la lueur de deux maigres feux, une quinzaine de mineurs nous accueillirent.

— Frère Thomas, s'excusa Hans Rodemann, le premier qui se présenta, notre maître nous a interdit de venir t'écouter. Il a fait barrer toutes les routes par des lansquenets.

Müntzer ricana.

— Qu'espère-t-il empêcher ? La parole de Dieu ? Les Évangiles ? Cette vieille barbe grise de comte a autant de sagesse sous son crâne que moi dans les fesses !

— Il prétend que tu n'es qu'un fieffé hérétique et un charognard, dit un autre, torse nu, noir de saleté.

Hans Rodemann réclama la parole, s'adressant à Müntzer.

— Que pouvons-nous faire ? demanda-t-il. Nous pensons que ta doctrine, mieux que celle de Luther, édifie et révèle la véritable foi chrétienne.

Müntzer les dévisagea en silence avant de répondre. Des hommes qui n'avaient que leurs corps à vendre pour vivre, usés par la fatigue, amaigris par les privations, fiévreux.

— Frères, les rois et les princes se sont ligués contre nous, déclara-t-il, solidement campé sur ses jambes. Nous pouvons briser leur alliance et refuser de supporter leur fardeau un jour de plus ! Il ne suffit plus de bramer comme Luther, de prendre la pose du réformateur et de baiser l'anneau du pape à la première risée. Sans compromis avec l'antéchrist de Rome, nous devons conquérir le royaume de Dieu par les armes ! Comme le dit saint Matthieu : « Le royaume de Dieu se prend par la violence et ce sont les violents qui l'emportent. »

Comme à Zwickau, il leur proposa de former une alliance secrète qui scellerait leur solidarité contre tous ceux qui, comme le coquin flagorneur de Wittemberg, s'opposent à la véritable connaissance de Dieu et méprisent Sa Parole.

— Avec vous, je laverai mes mains dans le sang des tyrans.

Ils jurèrent fidélité à l'Alliance : « Que celui qui veut être la pierre de la nouvelle Église risque sa tête, sinon il sera rejeté des bâtisseurs ! »

Le dimanche suivant, une grande partie des croyants n'avaient pu trouver place dans l'église tant l'affluence était grande. Müntzer, reprenant les arguments de Karlstadt, prêcha avec tant d'ardeur sur le texte de l'Exode – « Vous renverserez leurs autels, vous briserez leurs idoles » – qu'avant même la fin de l'office, les habitants d'Allstedt marchèrent sur la chapelle de la Vierge miraculeuse de Mallerbach que frère Thomas avait qualifiée de « bouge ».

— Sous le nom de Notre Dame, vous avez adoré le diable ! Vous avez été trompés !

Aussitôt rejoints par ceux qui n'avaient pu entrer dans l'église, ils envahirent le bâtiment malgré les cris de protestation et d'effroi des trois nonnes qui gardaient ce lieu de dévotion. À l'intérieur, les malades guéris avaient l'habitude d'accrocher aux murs le moulage en cire de la partie de leurs corps rendue à la santé. Une exposition macabre qui donnait aux membres déformés, aux visages cireux, jaunâtres, rongés de pustules et de bubons, une expression diabolique. La troupe entreprit de tout briser, de lacérer les toiles du chemin de croix, d'abattre une statue de la Vierge et une autre de saint Antoine, et finalement d'incendier le bâtiment. Müntzer les encourageait de la voix et du geste.

— N'ayez pas de pitié pour les idolâtres, renversez leurs autels, détruisez leurs images et jetez-les au feu comme Dieu le prescrit par la voix de Moïse !

Ils n'avaient rien ni personne à craindre. Brûler la chapelle, c'était anéantir une « œuvre du diable », un incontestable acte de piété et de justice.

— Le monde entier sait maintenant que les moines et les nonnes sont des idolâtres, disait-il aux incendiaires. Pas plus que le prêtre, le prince impie n'a le droit de revendiquer son autorité sur vous. Aucun homme n'a reçu de la nature le droit de commander aux autres. La liberté est un présent du ciel et chacun a le droit d'en jouir. L'autorité découle non d'un sacrement mais de la façon dont on l'exerce. Elle n'est de droit divin que si elle respecte la loi divine. Et la première qui nous oblige ici, c'est de combattre l'impiété.

Conseil

À la suite de ces événements, Müntzer fut appelé à comparaitre devant le conseil où l'intendant lui donna lecture d'une lettre de Luther, un véritable réquisitoire contre « l'esprit séditieux d'Allstedt ». Luther réclamait des sanctions « non contre la parole prêchée à Allstedt mais contre le poing levé à Allstedt ». « La doctrine müntzérienne, écrivait-il, a pour fruit la violence, les destructions matérielles, alors que la parole véritablement chrétienne a pour fruit la douceur et la paix car elle ne vise qu'à régénérer les âmes et non à s'emparer indûment du pouvoir temporel. En prêchant activement contre les institutions, Müntzer usurpe la fonction de l'autorité et provoque un désordre mortel pour la société. » Müntzer écouta sans broncher puis il plaida sa cause, son droit et son devoir de dénoncer l'impiété, d'y résister.

— Du vrai Christ crucifié, ils ont fait une idole, un petit bonhomme peint. Pouvais-je me taire comme un chien privé de parole ? Pouvais-je rester sans agir contre les impies ? Peut-être aurais-je dû me résigner et souffrir la mort pour qu'ils donnent libre cours à leur bon plaisir et attendre qu'ils m'étranglent, jurant avoir étranglé Satan !

— Pourquoi refusez-vous d'expliquer votre doctrine devant les doctes théologiens de Weimar prêts à vous entendre ? Luther n'a pas craint de se disputer avec ceux de Leipzig, d'Augsbourg, de Worms…

— Je n'ai que faire des doctes théologiens de Weimar ou d'ailleurs. Je ne veux m'exprimer que publiquement devant le peuple assemblé. Nos docteurs voudraient bien faire du témoignage de Jésus une affaire de haute école.

L'intendant intervint :

— Le Christ n'a-t-il pas enseigné qu'il ne fallait pas jeter des perles aux pourceaux ? Seuls les doctes peuvent comprendre l'Écriture, assena-t-il.

Müntzer se raidit.

— Ce sont précisément les doctes déloyaux et trompeurs qui se sont approprié l'Écriture, répliqua-t-il. Ils veulent être les seuls à juger des choses de la foi mais ils n'ont aucune foi, ni en Dieu, ni en l'homme. Ils ne courent qu'après les richesses et les honneurs, oubliant que nul ne peut servir Dieu et Mammon, comme je l'ai rappelé à Luther.

De nouveau, l'intendant voulut l'interrompre mais Müntzer l'en empêcha d'un geste autoritaire.

— Les docteurs aiment lire l'Évangile dans de beaux livres, n'est-ce pas ? Les paysans n'auraient qu'à les écouter car, disent-ils, la foi vient par l'ouïe comme la musique. Mais l'homme du peuple n'a que faire de cette harmonie factice et de leurs paroles mensongères. Il doit être instruit pour ne plus se laisser égarer ; pour être l'égal de celui qui, du haut de sa chaire, le livre à la main, prétend lui faire la leçon.

De nouveau, l'intendant tenta de lui couper la parole. En vain.

— Beaucoup de gens humbles croient que les grosses trognes peuvent donner un avis sensé sur la foi, ricana Müntzer. Mais que peuvent donc juger ces gens qui méprisent et repoussent tout ce qui s'oppose à eux ? Ils ont passé leur vie à s'empiffrer et à boire comme des gloutons. Élevés dans la soie dès leur jeunesse, ces joufflus, ces bedonnants, ces jouisseurs n'ont pas vécu une seule mauvaise journée de leur vie. Ils n'entendent pas non plus en passer une seule au service de la vérité ni abandonner un sou de leur rente et, sans vergogne, se posent en juges et protecteurs de la foi.

Müntzer s'exclama :

— Ah, pauvre chrétienté, ta balourdise fait de toi une véritable planche à hacher !

Et il enchaîna :

— Je sais ce que vous allez me dire ! tonna-t-il. N'essayez pas de m'opposer la bonté du Christ ; cette bonté dont les idolâtres couvrent leur fausseté, je la récuse. Qu'ils prennent plutôt garde au zèle avec lequel le Christ extirpa les racines de l'idolâtrie. Si le Christ revenait aujourd'hui, il serait de nouveau crucifié par les prêtres comme rebelle méditant la ruine des seigneurs et des princes. Ceux qui jadis se résolurent à le dénoncer arguèrent qu'il fomentait une rébellion et qu'il fallait d'urgence le conduire à la croix pour l'en empêcher.

Comment ne pas voir que les ennemis autoproclamés de la révolte présente la provoquent par leurs pensées, par leurs paroles, par leurs agissements ? Hier comme aujourd'hui, ce furent toujours les puissants et les riches qui firent obstacle à l'Évangile. Il suffit de manifester de la répugnance face à leurs simagrées pour qu'ils crient à la sédition et montrent les dents dès qu'on leur réplique le moindre petit mot ! Ces chiens de meute n'hésitent pas à qualifier la lutte contre l'oppression de brigandage ! Alors qu'ils sont la source même de l'usure et de toutes les voleries !

L'intendant, irrité, agita son gros corps flasque et parvint enfin à se faire entendre.

— Nous avons les témoignages de…

Il consulta la feuille qu'il tenait à la main.

— … Nicel Ruckter, Hans Bosse et Hans Richter, trois de vos partisans qui assurent que vous prétendez…

De nouveau, il se pencha pour lire.

— … « laver vos mains dans le sang des tyrans ».

— Ces fieffés Judas se jugent eux-mêmes en trahissant le serment qu'ils ont prêté. Laissez leur puanteur se répandre mais n'attendez pas de moi que je trahisse à mon tour la sainte Alliance que nous avons avec Dieu.

Après avoir brièvement délibéré, tel que le préconisait Luther, le conseil signifia à Müntzer la dissolution immédiate de l'Alliance, l'obligation de soumettre tous ses écrits à la censure et l'interdiction de les faire imprimer. Müntzer rétorqua :

— Je refuse.

Puis calmement, avec gravité :

— Jamais je ne me soumettrai à l'arrogance des Wittembourgeois.

Son ton monta.

— De qui tiennent-ils leur autorité ? D'eux-mêmes ? Du prince ? Du pape ? Sûrement pas de Dieu. La foi chrétienne ne relève pas d'une institution mais du jugement universel et de la conscience du monde entier. Si je me trompe, j'accepte de recevoir une amicale admonestation devant une communauté inoffensive et en plein jour, pas dans un coin obscur !

— Si vous ne vous soumettez pas, annonça l'intendant qui présidait le conseil, nous vous bannirons.

Müntzer fit un pas vers lui et, par provocation, se força à sourire.

— Vous voulez me livrer au diable ?

Sermon

Un émissaire vint avertir Müntzer que les ducs de Saxe arrivaient à Allstedt. Jean – le frère de Frédéric – et son fils le prince héritier, venaient l'écouter prêcher. Ils resteraient sur place pour la nuit et, le lendemain, en présence du bailli Zeiss, du bourgmestre et du conseil de la ville, ils entendraient la messe dans la chapelle du château. Müntzer travailla une partie de la nuit à son sermon qu'il titra « Exégèse du second chapitre du prophète Daniel, prêchée au château d'Allstedt, en présence des chers ducs et gouverneurs de Saxe, princes régnants, par Thomas Müntzer, serviteur de la parole de Dieu ». Müntzer reprenait les éléments de sa doctrine, telle qu'il l'avait exprimée à Prague, mais en l'inscrivant plus profondément dans la situation allemande entre « le monde divisé » et la « chrétienté en ruine ». Je l'avais souvent entendu en parler, aussi ce ne fut pas une surprise de l'entendre développer ses arguments, revenant une fois encore sur la pierre qui se détache de la montagne sans aucune intervention humaine.

— Ah ! Bien-aimés, oui, la grande pierre ne va pas tarder à tomber et à frapper. Comme il est dit dans saint Matthieu : « Je ne suis pas venu apporter la paix mais le glaive. » Que doit-on faire de ce glaive ? Rien d'autre qu'écarter et supprimer les méchants qui veulent entraver l'Évangile, séparer le bon grain de l'ivraie. C'est pourquoi, très chers souverains bien-aimés, ne vous laissez pas égarer par vos prêtres adulateurs ni abuser par les mensonges sur la patience et la pitié divine. Ne tirez vos jugements que de la bouche de Dieu ! J'ose affirmer que les pauvres laïcs et les pauvres paysans l'entendent aujourd'hui de façon plus pénétrante que vous. La pierre arrachée sans main de la montagne est devenue tellement grande que, si d'autres seigneurs voulaient vous persécuter à cause de l'Évangile, ils seraient chassés par leur propre peuple.

Il tendit ses mains ouvertes vers les princes et les notables.

— Réjouissez-vous, amis de Dieu, les ennemis de la Croix ont le courage au fond de la culotte. Bien qu'ils n'y aient jamais songé, nous les contraindrons à se comporter comme il convient.

Müntzer fit entrer saint Luc dans sa péroraison comme chaque fois qu'il prêchait :

— « Faites venir mes ennemis, ceux qui n'ont pas voulu que je règne, et égorgez-les en ma présence. » Pourquoi le Christ parle-t-il d'égorger ?

Müntzer laissa le silence lui répondre et enchaîna brusquement :

— Eh bien, parce que ceux qui prétendaient défendre Son royaume l'avaient ruiné, cachant leur scélératesse sous l'apparence de la foi chrétienne !

Müntzer n'avait pas besoin de le nommer pour que chacun comprenne qu'il visait Luther, surtout quand il conclut sur les « archi-canailles qui scandalisent le monde entier, écartant les gens de la véritable foi chrétienne et prétendant que personne, sauf eux, ne peut la connaître ».

L'après-midi, un chancelier du prince vint avertir Müntzer qu'il devrait strictement s'en tenir aux conclusions du conseil et soumettre préalablement tous ses textes à la censure de la cour de Weimar. Et, un peu plus tard, Edmund Kuppel, un des membres du conseil qui secrètement soutenait Müntzer, lui apporta la lettre de Luther qu'une estafette venait de délivrer aux princes. Il fallait faire vite, Kuppel devait la rapporter au château avant qu'on s'aperçoive de son absence. Je lus au-dessus de son épaule.

> Satan a fait son nid à Allstedt et charge ses esprits d'y répandre ses doctrines, prétendant qu'à Wittemberg on ne possède pas la vraie foi. Mais Müntzer n'entend pas s'en tenir à la parole, il veut se frayer un chemin à la force du poignet et organiser sur-le-champ une révolte. Satan oblige ce voyou à se démasquer. Si la populace veut passer aux actes et distribuer des coups, alors que vos grâces princières interviennent.

Il se passa presque une semaine avant que l'intendant ne se décide à faire arrêter Müntzer et à le placer en détention. Dès que la chose fut connue, Ottilie, enceinte, n'hésita pas à prendre sa défense sur la place du marché.

— Êtes-vous devenus si faibles et si lâches que vous ne vous leviez pas en masse pour défendre Müntzer ? Faut-il que ce soit une mère qui vous montre le chemin ? Où est votre courage ? Qu'avez-vous fait de votre serment ? La vérité mérite-t-elle de croupir dans une fosse alors que le mensonge et l'hypocrisie prolifèrent ?

Le discours d'Ottilie eut un effet immédiat. Il fallut moins de deux heures pour armer les hommes de l'Alliance qui, tambour en tête sous les bannières de leurs corporations, arrivèrent devant la dépendance du conseil où frère Thomas était enfermé. Deux gardes seulement défendaient la porte de cette prison. Effrayés par la masse des mineurs, des tisserands et des paysans qui leur faisaient face, ils s'enfuirent sans demander leur reste.

On sonna le tocsin.

Müntzer fut rapidement libéré et porté en triomphe jusqu'à son domicile, comme je l'ai dessiné dans mon carnet.

— Les idolâtres mystifient le monde avec leurs figures de bois ou de plâtre, avec leurs images pour enfants, déclara-t-il devant sa maison. Mais si on regarde bien le Jésus des églises, que voit-on ? Un épouvantail. Adorant cette idole, les princes du siècle ou de l'Église font grand tapage au nom de l'Écriture mais ce sont des loups-garous qui accumulent richesse sur richesse au détriment du pauvre peuple.

Je fus étonné d'entendre Müntzer reprendre les arguments que j'avais employés pour lui expliquer comment j'avais perdu la foi et combien je m'en portais mieux.

— Quel Dieu serait assez fourbe pour conférer à ces princes un si grand pouvoir que nous soyons forcés de labourer leur bien, faucher et faner leurs prés, semer pour eux le lin, l'arracher, l'égruger, écosser les pois, ramasser les carottes et les asperges ? Ils soutirent aux pauvres la moelle de leurs os, et il faut encore à ces derniers payer le cens. Ils prêchent sans honte que les pauvres doivent se laisser écorcher et plumer par les tyrans. Où trouve-t-on dans l'Écriture ces joueurs, ces coureurs, ces banqueteurs plus soûls que chiens vomissant ? Où trouve-t-on ces hommes avec leur marchandage et leur droit de capitation ? Où trouve-t-on ces énergumènes qui gaspillent si honteusement ce qui devrait revenir à la bourse commune et servir le pays ? Et que personne, surtout, ne s'avise de s'en indigner, sinon il sera aussitôt traité comme un enragé : chevillé, décapité, écartelé, pendu !

Son regard croisa le mien mais il s'en détourna très vite, comme s'il craignait que je l'interroge publiquement sur la profondeur de sa foi. J'étais convaincu que Müntzer ne croyait pas plus que moi en un dieu sauveur, mais qu'il savait parler au peuple dans une langue qu'il comprenait, dans des histoires bibliques où il se reconnaissait. Luther ne faisait pas autre chose, même s'il s'était choisi le diable comme interlocuteur plutôt que le peuple. Aurais-je un jour la force, le talent, de mettre tout cela par écrit ?

Après les vêpres, nous mangions de la soupe aux fèves que Dotty avait préparée quand Ottilie dit à Müntzer :

— Tu dois partir cette nuit, Thomas. Le conseil a été humilié par ton évasion. Il sait ce que tu dis, ce que tu prêches, il sait où te trouver. Il y a forcément des traîtres et des mouchards dans les rangs de l'Alliance. Tu n'es plus en sécurité ici. Le duc veut ta peau, les demoiselles et l'abbesse de Mallerbach ont écrit à Frédéric pour se plaindre de l'incendie de leur chapelle. Un tribunal t'attend à Weimar. Tu vas être interrogé par tes ennemis, poursuivi et si, par malheur, tu étais condamné, ce n'est pas en prison qu'ils te conduiraient mais à l'échafaud ou au bûcher.

Elle posa sa main sur la sienne sans le quitter des yeux.

— Souviens-toi de saint Matthieu : « Si on vous persécute dans une ville, fuyez dans une autre. »

Müntzer réfléchissait : s'il acceptait de se rendre à Weimar devant le tribunal ducal, il devrait entraîner un millier d'hommes à sa suite pour assurer sa sécurité, escorté comme Luther l'avait été à Worms. Cela serait forcément perçu comme un acte guerre mais c'était trop tôt pour livrer bataille. Ils n'étaient pas assez nombreux, pas assez armés. Par ailleurs, on l'avait averti que partout les assemblées paysannes croissaient et se multipliaient : en pays souabe, en Thurgovie, en Franconie, en Rhénanie, chez les Suisses, chez les Français. N'était-il pas plus intelligent de fédérer le mouvement à l'abri de tout danger, plutôt que d'aller débattre de théologie au péril de sa vie ?

— Je ne pars pas sans toi, annonça Müntzer sans finir son assiette.

— Si Ottilie part, je pars aussi ! décréta Dotty.

Je sursautai.

— Si Ottilie et frère Thomas s'en vont ce soir, dis-je à Dotty, nous partirons aussi. Dès demain, nous rentrons en Italie.

Dotty prit un air désolé.

— Je ne peux pas.

— Tu ne *peux* pas ou tu ne *veux* pas ? demandai-je avec colère.

— Je ne peux pas la quitter, répondit-elle en tournant légèrement la tête vers Ottilie.

— S'ils s'en vont, qu'avons-nous à faire ici ?

— Ottilie va avoir un enfant, dit Dotty d'une voix douce. Je devrai m'occuper d'elle et du bébé, comme elle a pris soin de moi quand plus rien ne me retenait à la vie.

Dotty me fixa de ses yeux clairs.

— Si je l'abandonnais, comment pourrais-tu m'aimer ?

J'étais atterré. C'était inextricable : Müntzer ne voulait pas partir sans Ottilie ; si Ottilie partait, Dotty voulait partir avec elle, et je ne voulais pas partir sans Dotty…

Müntzer m'adressa un regard amusé.

— Je crois que tu n'as pas encore tout vu en Allemagne.

Chemin

J'étais inconsolable. Je ne reverrais pas Rome et ma mère de sitôt, peut-être même ne les reverrais-je jamais. Nous allions à Mühlhausen où Pfeiffer nous attendait.

Je me souvenais que cet ancien moine était venu à Allstedt s'entretenir avec frère Thomas dont il partageait toutes les opinions. Je l'entendais encore s'exclamer : « Combien de jours encore faudra-t-il pour nous débarrasser des princes qui ignorent le Seigneur ? Hâtons-nous de nous mettre en marche ! Hâtons-nous, le temps est court avant le jugement ! » J'étais inquiet. Nous foncions vers l'inconnu, vers quelque chose d'inexorable, une forêt d'ombres insaisissables. Que préparaient-ils tous les deux ?

Les femmes l'ignoraient et Thomas ne me disait rien.

Tourmenté par l'idée que l'un ou l'une d'entre nous puisse être reconnu et arrêté par les hommes du conseil d'Allstedt, Müntzer, par prudence, nous ordonna de nous séparer. Ottilie et Dotty revêtirent de vieux habits ecclésiastiques et se déplacèrent en réclamant l'aumône, comme des sœurs mendiantes. Moi, je fis le journalier en quête d'ouvrage. Le voyage fut long et pénible, plus d'une semaine dans la monotone succession des jours et des nuits. J'avais l'impression de traverser une région hostile où, une fois encore, des yeux invisibles m'épiaient, des forces malignes se cachaient, prêtes à m'attaquer. Parfois, nous n'apercevions pas une maison pendant des lieues, ce qui ne faisait que renforcer mon inquiétude. Chaque matin, ma première pensée était pour Dotty. La séparation de nos corps rapprochait nos cœurs. Notre amour grandissait chaque jour. Il gonflait ma poitrine comme une fleur ténébreuse. Que je sois loin ou près d'elle, Dotty était mon étoile en plein jour, celle que je ne devais jamais perdre de vue. Elle me guidait, m'encourageait, soutenait chacun de mes pas. Mais à qui pouvais-je m'en ouvrir sans être traité de fou ? Alors, la plupart du temps, je me taisais. Je me déplaçais tantôt à pied, tantôt sur la charrette d'un paysan qui m'inspirait confiance. Je ne fus pas un joyeux compagnon. Tandis que je cheminais au cœur de l'Allemagne, une sorte de brume cernait ma tête, plus couronne d'épines qu'auréole. Je ne voyais pas les paysages que je traversais. Je les ignorais. C'était gris, c'était vert, c'était marron. C'était… Je refusais de savoir si je grimpais sur une colline, si je longeais un fleuve ou si j'avançais à flanc de montagne. Ça progressait sans relâche, en dehors de ma volonté, dans un nuage marécageux. J'étais incapable de freiner mes pas, de fixer mon regard, ma pensée. J'allais à Mühlhausen à mon corps défendant. Ma vie s'étalait devant moi sur une route lisse et taciturne comme une eau morte. Une seule fois, je dormis chez l'un de ceux qui acceptèrent de me transporter, un laboureur qui se vendait aux seigneurs pour travailler leurs champs. Après avoir partagé une maigre soupe et un peu de pain, nous dormîmes tous dans la même pièce, sa femme, ses quatre enfants, lui et moi. Avant la prière du soir, l'homme, les yeux dans le vague, me fit remarquer : « Il n'y avait pas de dîme dans la première Église et jadis mon père mangeait mieux que moi. » Ce sont à peu près les seules paroles qu'il prononça. Pour le remercier, je fis un portrait de son aînée, silencieuse et secrète. Je n'avais rien d'autre à leur offrir. La fille devait avoir entre treize et quinze ans mais en paraissait dix de plus, le visage gris, comme couvert d'une fine poussière. Elle était pieds nus et ne portait qu'une simple robe faite de deux pièces d'étoffe cousues ensemble ; une robe qui ne devait pas avoir été lavée depuis longtemps. Sa tête n'était qu'un bloc de tristesse d'où émergeaient deux magnifiques yeux foncés, d'un bleu intense. Dans la nuit, sur ordre de son père, elle vint s'allonger près de moi et attendit que je l'entreprenne. Mais je n'étais pas d'entrain…

Je partis à l'aube, sans un mot.

Ainsi, de lieue en lieue, de charrette en charrette, de routes en chemins, de forêts en bord de rivière, j'échappai aux recherches de nos poursuivants.

Aucun nuage ne voilait le ciel d'un bleu azur.

Müntzer était entré le premier dans Mühlhausen à bord du chariot d'un commerçant qui était en affaire avec les planteurs de houblon de la région. Il faisait chaud, si chaud que la sueur coulait de son front sur ses joues comme des larmes… Quand nous nous retrouvâmes, Müntzer avoua n'en plus pouvoir, et être si rompu par la chaleur et par la route qu'il avait l'impression d'avoir des os en plomb. Je ne valais guère mieux. Quant à Ottilie et Dotty, elles titubaient de fatigue.

Mühlhausen

Mühlhausen était l'une des seules villes de Thuringe à n'être pas tombée entre les mains des princes de Saxe. Une ville libre ; mais libre uniquement pour une centaine de riches bourgeois, de gros propriétaires qui seuls jouissaient des droits politiques. Ces patriciens se cooptaient pour siéger au conseil qui gouvernait la ville, excluant tous les autres habitants.

Pfeiffer nous avait trouvé un logement près de l'église Saint-Blaise, trois pièces et un vestibule au-dessus de l'échoppe d'un pelletier, décédé sans descendance un mois plus tôt. Une petite maison à la façade blanchie à la chaux dans cette rue sombre, une perle oubliée d'un collier brisé.

Pfeiffer brûlait de passer à l'action.

— Mes amis, l'heure est venue ! assurait-il. Jésus a dit : « Laissez les petits enfants, et ne les empêchez pas de venir à moi ; car le royaume des cieux est pour ceux qui leur ressemblent. » Nous sommes les enfants du Christ, le royaume des cieux nous revient !

Depuis plusieurs mois, il agitait la ville, prêchant avec succès sur les marchés, dans les brasseries, chez les fabricants de drap et de toile de lin. Il avait un projet : saisir les revenus du clergé et créer une caisse de secours pour les habitants réduits à rien.

— Si nous ne voulons pas que les miséreux soient obligés de voler pour manger, nous devons combattre la mendicité !

Müntzer acquiesçait.

— Il faut aussi que le peuple apprenne à lire ! rappela-t-il.

Pfeiffer connaissait sa théorie.

— C'est essentiel ! approuva-t-il bruyamment. Les seigneurs veulent un peuple illettré pour mieux le dominer. Il faut les attaquer par la tête !

Ils rivalisèrent d'imagination. Müntzer voulait qu'on accorde des bourses aux enfants pauvres doués pour étudier, Pfeiffer qu'on prête sans intérêt aux artisans et aux ouvriers pour les aider à développer leurs métiers ; Müntzer plaidait pour que chacun donne une petite part de ses revenus afin de faire fonctionner des œuvres servant au bien de tous, Pfeiffer réclamait l'abolition de la prison pour dettes…

Müntzer s'était trouvé un frère.

Nous étions partis avec le peu que nous pouvions porter et il fallut faire appel à la générosité des amis de Pfeiffer pour rendre la maison habitable, la meubler, l'équiper d'une marmite et d'ustensiles de cuisine, monter des lits et y empiler des couvertures. Müntzer, au désespoir, avait dû laisser à Allstedt sa presse à imprimer, mais il parvint à prévenir son ami de toujours, Hans Wychardt, un imprimeur, et à le convaincre de nous rejoindre. Hans installa son matériel au rez-de-chaussée de notre maison, dans l'ancienne échoppe de pelleterie. Müntzer en remerciait le ciel : il allait pouvoir poursuivre son œuvre commencée à Zwickau, à Prague, en Bohême, à Allstedt !

Dès le premier dimanche, sans avoir demandé l'autorisation à quiconque, Müntzer introduisit dans l'église Saint-Blaise sa nouvelle façon de dire et de chanter la messe en allemand.

— Je veux soulever l'artificieux couvercle sous lequel est retenue la lumière du monde, lança-t-il aux habitants de Mühlhausen, mobilisés par Pfeiffer. Elle doit de nouveau briller avec ses chants de louanges et psaumes divins pour édifier la chrétienté selon l'immuable volonté de Dieu. Alors, assez d'attente et d'hésitation !

Et, forçant son enthousiasme :

— Il est temps de ruiner les pompeuses grimaces des prélats ! rugit-il. L'été frappe à nos portes. Pourchassons les impies qui empêchent la parole de Dieu d'agir avec toute sa force. Ne flattez pas vos princes, vos seigneurs, sinon vous vous condamnerez à la ruine avec eux ! Jésus va revenir. Les montagnes se coucheront à ses pieds, les étoiles brilleront sur ses épaules, le soleil s'arrêtera, la lune suspendra sa course jusqu'à ce que nous ayons tiré vengeance de nos ennemis, comme il est dit dans le Livre du Juste !

Les fidèles l'approuvèrent, hochant la tête et cognant leurs chaussures sur le sol. Tous ensemble ils chantèrent le psaume 41 dans la traduction de Müntzer :

Heureux qui pense aux pauvres et aux faibles
Au jour du malheur, Dieu le délivre !
Il lui rend vie et bonheur sur la terre
Jamais il ne le livre
À l'appétit de ses ennemis !

Il y avait deux semaines que Müntzer s'était établi à Mühlhausen quand Pfeiffer vint lui faire part d'une lettre que Luther venait de faire porter au conseil. Luther traitait Müntzer de faux prophète, assurant que sous son déguisement de brebis se cachait un loup féroce. Il poursuivait : « Il a suffisamment prouvé dans beaucoup d'endroits, à Zwickau, à Allstedt, qu'il est un arbre qui ne porte pas d'autres fruits que le meurtre, la rébellion et le sang. Depuis trois ans, cet esprit s'est souvent vanté et a beaucoup fait parler de lui, mais il n'a pas à son actif le moindre petit acte sinon de se dresser sur ses ergots pour appeler à l'assassinat de ceux qui le contestent. » Il rappelait ensuite ses griefs habituels : Müntzer parlait, parlait, parlait, mais n'était pas capable de faire un seul miracle prouvant qu'il était bien l'envoyé de Dieu. Aucune voix céleste, aucune autorité ecclésiastique ou laïque ne le portait. Il n'était mandé que par lui-même. Pour se dédouaner, Luther concluait : « Si vous dédaignez cet avis, si vous recevez le prophète et qu'il en résulte quelque malheur, je n'en serai pas responsable puisque je vous aurai chrétiennement et amicalement averti. » Le duc Jean fit la même démarche mais ni l'une ni l'autre de leurs missives n'eurent d'effet.

— Comme à Allstedt, il y a donc des gens au conseil qui me soutiennent ? s'étonna Müntzer, curieux de savoir comment Pfeiffer avait pu obtenir la lettre de Luther.

— Nous y avons des amis, confirma l'ancien moine.

Il ricana.

— Je crois que Luther leur déplaît encore plus que toi ! Et ils ne sont pas les seuls. On m'a rapporté qu'à Orlamünde, après une très vive discussion sur la nécessité ou non de détruire les images dans les églises, Luther s'est enfui, sous une grêle de pierres !

Dessin

L'Italie me paraissait si loin !

Pour prendre mon mal en patience, je m'étais remis au dessin, comme un enfant apprend à marcher. Je ne savais plus rien, je ne voulais plus rien savoir. Je devais me mortifier, tout redécouvrir. Dans un état second, je fis plusieurs portraits d'Ottilie que la grossesse épanouissait, plusieurs de Dotty dont un nu, deux de Pfeiffer dont l'énergie entêtée m'impressionnait et plusieurs caricatures de ses partisans. Müntzer, lui, refusait obstinément de poser.

— Ma parole n'a pas besoin d'un visage, disait-il en s'esquivant dès que j'essayais de le dessiner.

La première fois que je l'avais vu devant sa cure, à Halle, j'avais fait une rapide esquisse des traits de Müntzer. Son refus me condamnait à me servir de ce travail comme modèle. À y revenir jusqu'à ce que j'atteigne la vérité que je voulais saisir. Le grand Léonard l'enseignait, le dessin est *cosa mentale*. C'est outil artistique, scientifique, qui permet d'approcher le monde tel que personne ne l'a jamais représenté avec autant de plénitude et de complexité. La main et l'œil ne doivent faire qu'un, n'être que mouvement, sensation. Dessiner, c'est respirer, transmettre le souffle de la vie à la pierre noire ou à la mine de plomb. Le dessin est un art sans appel. Il ne supporte ni repentir ni retouche. Ou il naît dans l'élan ou il se noie dans la feuille comme on se noie dans un lac gelé quand la glace se rompt. La question de la ressemblance ne se posait pas pour moi. Mes portraits ne cherchaient pas à imiter la nature mais à saisir l'essence de mon modèle. À révéler par le trait quelque chose de lui que lui-même ignorait parfois. J'étais artiste, pas notaire. Si la ressemblance était frappante, cela signifiait que l'homme ou la femme qui posaient pour moi étaient au monde – à leur place –, et défiaient la mort sans frémir. Si tel n'était pas le cas, si la ressemblance m'échappait, si le dessin était trop ou pas assez chargé, c'était le signe de tourments, d'angoisses, de hontes qui disputaient les traits du modèle, le rendaient méconnaissable. J'étais convaincu qu'il n'y avait pas de bons ni de mauvais portraits. Chaque dessin portait une citation du temps, lumineuse et fugace, semblable à l'éclair qui zèbre le ciel d'orage.

Marteau

Pour contourner l'organisation des relais de poste mise en place depuis le couronnement de Charles Quint – des nids d'espions –, Pfeiffer avait mis au point un système de « messagers » qui couraient tout le pays pour recueillir des informations et rapporter ce qui se passait à Mühlhausen. Ainsi Müntzer et lui reçurent secrètement des nouvelles de Waldshut où le professeur de théologie Balthasar Hubmaier avait adopté la réforme évangélique du culte et fait détruire les autels et les images saintes pour, disait-il, « purifier la religion ». Dans la même ville, Hans Müller, à la tête d'une troupe de paysans, avait été accueilli triomphalement par les bourgeois avec qui il avait fraternisé. Les paysans voisins du lac de Constance, ceux de l'Allgaü, des vallées de la Mindel, de l'Iller s'unissaient, ce qui conforta Müntzer dans l'idée que la prophétie de Daniel était en train de s'accomplir.

— La pierre roule, l'histoire est en marche !

Encouragé par ces bonnes nouvelles, Müntzer acheva la rédaction d'un pamphlet commencé à Allstedt et s'empressa de le faire imprimer par Hans Wychardt : *Dénonciation de la fausse foi du monde infidèle d'après le témoignage de l'Évangile de saint Luc, présentée à la misérable et pitoyable chrétienté pour lui rappeler ses errements.* Il était placé sous le patronage de Jérémie, « Ma parole n'est-elle pas comme un feu, dit l'Éternel, comme un marteau qui brise le roc » et signé Thomas Müntzer « au marteau ». Je lui fis remarquer le caractère profondément symbolique de son choix.

— Ce n'est pas un glaive que vous brandissez, mais un outil. Un marteau, comme le dieu Thor des anciens.

— Oui, approuva Müntzer, un outil pour transformer le monde, comme disait Joss Fritz dont je t'ai raconté l'histoire.

Désobéir

Müntzer devenait de plus en plus radical chaque fois qu'il prêchait dans l'église Saint-Blaise ou à Saint-Jacques devant les tisseurs de lin et les serfs du faubourg Saint-Nicolas. Il appelait ouvertement à désobéir aux autorités, à ne plus payer la dîme ni les taxes, à chasser de la ville les ordres religieux et tous ceux qui rejetaient sa réforme de l'Église.

— Nous devons briser la foi en l'autorité par l'autorité de la foi ; changer les prêtres en laïcs pour que chacun de nous soit prêtre ; libérer le croyant de la religiosité extérieure pour exalter la religiosité intérieure du vrai chrétien ; émanciper nos corps de leurs chaînes pour mieux lier notre cœur au Christ ! Ce monde insensé fait fausse route. On nous dit qu'on peut prêcher l'Évangile sans craindre Dieu, honorer les régents privés de raison, même s'ils agissent à l'encontre de toute équité. C'est folie ! C'est mensonge ! C'est hypocrisie ! C'est bafouer la parole divine ! Oui, par la voix de Jérémie, je m'établis aujourd'hui sur les nations et sur les royaumes pour que j'arrache et que j'abatte ; pour que je ruine et que je détruise ; pour que je bâtisse et que je plante ! La chute des tyrans impies sera notre victoire merveilleuse !

Le conseil des patriciens ne pouvait supporter ces appels à la révolte, ces discours enflammés qui volaient de bouche en bouche jusqu'au plus profond de la Forêt-Noire. Il décida de mener une action énergique contre tous les partisans d'une réforme de l'Église, sans distinction. D'abord, il fit saisir les brochures de Luther, de Melanchthon et de Karlstadt en vente sur les marchés, dans les boutiques, et le portrait de frère Martin dessiné par Cranach que j'avais gravé et qui était reproduit à des dizaines d'exemplaires, peut-être des centaines. Il interdit ensuite tout nouveau colportage des pamphlets et des images tournant le pape en dérision. Enfin, il fit arrêter l'imprimeur de Müntzer et placer son matériel sous séquestre.

Je courus l'avertir aussi vite que je pus.

— Frère Thomas ! Hans et son aide sont en prison et tous vos livres emportés par les hommes du conseil !

Pfeiffer fit diligence.

Il envoya aussitôt une nuée de gamins dans les fabriques, dans les houblonnières, dans les mines, sur le marché, dans les corporations. En moins d'une heure, une centaine d'hommes assiégeaient le conseil pour réclamer la libération immédiate des prisonniers. N'obtenant aucune réponse, ils s'apprêtaient à donner l'assaut quand soudain une fenêtre s'ouvrit au premier étage. Le jeune Gerhardt, que Pfeiffer tenait pour son fils, avait réussi à se faufiler à l'intérieur par la cave, et criait :

— Ils se sont enfuis ! Le conseil s'est enfui !

Müntzer et Pfeiffer se consultèrent d'un regard et, sans hésiter, ordonnèrent d'envahir le bâtiment.

Articles

Beaucoup découvraient la salle majestueuse où siégeaient d'ordinaire ceux qui dirigeaient Mühlhausen : tapisseries de soie, meubles lourds et ouvragés, fauteuils princiers, dais armoriés, grand crucifix d'ivoire. Les conseillers avaient emporté dans leur fuite la bannière de la ville et son sceau d'argent. Mark, de la corporation des tisseurs de lin, interrogea Müntzer sur ce qu'il convenait de faire.

— D'abord, dit Müntzer, que deux hommes aillent à la prison libérer mon imprimeur et son aide. Nous aurons bientôt grand besoin de l'imprimerie. Ensuite, je propose l'élection d'un nouveau conseil qui gouvernera Mühlhausen non plus pour défendre des intérêts particuliers mais pour le bien de tous, selon la parole de Dieu.

— Mais qui peut faire partie de ce conseil ?

— À nous d'en désigner les membres.

Il ne fallut pas moins de deux heures de discussions, de cris, d'anathèmes pour parvenir à constituer un conseil de huit membres dont Müntzer et Pfeiffer faisaient partie mais dont la direction fut confiée à un tisseur de lin qui savait lire et écrire, Heinrich Glauber.

Müntzer proposa de proclamer l'église de Mühlhausen bastion du monde rénové et de consigner immédiatement par écrit les revendications des uns et des autres. Il aiderait à rédiger le texte et à le publier.

— Frères, nous devons voir plus loin que notre ville ! lança-t-il. Il faut que cet écrit parvienne au monde entier. Ce sera notre honneur devant la chrétienté d'avoir fait preuve d'une si longue patience et de nous en être tenus aux commandements de Dieu. Ce sera votre justification devant tous les gouvernements, si bien que cette bande d'impies qui se sont enfuis ne pourront vivre dans aucune autre ville.

Les doléances montèrent immédiatement de la foule.

— Nous sommes leurs serfs depuis trop longtemps ! Montrons-leur que nous pouvons nous libérer des redevances et des corvées !

— Ils nous pillent ! Ils nous tuent ! Il faut qu'ils soient jugés !

— Nous mourons de faim !

Müntzer réclama le silence en levant une main.

— Quel est le premier besoin de l'homme ? demanda-t-il avec gravité.

Et sans attendre, il martela la réponse :

— Ex-is-ter.

Puis il se tut pour s'assurer que tous l'écoutaient, avant de reprendre en insistant sur chacun de ses mots.

— La première loi que nous devons écrire est donc celle qui garantit à tous les moyens d'exister. Toutes les autres seront subordonnées à celle-là.

Il haussa le ton.

— Les aliments nécessaires à l'homme sont aussi sacrés que la vie elle-même. Nous devons nous assurer que chacun a le droit de jouir des fruits de son travail. Ce que les seigneurs prennent au nom d'un droit qu'ils ont inventé n'est que brigandage !

Avec Müntzer, Pfeiffer et Glauber, je fus requis pour noter toutes les propositions : droit d'élire son pasteur et de le récuser en cas de manquement ; désignation d'un conseil d'hommes sages pour établir le montant raisonnable de la dîme du blé ; suppression du servage, des servitudes et des corvées au nom de la liberté annoncée par le Christ ; droit de pêche et de chasse sur toutes les terres, de glaner du bois mort en forêt ; refus du cens et des autres taxes, notamment de l'impôt sur le décès ; une justice rendue avec équité et non comme aujourd'hui au seul profit des riches ; libre accès aux terres communales qui ne sauraient être accaparées par un seul…

Une fois toutes les doléances réunies, Müntzer se chargea de la rédaction finale du texte qui comportait douze articles. Pfeiffer l'incita à la modération. Il insista pour que la conclusion propose, par exemple, de renoncer à telle ou telle doléance s'il était prouvé qu'elle était contraire à l'Écriture.

— Ne donnons pas à nos ennemis des bâtons pour nous faire battre.

Quant au préalable du texte que rédigea Müntzer, il disculpait d'avance les paysans du reproche de désobéissance et de rébellion. « *L'Évangile n'est pas une cause de soulèvement ou de trouble : c'est une parole qui annonce le Christ, le Messie qui nous était promis ; cette parole et la vie qu'elle enseigne ne sont qu'amour, paix, patience et union.* »

Les mots

Sitôt libéré de prison, Hans Wychardt vint chercher le texte pour l'imprimer sans délai. J'allai avec lui à l'atelier pour l'assister, Pfeiffer chargerait ses messagers de sa diffusion de la Forêt-Noire à la Saxe et même jusqu'en Lorraine.

— Tu sais dessiner, me dit l'imprimeur, pressant le pas.

— Oui, pourquoi ?

— Ne crois-tu pas qu'on pourrait illustrer ces revendications comme Cranach l'a fait pour les pamphlets de Luther ?

— Non, pas pour ça. Si nous voulons que ces articles prennent force de loi, rien ne doit détourner le lecteur de ce que nous avons écrit.

J'ajoutai :

— Beaucoup de nos erreurs viennent du fait que nous n'utilisons pas les mots correctement. Nous les laissons errer, divaguer dans nos têtes où ils crèvent comme des bulles d'air. Les illustrer risquerait d'ajouter de la confusion. Quand j'étudiais chez les dominicains, le père Girolamo nous répétait sans cesse : « Vous devez apprendre à lire ; à n'être ni des lecteurs, ni des spectateurs distraits. »…

L'imprimeur fit la moue.

— Tu sais, expliqua Hans, plus il y a d'images jointes aux mots, plus ils se font vifs, pénétrants comme des outils, voire des armes, pour fracturer les certitudes maçonnées dans les esprits.

Sa réflexion me fit réfléchir. Si d'aventure, dans cent ans, quelqu'un ouvrait mon cahier de croquis, comment lirait-il les mots que j'ai tracés en regard de mes dessins ? Les considérerait-il comme plus vrais, plus forts ? Mes dessins interdiraient-ils au lecteur de trahir l'histoire ? Ou seraient-ils réduits à de simples illustrations ? C'est-à-dire à rien ou à pas grand-chose ? Au fond de moi, j'étais convaincu qu'en réalité il s'agissait de deux formes d'écriture qui s'allumaient de feux réciproques. Le mot éclairait le trait, le trait soulignait le mot. L'encre de maître Gutenberg les liait l'un à l'autre sans que personne ne puisse les séparer. Mon cahier, c'était ma voix et mon regard. C'était moi. L'ouvrir, c'était me faire apparaître tout entier, jaillir des pages comme un ange ou un démon. Et ça, pour des siècles et des siècles ! Pour mes enfants, mes petits-enfants ; pour tous ceux qui, après moi, viendront.

Italien

Il n'y avait presque rien dans notre chambre : un lit, un tabouret où nous posions nos vêtements, un pot de chambre en faïence que Dotty avait trouvé

Dieu sait où. Nous aimions rester en silence dans une semi-obscurité, échanger de longs regards, nous parler même quand on n'y voyait plus, serrés sous les couvertures. Quand je lui récitais quelques vers de Michel-Ange que je connaissais par cœur, Dotty m'écoutait comme si elle me comprenait. Que je sois là, tout près d'elle, suffisait pour que leur musique la touche.

Se nel voto per gli occhi il cor si vede
altro segno non ho più manifesto
della mie fiamma[1]...

J'espérais ainsi lui apprendre ma langue.
— *Amore mio*, répète.
— *Amore mio*, mon amour.
— *Non capisco.*
— Je ne comprends pas.
— Dis-le en italien.
— *Non capisco amore mio.*

Je cherchais son regard dans la pénombre, dans la moiteur de nos corps alanguis.
— *Ti amo.*
— *Anch'io ti amo.*
— *Bene ! Dimmi che sono tuo marito.*
— *Tu sei mio marito e io sono tua moglie.*

Je lui chuchotai :
— *Voglio fare l'amore...*

1. « Si le cœur se lit par les yeux sur le visage,/Comment trouver ailleurs signe plus probant de ma flamme ? », *Poèmes*, traduction de Pierre Leyris, Mazarine, 1983.

Elle me repoussa.

— *Voglio dormire !*

— *Non hai il diritto di dirlo !*

Je me glissai entre ses jambes. Nous nous étreignîmes en riant, attachés l'un à l'autre, l'un dans l'autre, bras et jambes emmêlés.

— *Amore, amore mio, ti amo tanto*, répétait Dotty, passant du jeu à l'exaltation.

Je sentis son ventre se gonfler sous le mien, ses lèvres frémir, son sexe s'épanouir en fleur solaire.

— *Più forte ! Più forte, amore mio !*

Dotty voulait que je la fore, que je la fouaille, que je l'empoigne, que je l'écartèle. À pleine gorge, elle suppliait que je cherche sa chaleur, que je l'illumine. Elle râlait, priait, *andiamo ! andiamo !* Je caressais ses beaux seins pâles, j'embrassais ses lèvres, son front, son cou. J'étais enchaîné entre ses bras, prisonnier de son amour, de ses ténèbres. J'oubliais toute prudence. J'oubliais Müntzer et Ottilie dans la chambre à côté, l'imprimeur installé en dessous. J'oubliais tout pour n'être qu'à elle, qu'à son corps, qu'à sa joie. Un éclair nous foudroya.

— *Vengo !*

— *Amore !*

Je me laissai tomber à côté d'elle, comblée d'une égale stupeur.

— *Ora posso morire*, soupira-t-elle.

— Je ne veux pas que tu meures, protestai-je. Jamais ! *Non parlare mai di…*

— *Encora*, dit-elle, me coupant la parole.

Elle répéta amoureusement en s'étirant.

— *Encora.*

Et se laissa glisser au fond du lit…

Procès

Le surlendemain, à la taverne des *Gros Tonneaux*, je rencontrai les frères Beham, Hans-Sebal et Barthel, et leur ami Georg Pencz. Ces élèves de Dürer connaissaient Raphaël parce que – je le découvris – leur maître avait échangé une correspondance avec le mien. Tous les trois avaient trouvé refuge à Mühlhausen après avoir été accusés d'impiété et bannis de Nuremberg. Leur procès s'était déroulé devant une délégation du conseil de la ville, trois juristes et cinq théologiens. Un tribunal qui voulait ménager la bourgeoisie luthérienne et, dans le même temps, effrayer ceux qui soutenaient Müntzer, défenseur des classes populaires.

— Ils croyaient nous intimider, raconta Hans-Sebal, barbe blonde taillée avec soin, mais ils en ont été pour leurs frais !

— Qu'est-ce qu'ils te voulaient ?

— Prouver ma coupable impiété.

— *Notre* coupable impiété ! corrigea son frère.

Hans-Sebal reprit :

— J'étais condamné d'avance. Je le savais et ils le savaient ! Pour la forme, ils m'ont interrogé sur ce que je pensais de la communion, du baptême, de la dîme, du servage…

Son frère intervint de nouveau d'un ton goguenard :

— Tu aurais vu leurs têtes quand Hans a tranquillement expliqué que pour lui la communion n'était qu'un simple rappel symbolique de la communauté des biens entre les apôtres et qu'il ne pouvait pas tenir pour effectivement présents le corps et le sang du Christ pendant la messe.

— Ça les a rendus fous ! s'exclama Hans-Sebal.

Il posa son pot de bière pour ne pas le renverser tant il riait.

— Heisser, un des conseillers, a bondi de son siège et a menacé de me faire jeter en prison, rappelant que j'y avais déjà passé quatre jours pour avoir interrompu le sermon d'un prêtre qui, selon moi, prêchait l'Évangile comme un propre à rien !

— Tu t'es défendu ?

— J'ai répondu que les prêtres eux-mêmes assurent que le chrétien n'a pas besoin de signes extérieurs pour croire. « Heureux ceux qui n'ont pas vu et qui ont cru ! »

— Saint Jean !

— Tu l'as dit, saint Jean ! Et je leur ai aussi rappelé que prétendre le contraire, c'était trahir l'Évangile.

Je me tournai vers Barthel.

— Ils t'ont posé les mêmes questions ?

— Oui, les mêmes, et j'ai répondu comme Hans que l'eau ne pouvait rien ; que le baptême m'était indifférent. J'ai dit aussi que les prêches n'étaient que des bavardages car il n'y avait aucun fruit à tirer des prédicateurs.

Pencz se souvenait avec quelle insolence Barthel s'était adressé au conseil.

— Honorables et prudents seigneurs, dit-il d'un ton cauteleux que Luther n'aurait pas dédaigné, je m'en tiendrai à ces opinions jusqu'à ce qu'on me convainque de mes erreurs et que la vérité me soit enfin révélée…

Pencz était très bon comédien. Pour saluer son talent, nous commandâmes un nouveau pichet de bière. La belle Éva, la grande fille du patron, vint nous servir. Elle n'avait d'yeux que pour Barthel, très élégant en pantalon de futaine et chemise à carreaux. Nous trinquâmes à la santé d'Éva, à la peinture et aux Exaltés, comme on nommait tous ceux qui se dressaient contre l'Église.

— À la santé de frère Thomas !

Hans-Sebal se souvenait que le tribunal avait présenté un témoin, le verrier Viet Wisperger, qui les avait dénoncés. Il avait juré avoir vu les deux frères lire les brochures de Karlstadt et de Müntzer et avait rapporté que Barthel lui avait dit plus d'une fois qu'il attachait autant d'importance à l'enseignement du Christ qu'à cette légende de bonne femme qui raconte les aventures du duc Ernest parti dans les montagnes...

— Quel crétin ! s'exclama Barthel. Il est aussi allé moucharder que nous voulions un partage des biens entre tous et que nous méprisions les autorités séculières. Le plus drôle, c'est que ce cafard disait vrai !

Hans-Sebal, qui ne cachait pas son admiration pour son cadet, s'exclama :

— Quand tu as placé que tu ne reconnaissais aucune autre autorité que celle de Dieu tout-puissant, tu peux te vanter de nous avoir fait plaisir !

— Tu les as salement mouchés ! applaudit Pencz.

— Je n'oublierai jamais leurs têtes quand tu as ajouté que tu voulais bien reconnaître l'Église, mais une église sans Christ, sans clergé, sans enfer ni paradis ! renchérit Hans.

Le trio mima les mines horrifiées des conseillers, bouches ouvertes, bras au ciel, étouffant de colère et d'indignation, et nous fûmes secoués de rire. Une fois le calme revenu, Pencz raconta que les juges exigeaient de savoir s'il croyait en Dieu.

— J'ai répondu qu'en vérité je ressentais parfois une présence mais que je ne savais pas si c'était Dieu, le vent ou un chat.

D'une mine gourmande, il ajouta que, sans crainte d'aggraver son cas, il avait déclaré ne rien penser du Christ, de l'Évangile, de la parole divine, de la communion, du baptême…

— Alors, les conseillers ont voulu me faire admettre qu'ils étaient l'unique autorité séculière sur les biens et les personnes mais, comme Hans et Barthel, je répondis que, pour moi, il n'y avait d'autre maître que Dieu.

— C'est-à-dire personne, ironisa Barthel.

Il me donna une grande claque amicale dans le dos.

— Et toi, qu'est-ce que tu en dis ?

— Pour moi, Dieu n'est qu'obscurité. Dieu est noir, avouai-je, prêt à confesser que la foi m'avait quitté.

— Voilà qui est parlé en peintre !

Barthel se pencha vers moi, l'air matois.

— Dis donc, toi, tu ne serais pas un peu athée ?

— Et toi ?

Barthel s'étranglait de rire, Hans-Sebal répondit à sa place.

— Luca est sans foi ni loi, et nous sommes tous bons pour le bûcher !

Nous nous serrâmes la main, jurant « à la vie, à la mort ! ». Barthel, après avoir adressé un clin d'œil à Éva, déclara, levant sa bière :

— Mes amis, laissons l'enfer, les bûchers, les tortures aux prêtres et à leur bras armé, et rendez-vous au paradis où nous jouirons sans limite des beautés et des délices de la vie !

Je vis Éva se détourner brusquement, les joues rouges, la tête en feu.

Réponse

Dix jours avaient passé et beaucoup de choses avaient changé à Mühlhausen. Müntzer et Pfeiffer n'étaient plus en ville et on ignorait où ils se trouvaient. Sans que les paysans osent leur barrer la route, les fuyards du conseil étaient revenus, soutenus par les nobles de Thuringe et leurs hommes d'armes. Cependant, le conseil ne parvint pas à se reformer tel qu'il existait auparavant. Les anciens membres durent accepter de partager le pouvoir avec les nouveaux et Heinrich Glauber en conserva la présidence collégiale. Mühlhausen restait une ville libre, avec un gouvernement sous le contrôle des citoyens et le système de ravitaillement des pauvres mis en place par Pfeiffer. Les anciens maîtres avaient beaucoup de mal à accepter cet état de fait qui bouleversait l'ordre féodal et accordait aux paysans, aux tisseurs, aux mineurs, aux mendiants, des droits qui heurtaient leur conservatisme. Les gros marchands redoutaient plus que tout que les misérables les contraignent par la force à donner tout ce qu'ils avaient accumulé. Ils s'insurgeaient contre l'idée que tous les biens devaient être mis en commun comme dans l'Église primitive. Une idée monstrueuse qui, selon eux, rendait la populace si effrontée qu'elle ne voulait plus travailler ! Hillerbrandt, un vieux propriétaire terrien, ne songeait qu'à se venger de l'humiliation qu'il avait subie. Il exigea qu'un ordre de bannissement fût immédiatement publié contre Müntzer et Pfeiffer mais sa proposition ne fut pas retenue. En revanche, personne ne put empêcher que les gros bonnets fassent circuler une brochure de Luther en réponse aux douze articles, cette liste de doléances dont la rédaction avait demandé tant de prudence et de diplomatie. La brochure commençait par une critique des princes qu'aurait pu formuler Müntzer. « *Seigneurs, évêques aveugles, prêtres et moines insensés qui, aujourd'hui encore, endurcis dans votre perversité, ne cessez de crier contre le Saint Évangile, quoique vous sachiez qu'il est juste et bon, et que vous n'y pouvez rien. En même temps comme autorité séculière vous êtes les bourreaux et les sangsues de pauvres gens, vous immolez tout à votre luxe et à votre orgueil effréné jusqu'à ce que le peuple ne puisse endurer. Vous avez déjà le glaive à la gorge et vous vous croyez encore si ferme en selle que nul puisse vous renverser. Vous vous casserez le cou avec cette sécurité impie.* » Mais Luther ne serait pas Luther s'il ne ramenait rapidement la question de la révolte paysanne à sa propre personne. « *Vous comblez la mesure de vos iniquités en imputant cette calamité à l'Évangile et à ma doctrine. Calomniez toujours. Vous ne voulez pas savoir ce que j'ai enseigné et ce qu'est l'Évangile ; il en est un autre à la porte qui va vous l'apprendre si vous ne vous amendez.* » Luther prenait soin de ne pas nommer Müntzer, mais son propos était transparent d'autant qu'il ajoutait : « *Ne me suis-je pas employé avec zèle et ardeur à recommander au peuple l'obéissance à l'autorité même si tyrannique, si intolérable qu'elle fût ? Qui plus que moi a combattu la sédition ? Aussi les prophètes de meurtre me haïssent-ils autant que vous.* » Suivaient des recommandations tactiques : « *Traitez les paysans comme l'homme sensé traite l'homme ivre ou dément. N'engagez pas la lutte avec eux, vous ne pouvez pas savoir comment cela finira. Employez d'abord la douceur, de peur qu'une faible étincelle, gagnant tout autour, n'aille allumer par toute l'Allemagne un incendie que rien n'éteindrait.* »

Ottilie, Dotty, les frères Beham, Pencz et moi n'en revenions pas. Le texte de Luther atteignait des sommets d'hypocrisie, de sournoiserie, de malfaisance, récusant une à une toutes les demandes des paysans, justifiant la dîme, les corvées, le servage. Il utilisait le personnage de Jésus, dont les souffrances étaient incomparables, pour affirmer que les plus pauvres se plaignaient des leurs sans raison. Il condamnait aussi toute révolte contre l'injustice, le vol, le viol, la torture, se disculpant d'avance de la répression sanglante qui allait s'abattre. Il me dégoûtait.

— Qui, sinon Satan, aurait pu écrire un tel torchon ? dis-je en jetant cette brochure loin de moi. Luther qui a toujours le diable au bord des lèvres écrit sous sa dictée !

Hans-Sebal la ramassa en se pinçant le nez.

— Quelle ordure, mais quelle ordure ! jura-t-il. Il décrète les paysans meurtriers par nature pour s'accorder le droit de les asservir.

Et comme s'il devait encore nous convaincre, il nous relut un passage qu'il jugeait particulièrement ignoble, prenant soin de détacher chacun des mots : « *Vous convoitez le pouvoir et les biens de la terre mais vous ne voulez souffrir aucun tort. L'Évangile, au contraire, place la vie dans la souffrance, l'injustice, la croix, la patience et le mépris des affaires de ce monde.* »

— Le plus répugnant, remarqua Ottilie, c'est le portrait qu'il fait de lui-même. Il se voit en martyr, en chevalier Georges, plastronne et se vante comme un pitoyable histrion…

Elle emprunta la brochure à Hans-Sebal et lut à haute voix :

— « *Je risquerai ma tête comme je l'ai fait contre le pape et l'empereur car je vois clairement que le diable, n'ayant pu venir à bout de moi par eux, veut m'exterminer et me dévorer par les prophètes de meurtre qui sont parmi vous. Eh bien, qu'ils me dévorent : un tel morceau ne sera pas facile à digérer.* »

Dotty proposa qu'on arrête de se tourmenter. Elle n'en pouvait plus de Luther, de ses injures, de ses malédictions, de ses anathèmes, de ses digestions, des mots nauséabonds et malodorants qui lui sortaient par le trou de la bouche et par l'autre. La douceur du soir devait nous pousser à penser à des choses agréables, amoureuses, délicates.

— Tu sais quand Thomas doit revenir ? demanda-t-elle à Ottilie.

Les deux femmes échangèrent un sourire. Ottilie caressa son ventre bien rond.

— J'espère avant la naissance de son fils.

Barthel s'inquiétait.

— Vous savez où il est ?

Nous nous regardâmes à tour de rôle mais personne ne put lui répondre.

Les frères Beham et Pencz quittèrent Mühlhausen alors que Müntzer n'était toujours pas revenu. Ils allaient tenter leur chance ailleurs, en Hollande ou en Angleterre. Peut-être, qui sait, au Danemark ? Hans-Sebal m'offrit le dessin d'un couple de paysans qui dansaient, son frère celui d'un lendemain de fête où l'on voyait un homme vomir.

— Il vomit sur Luther, me susurra Barthel qui partait à regret, laissant la belle Éva désespérée.

Quant à Pencz, c'est une gravure où l'on voyait des paysans prêter serment au *Bundschuh* qu'il me donna. En retour, j'offris à chacun son portrait que j'avais dessiné à l'auberge. Nous nous quittâmes en nous embrassant, en pleurant beaucoup, en nous promettant de nous revoir. Ils seraient toujours les bienvenus en Italie.

— Au paradis des peintres…

Enfant

Pfeiffer revint à Mühlhausen à la fin du mois, convaincu que nul n'oserait tenter quelque chose contre lui. Il avait beaucoup à dire mais Ottilie n'avait qu'une question.

— Thomas ne rentre pas ?

Pfeiffer n'osait pas s'avancer. Ses sourcils remontèrent sur son front, il fit la grimace.

— Je ne sais pas. Il doit être encore en Forêt-Noire, ça s'agite beaucoup là-bas…

Il raconta qu'ils avaient été ensemble en Alsace et à Bâle où ils avaient dîné avec l'humaniste réformateur Œcolampade après être passés par Nuremberg où frère Thomas avait pu faire imprimer son *Discours en guise de défense et de réponse à la viande douillette de Wittemberg.*

Müntzer rendait coup pour coup à Luther : « *Voici qu'arrive le Pied-feutré, ah, le docile compagnon qui prétend que j'appelle à la rébellion comme il l'aurait lu dans ma lettre aux mineurs d'Allstedt. Il dit ce qu'il veut et cache ce que j'ai clairement exposé aux princes, que la force du glaive appartient à toute la communauté et que les princes ne sont point les maîtres mais les serviteurs du glaive. Ils ne doivent pas faire ce qui leur plaît mais ce qui est juste.* »

Soudain, un coup de vent fit claquer la porte. Ottilie sursauta. Elle laissa échapper un cri rauque comme étranglé par son étonnement. Un fantôme ? Thomas ? Mais ce n'était pas le marteau de Müntzer qui frappait à la porte, ni son poing, ni son pied, c'était l'enfant qui venait. Ottilie s'y attendait au moins depuis cinq jours, mais anxieuse, alerte, légèrement souriante, elle nous contemplait avec reconnaissance comme si nous étions les Rois mages venus saluer la naissance du sauveur.

Dotty me poussa dehors avec Pfeiffer.

— Ouste ! On n'a pas besoin de vous !

Elle me pria d'aller quérir nos voisines, dame Bertille et sa cousine Elma, pour qu'elles viennent l'assister. Dame Bertille était une grosse femme, autrefois charmante, que la vie avait rendue hargneuse et pontifiante. Sa cousine lui ressemblait, elle aussi plus large que haute, avec un cou qui ne faisait qu'un avec sa tête et des mains potelées, ornées de bagues. Je fis le plus vite possible. Je courus, je volai et je revins avec elles en les poussant devant moi comme un troupeau d'oies. J'encourageai les deux matrones à se hâter mais elles avaient du mal à se déplacer plus vite qu'au pas. En montant l'escalier, elles marmonnaient une vieille prière en se signant :

— Intercède pour moi auprès du Seigneur pour qu'Il me comble d'une heureuse délivrance. C'est Lui la source de la Vie, et je Lui rends grâce pour cette naissance imminente. Sainte Marguerite, toi qui n'as jamais renié ta foi malgré le supplice, je te prie d'éveiller celle du tout-petit qui va naître.

Le travail fut long et pénible. Dotty me raconta qu'il fallut baigner Ottilie dans une décoction de fleurs de mauve, de graines de lin et d'orge. Il fallut aussi lui masser les flancs, le ventre, les cuisses et l'aine avec de l'huile de violette et de rose. On lui fit boire du sucre avec du vinaigre et de la poudre de menthe avant de s'en remettre à Dieu.

Le fils de Müntzer naquit en fin d'après-midi.

Avec Hans, l'imprimeur, et son aide, nous entendîmes son cri, trois petits hurlements convulsifs, qui nous libérèrent de nos craintes. Je restai planté près de la presse, n'osant me précipiter à l'étage voir Ottilie et le bébé. L'enfant savait-il où il était ? Qui il était ? Comprenait-il déjà qu'il arrivait dans un monde près d'exploser ? Comment frère Thomas pourrait-il le protéger des menaces cernant son berceau ? De la folie meurtrière qui habitait bien des esprits ? Je n'avais que des questions, pas une réponse. Cet enfant portait en lui tous nos espoirs et toutes les frayeurs comme un Janus, le dieu aux deux visages.

Le petit Daniel ne fut pas baptisé, malgré l'insistance des voisines qui craignaient pour sa vie.

— S'il venait à mourir, il errerait dans les limbes, s'effraya dame Bertille.

— Et les limbes, c'est pire que l'enfer ! renchérit sa cousine apeurée.

Mais Ottilie refusait tout sacrement.

— Il décidera lui-même quand il sera en âge de comprendre.

— Vous verrez bien ce que votre mari décidera, s'obstina la voisine.

Ottilie tint bon.

— Il dira comme moi.

— En tout cas, grinça Bertille qui tenait à sermonner Ottilie avant de partir, rappelez-vous de ne pas manger salé, ni piquant, ni astringent. Pas de poireaux, d'oignons, d'épices, d'ail ni de roquette.

— Surtout, ajouta sa cousine, il faut éviter l'ail !

Les matrones s'en allèrent, emportant les linges souillés, remerciant bruyamment Dieu que la mère et l'enfant soient vivants. Puis Dotty me rejoignit, tenant le nouveau-né emmailloté. Elle me le tendit pour que je le prenne dans mes bras.

— Tu veux que je sois sa nourrice ?

— Il faut que tu t'habitues.

Je sursautai.

— Tu es…

— Oui.

Dotty de nouveau était enceinte. Deux grosses larmes roulaient sur ses joues.

— Qu'est-ce qu'il y a ?

— Je suis heureuse… J'ai eu tellement peur que tu partes avec les frères Beham et leur ami.

— Comment as-tu pu… ?

— Ils sont peintres, tu veux l'être.

Je l'attirai contre moi, collant son ventre contre le mien.

— Jamais je ne vous abandonnerai.

Dotty renifla, reprenant le bébé.

— Nous aurions dû partir en Italie.

— Tu ne pouvais pas laisser Ottilie.

— Je sais, mais nous aurions dû... commença Dotty, mais elle n'alla pas plus loin.

Elle se ravisa.

— Non, tu as raison, il fallait que je sois avec elle.

— Elle a souffert ?

— Comme toutes les femmes... répliqua froidement Dotty.

J'étais stupide d'avoir posé la question. Ottilie avait cru mourir et celles qui l'assistaient n'avaient que des mots et des prières pour la soulager. Maintenant que l'enfant était né, que la mère se portait bien – pour ne pas me ridiculiser d'une autre question idiote –, j'assurai Dotty que je tiendrais ma promesse.

— Rome nous attend...

Dotty baissa les yeux. Elle appliqua la paume de sa main sur la joue de l'enfant puis sur son front. Il s'endormait.

— Tu as pris le parti de Thomas, dit-elle sans oser me regarder.

Elle avait les traits tirés, les yeux rougis ; pour elle aussi, la naissance du fils de Müntzer avait été une longue et douloureuse épreuve. Elle releva la tête, saisie d'un froid étrange.

— Tu t'es fait un ennemi de Luther et des princes, dit-elle. Ils n'accepteront pas de te laisser partir.

— Luther est sans conteste un génie et le pire des hommes. Il hait le peuple, mais j'ai une armure qui me rend invulnérable contre sa fureur.

— Tes dessins ?

— L'amour que j'ai pour toi...

Larmes et joie

Douze jours après la naissance de son fils, le retour de Müntzer fut fêté dans les larmes et la joie. Frère Thomas était bouleversé.

— Quand je regarde ses yeux, je vois Dieu !

Il voulait prendre le petit Daniel, le tenir, l'embrasser, le montrer à tous et à toutes qui passaient pour le saluer. Müntzer n'acceptait de laisser son fils à Ottilie que pour qu'elle l'allaite.

— Je ne connais pas de spectacle plus beau, s'émerveillait frère Thomas que je n'avais jamais vu d'humeur si gaie.

Son fils tétait avec des petits bruits humides, sous le regard doux de sa mère. J'en profitai pour faire plusieurs portraits d'Ottilie en Vierge à l'enfant.

— Ton maître Raphaël aurait été fier de toi, dit-il, en regardant au-dessus de mon épaule.

J'esquissai un sourire, pensant que bientôt ce serait Dotty qui nourrirait notre progéniture. Je verrais notre enfant saisir le sein de sa mère comme le petit Daniel celui d'Ottilie. Le corps abandonné, les yeux fermés, son visage s'auréolerait de contentement et de béatitude. Mais une ombre brouilla soudain le regard de Müntzer, comme si le bonheur d'avoir un fils lui faisait brutalement prendre conscience que le monde où l'enfant grandirait promettait plus d'enfer que de paradis.

— Que Dieu te garde, Luca, dit-il. Nous vivons des temps périlleux.

Il expliqua que Pfeiffer était revenu avant lui non pas pour régler des affaires familiales mais parce qu'ils étaient en désaccord.

— Il m'a dit : « Commençons par piller les couvents et nous verrons bien ce qu'il advient ! Que chacun combatte pour lui. Nous n'avons que faire d'une Ligue paysanne ou d'une Alliance qui compte autant de coquins que de gueux ! » Il ne s'intéresse qu'à Mühlhausen.

Müntzer fulminait.

— C'est lâcher la proie pour l'ombre. Nous devons élargir notre combat à tout le pays, à la Souabe, à l'Alsace, à la Franconie, à la Saxe ! Je n'ai pas parcouru l'Allemagne pour m'enfermer dans une ville comme les princes s'enferment dans leurs châteaux, persuadés que nul ne peut les en déloger !

Bandes

Par crainte d'être arrêté et de nouveau emprisonné, Müntzer ne mettait plus les pieds à l'église. Il avait établi son quartier général à la maison des johannites.

— Dieu vous bénisse, compagnons ! De quel côté êtes-vous ? dit-il en accueillant plusieurs chefs de bande pour sceller leur ralliement à l'Alliance.

Ils répondirent d'une seule voix :

— Du côté de ce monde où le pauvre n'arrive plus à s'en tirer !

Il y avait là des représentants du bailliage de Sangerhausen, de la bande de Frankenhausen, de la bande noire, de la bande claire, d'Allstedt, d'Ulrich, de Kalb, de Gerseau, de la Forêt-Noire, des anabaptistes représentés par Storch que nous revîmes pour la première fois depuis notre fuite de Zwickau, des mineurs, des paysans, des tailleurs, des cordonniers, des fripiers, des bûcherons et même quelques bourgeois ruinés. Müntzer les harangua.

— Ne sentez-vous pas que le temps presse ? demanda-t-il suffisamment fort pour que les discussions cessent. La cupidité des seigneurs comme des princes déprave les chrétiens, si bien qu'ils finissent par se croire incapables du bien. Ôtons cette cupidité et le monde connaîtra enfin la paix et la vertu.

Il continua sur le même ton :

— Notre premier objectif est d'attaquer le nid des nobles, de détruire leurs châteaux. Ne les épargnez pas, il ne faut pas que l'Allemagne devienne un repaire de brigands. La force du glaive nous appartient. Nous devons passer à l'action ! À Langensalza, le peuple a chassé le bailli du duc Georges qui avait fait exécuter secrètement trois hommes ; les paysans d'Eichsfeld s'insurgent contre leurs seigneurs, comme ceux de Balthasar, Barthel, Krump, Valten, Bischof… Faisons tomber tous les châteaux, tous les remparts des impies scélérats de ce monde !

Il rappela qu'il revenait du couvent des Déchaussés où il avait fait fondre quatre bombardes dans un atelier voisin.

— Il nous en faudra encore beaucoup pour enfoncer les murs des châteaux ! Mais nous les ferons tomber l'un après l'autre : le Rüsterberg, le Seeburg, même la forteresse Heldrungen, sous les ordres du très catholique Ernst de Mansfeld.

Une clameur unanime salua ces paroles que j'avais notées scrupuleusement.

— Il nous faut une bannière ! réclama un homme de la Forêt-Noire.

— Tu as raison ! approuva Müntzer. Il nous faut une bannière et nous marcherons sous sa protection !

Stroch, dont les cheveux et la barbe étaient devenus d'un blanc de neige sous son chapeau noir et rond, m'interpella :

— Luca, toi qui sais peindre, tu dois peindre notre bannière !

— Comme celle du *Bundschuh* ! cria son voisin.

Müntzer s'enthousiasma.

— Mieux que celle du *Bundschuh* ! renchérit-il. Je vois une grande toile blanche frappée d'un arc-en-ciel où se lirait la devise *Verbum domini manet in aeternum*[1]...

Je tentai de refuser.

— Pourquoi moi ? Vous avez de grands peintres et...

L'homme de la Forêt-Noire reprit la parole.

— Tous se sont défilés !

— Même Dürer ?

— Dürer soutient notre cause mais il ne veut plus peindre, il écrit !

— Tu es des nôtres, me lança Storch. Tu ne peux pas dire non ! À l'œuvre ! À l'œuvre !

1. « La parole du Seigneur demeure toujours. »

Müntzer me glissa tout bas :

— J'ai longtemps cru que tu étais un démon mais je me trompais. Tu es l'élu, celui par qui doit s'accomplir la prophétie.

— Moi ?

— Tu es la main qui tracera le signe que Dieu est avec nous !

Bannière

Un des tisserands offrit une pièce de lin blanc de quinze pieds de long et cinq de large que j'étalai sur le sol de la maison des johannites. Je me mis au travail en traçant d'abord les lettres à la peinture noire. Cela me prit presque toute la matinée. Il était midi passé quand Dotty vint me porter de la caillebotte avec du pain et des œufs pour que je déjeune pendant que ma toile séchait.

— Enfin, te voilà peintre !

— Calligraphe, corrigeai-je.

— Qu'importe ! s'amusa Dotty. Peindre, c'est peindre, que ce soient des lettres ou des paysages…

— Je serai peintre le jour où je réaliserai ton portrait.

Elle minauda.

— Tu me peindras en Vierge à l'enfant comme Ottilie ?

— Je te peindrai en Ève, comme Cranach.

— Et tu seras Adam ?

— Je serai le serpent !

Nous nous embrassâmes.

— Tu crois qu'un jour on pourra tout partager, comme l'enseigne Thomas ? me demanda-t-elle.

— C'est l'idéal que nous devons poursuivre mais, pour l'instant, ce n'est qu'un idéal.

Je ne voulais pas lui mentir.

— C'est une idée magnifique, expliquai-je, mais une idée, rien de plus. Ceux qui sont aujourd'hui les maîtres ne renonceront pas à leurs privilèges. Thomas dit souvent « Dieu dédaigne les gros bonnets ». Tant mieux si sa foi conforte ses idées, mais c'est une chimère. Il devrait t'écouter : il n'y a pas de Dieu dans cette histoire. Si la foi est du côté de Thomas, la force n'y est pas. Tu peux être sûre que ces gros bonnets défendront leurs châteaux et leur fortune comme les chiens de l'enfer.

— Il y aura des morts ?

— Des morts, des blessés…

— Et nous ?

Je ne sus que lui répondre. Alors que j'étais étranger dans ce pays, j'avais pris femme, j'attendais un enfant et, malgré mes doutes, le combat de Müntzer était devenu le mien. Je connaissais sa sincérité, sa droiture, sa volonté d'imposer au monde une loi meilleure que celle qui rendait les pauvres sans cesse plus pauvres et les riches sans cesse plus riches. Müntzer était convaincu que sa vision le protégeait du mal, comme Luther était convaincu d'être sous la protection de Dieu, quoi qu'il dise, quoi qu'il fasse. Müntzer avançait droit devant, les yeux au ciel, la poitrine offerte aux balles et aux hallebardes, comme si elles n'avaient aucune réalité. Je craignais qu'à force de vivre à travers les prophètes il en oublie la puissance des troupes qui se préparaient à l'affronter.

— Je ne sais comment le dire à Thomas, mais ce serait folie de partir en guerre demain contre les princes et les seigneurs. Que sa cause soit juste ne le protégera pas, ni lui ni ceux qui suivront sa parole.

— Tu as peur ?

— Je n'ai pas peur de me battre. J'ai déjà fait le coup de poing quand j'étudiais chez les dominicains, mais j'ai peur que Thomas nous conduise au combat sans armes, avec seulement cette bannière qui claquera au vent et finira couverte de boue et de sang.

Nous parlions de l'amour et soudain nous parlions de la mort, comme s'il n'y avait pas d'alternative. Je pris les mains de Dotty dans les miennes.

— Je ne veux pas que tu meures, *amore mio,* ni toi, ni notre enfant, et je ne veux pas courir à la mort.

— Il y a notre amour, glissa doucement Dotty. *C'è il nostro amore*...

Et, m'empêchant de l'interrompre :

— On peut perdre la foi, je l'ai perdue et ça n'a aucune importance, mais on ne peut pas perdre l'amour, même s'il y a la guerre. L'amour ne meurt jamais. Si un homme et une femme se sont aimés ; que la vie les a séparés ; qu'ils sont prisonniers, blessés ou morts, l'amour reste.

D'où lui venait cette assurance ? Dotty, qui ne connaissait rien du monde – ou si peu –, l'observait avec le courage et la patience d'un sage. Elle m'avait dit que, tant qu'il y aurait des riches et des pauvres, personne ne serait libre. S'il y avait une prison dans la ville où nous étions, chaque chambre était une cellule. Les punitions, les privations, les humiliations qu'elle avait subies n'avaient pas écrasé son esprit, au contraire, elles l'avaient aiguisé. Elle parlait de « la confusion du monde, de ses crimes », du « fer rougi de la parole », du « dedans mystérieux de nous-mêmes », de « l'éblouissement des corps », du « désir d'être sans posséder », d'« avoir faim de vivre et non pas de digérer le monde comme frère Martin »...

— Je peux te regarder peindre ? me demanda-t-elle.

Sans attendre ma réponse, elle s'installa à côté de moi, chantant une comptine pour m'encourager.

C'est le bout du voyage
Regarde cet arc-en-ciel
Ma maison est nuages
Tout coton et tout miel

Selon le vœu de Müntzer, je peignis un arc-en-ciel qui enjambait tout le texte, comme une arche flamboyante et, lorsque la peinture fut sèche, Dotty m'aida à fixer la banderole à deux longues perches qui nous permettraient de la hisser.

— Quand tu peignais, j'ai vu ma mère, dit Dotty.

— Ta mère ?

— Son visage a jailli de l'arc-en-ciel comme si toutes tes couleurs fondues ensemble la ramenaient à la vie. J'ai senti sa douce main sur mon front. Elle me disait : « Ne te ronge pas les sangs, ma fille, ne te ronge pas les sangs. »

La mère de Dotty était morte quand elle avait dix ans.

— Tu te souviens bien d'elle ?

— De son sourire. Ses yeux avaient la couleur de l'or brûlé.

— De quoi est-elle morte ? Tu ne me l'as jamais dit.

Dotty se tourna vers moi. Ses pensées l'entraînaient comme on glisse d'une montagne sans pouvoir se raccrocher à rien. Elles allaient trop vite pour que Dotty ait une chance de les retenir.

— Je crois que mon père l'a tuée pour en épouser une autre, dit-elle d'une voix précipitée.

Elle le haïssait et je lui donnais raison.

En fin de journée, Müntzer, Ottilie portant le petit Daniel et une quinzaine d'autres vinrent admirer mon œuvre.

— C'est bien, dit Müntzer en me tapant sur l'épaule.

Il ironisa.

— Thomas au marteau, Luca au pinceau...

Et soupirant :

— Si nous avions du drap, je t'en ferais peindre dix, cent... Une forêt de banderoles qui avancerait sus aux impies.

Tous semblaient contents de mon travail.

J'étais touché mais ce n'était qu'une banderole, pas une toile, pensais-je mélancoliquement. Peindre un arc-en-ciel, ce n'était pas peindre, c'était décorer, illustrer... Je n'étais qu'un artisan. Il n'y avait pas d'ombre sur ma banderole, pas d'obscurité ni de profondeur. Or, l'ombre est une lumière, et un art sans ombres n'est pas un art. Il n'y avait que dans le noir des lettres que l'œil pouvait se perdre. J'avais créé un objet qui ne prendrait sens qu'au regard de l'usage qui en serait fait. Un outil semblable au marteau que Müntzer brandissait pour transformer le monde.

Pfeiffer, débarquant précipitamment chez les johannites, interrompit ma réflexion. Il criait :

— Luther arrive à Erfurt !

Erfurt

Bannière en tête, nous étions bien une centaine d'hommes et quelques femmes à prendre la route d'Erfurt. Luther avait l'intention de s'adresser à tous dans le couvent des augustins où il avait jadis pris la tonsure malgré l'interdiction de son père.

La route se fit en chantant.

Ohé ! À la faux, à la hache !
Sus à la prêtraille ! Sus aux gentilshommes !
Ils m'ont abreuvé de coups
Ils m'ont rassasié de famine
Ils m'ont décollé la peau
À la femme, à l'enfant
Que n'ont-ils pas fait ?
La pique en avant !
Sus ! Sus !

Il y avait foule pour écouter Luther. Nous nous y mêlâmes en ordre dispersé pour éviter de nous faire remarquer. Je me hâtai de faire son portrait. Luther devait toujours s'empiffrer et boire comme un trou. Il avait beaucoup grossi. Son ventre était une barrique. Son énorme tête reposait sur un cou aussi large que le tronc d'un grand chêne. Ses yeux larmoyaient et un tic nerveux lui agitait parfois la joue. Luther ressemblait à Tetzel lorsqu'il prêchait les indulgences. Debout sur une petite estrade, étrangement vêtu d'un habit rouge et noir, il gesticulait comme un acteur furieux et bouffon.

— J'aperçois le dernier jour, tout proche, disait-il d'une voix terrible. Le diable se dit : puisque voici la fin du monde, allons-y carrément ! Remuons le potage jusqu'au fond de la soupière et défonçons le plancher. Ah, les paysans font de bien jolis chrétiens ! Ils entendent posséder en commun les biens des autres mais conserver soigneusement ceux qu'ils possèdent eux-mêmes. Les châteaux, les couvents qu'ils pillent ne sont pas à eux mais ils cognent dur, volent, se démènent comme des démons. Je crois qu'il ne reste plus un diable en enfer ! Ils sont parmi nous, occupés à aveugler les hommes, les soulever et réaliser grâce à eux leurs rêves de fureur. Ce mouvement de révolte est un incendie. Quand un incendie éclate, chacun se doit de l'éteindre. Alors, courage et en avant ! N'y allez pas de main morte ! Broyez, égorgez, transpercez ! Tuer un révolté n'est pas commettre un meurtre, c'est éteindre l'incendie !

Müntzer l'interpella d'une voix forte.

— Et si quelqu'un vole pour nourrir ses enfants, doit-il être pendu, frère Fourbe ?

Luther, stupéfait de reconnaître Müntzer, fit un pas en arrière, comme s'il venait de recevoir une volée de flèches.

— Ah, le voilà le guide de l'enfer qui ose se montrer à moi à visage découvert ! brailla-t-il, retrouvant sa pugnacité. L'Esprit malin qui s'assoit sur notre fumier et aboie dans notre direction. Mais je te connais, Satan, tu m'as déjà attaqué tant de fois. Je n'ai pas peur de te combattre ni de te taper sur la gueule.

— Arrête de te vanter, frère Gras-Double ! Tu es un couard qui ment comme un arracheur de dents pour le cacher ! Tu ne sais combattre que les humbles que tu écrases de ton mépris.

La voix de Luther enfla.

— Ceux qui te suivent n'ont pas pris les armes en faveur de l'Évangile ! Ce ne sont que des traîtres, des parjures, des assassins, des voleurs que même un sultan païen aurait le droit de poursuivre ! Nos sérénissimes princes sont les officiers de la colère divine et celle-ci ordonne de châtier de pareils gredins.

— Pourquoi les appelles-tu sérénissimes princes ? répliqua Müntzer. Ce titre n'est pas à eux, il n'appartient qu'au Christ dont tu prétends usurper le titre. Tu dis « le Christ, c'est moi ! », mais tu peux toujours gloser l'épître aux Galates, saint Paul ne parle pas de ta grosse personne. Je m'imaginais que tu étais chrétien, mais tu n'es qu'un fieffé païen qui de sa propre autorité fabrique un Jupiter et fait sortir les princes de sa cuisse !

Luther leva les bras au ciel.

— Seigneur, n'écoute pas ce que ce démon profère !

Il se tourna vers la foule.

— Je ne voulais pas condamner les paysans puisqu'ils se déclaraient prêts à recevoir un meilleur enseignement et que le Christ ordonne de ne point condamner…

Le front buté, la mâchoire agressive, il poursuivit :

— Mais, sans nous laisser reprendre haleine, ils viennent nous menacer. C'est l'œuvre du malin qu'ils accomplissent sous la conduite de l'archidiable qui règne à Mühlhausen !

Il pointa vers Müntzer un doigt accusateur.

— Sache, Satan, que c'est l'heure de la colère et du glaive. Il ne s'agit plus de patience, de tolérance, de pitié.

L'heure de la grâce est passée. Je crie en toute conscience aux autorités séculières : frappez en dépit de l'Évangile !

Müntzer ne se laissait pas intimider.

— Tais-toi, frère Martin, pitoyable pécheur, vipère dégoûtante ! L'extravagance de ton esprit a produit une doctrine d'une audacieuse impiété qui réduit le libre arbitre au déshonneur de l'humanité. Tu te prends pour le pape de Wittemberg, mais en faisant grand tapage tu es un aveugle qui guide un monde d'aveugles. Que sais-tu faire d'autre que le corbeau qui s'égosille à crier son nom ? Ah, c'est la coulpe de Dieu que tu prétends frapper avec ta breneuse humilité ! Comme les papistes, tu te gargarises de l'idéal évangélique de pauvreté pour mieux émasculer les paysans ! Pour rendre plus aimables leurs taudis ! Pour mieux bâtir une cathédrale de la misère humaine. Tu peux hurler mais mes ongles agrippent déjà ton cœur pourri au nom des milliers d'esclaves qui réclament justice.

Une femme fendit la foule en courant.

— Sauvez-vous ! Des soldats arrivent aux portes !

Luther tendit le cou, espérant voir apparaître la troupe en armes. Il s'enflamma.

— Quiconque éviterait de répandre le sang serait responsable des meurtres et de tout le mal que vous, canailles, vous apprêtez à commettre ! Aujourd'hui, chacun peut gagner le Ciel en versant le sang mieux qu'avec des prières ! Moi, Martin Luther, j'ordonne qu'on extermine les paysans insurgés, qu'on les livre au supplice ! Il faut les mettre en pièces, les étrangler, les égorger comme on abat les chiens enragés !

La foule le hua, criant, agitant des clochettes. Soudain, nous hissâmes notre bannière *Verbum domini manet in aeternum* au-dessus de toutes les têtes. Luther me reconnut, ce qui décupla sa colère.

— Hâtez-vous, soldats ! Frappez, transpercez, saignez ces porcs, vos seigneurs vous en donnent le pouvoir ! Y trouveriez-vous la mort que vous n'en pourriez rêver de plus céleste, car vous succomberiez en obéissant à Dieu et en préservant vos semblables de ces hordes sataniques !

Mercenaires

Il n'y eut pas de combat. Müntzer avait ordonné le repli, jugeant que nous n'étions pas assez nombreux pour affronter des soldats de la garnison d'Erfurt. Nous repartîmes à Mühlhausen avec le sentiment que ce n'était que partie remise. La bataille était inévitable : pauvres contre riches, misérables contre puissants, paysans, artisans, mineurs contre princes du siècle et de l'Église, défenseurs des biens communs contre adorateurs du lucre. Müntzer marchait en tête, le verbe haut.

— Quand il sera temps, ce ne sera point votre bataille que vous mènerez mais celle de Dieu. Conduisez-vous en hommes et le Seigneur vous aidera. Faites que Dieu vous affermisse et vivez sans crainte !

Je lui fis part de mes inquiétudes.

— Nous sommes sans armes, frère Thomas !

— Dieu pourvoira.

— Ne dites pas n'importe quoi !

— Ce n'est pas parce que tu as renié Dieu qu'il est impuissant.

— Croyez-vous que ce soit Dieu qui équipe les soldats des seigneurs et des princes ?

— Que peuvent-ils contre nous ? Ils tomberont comme la grande Babylone ! Notre force est celle de la vérité contre l'imposture, de la défense du bien de tous contre la richesse de quelques-uns.

Je m'emportai :

— Luther a raison : vous êtes fou ! S'il doit y avoir bataille, ce ne sont pas des serpes et des bâtons qui vous donneront la victoire.

— Les mineurs viendront avec des piques, des marteaux et des haches.

— Ils n'auront ni armure, ni casque, ni chevaux !

Müntzer ricana.

— Tu sembles bien expert sur l'art de la guerre.

— Je ne suis expert en rien mais je refuse de m'en remettre à Dieu pour combattre à mains nues des lansquenets armés d'épées, de hallebardes et d'arquebuses !

— Leurs soldats sont nos frères, déclara Müntzer, hochant la tête comme s'il cherchait à s'en persuader. Quand ils nous verront apparaître sous notre bannière comme des anges debout sur le char du soleil, ils baisseront leurs armes et nous fraterniserons contre leurs chefs stipendiés par l'antéchrist.

Je lui criai presque :

— Ce sont des mercenaires payés pour vous tuer !

Müntzer me sourit tristement.

— Personne ne peut tuer ceux qui se placent sous la protection du Christ.

Et il ajouta d'une voix rugueuse :

— Il est trop tôt pour pleurer, Luca, et trop tard pour craindre ce qui adviendra.

Trois jours plus tard

Malgré ses dissensions avec Müntzer, Pfeiffer restait fidèle à l'Alliance. Grâce à son réseau d'informateurs, il put faire aux johannites un tableau complet de ce qui se passait en dehors de Mühlhausen.

— Il y a une semaine, les sujets du village du duc Georges, les seigneurs d'Aussenburg, de Werther et d'autres nobles du bailliage de Sangerhausen se sont rassemblés.

— Combien étaient-ils ? s'enquit Müntzer.

— Environ cinq mille, d'après ce qu'on m'a rapporté. Ils ont rejoint la bande de Frankenhausen et ils ont prêté serment de s'unir et de se soutenir pour assiéger le château d'Heldrungen.

De peur d'oublier tout ce qu'il avait appris, Pfeiffer continua sans laisser personne l'interrompre.

— Ils ont parcouru l'Eischfeld pendant trois jours, incendié et pillé plusieurs résidences de nobles, des couvents, des monastères. Pour sauver sa vie, le comte de Stolberg a été contraint de leur jurer fidélité, ainsi qu'à l'Évangile, et de promettre de ne jamais porter plainte contre eux.

Les mots sortaient si vite de sa bouche qu'il peinait à les retenir.

— Les bandes se constituent partout et grandissent chaque jour, dit-il en soufflant fort. À Alstedt, ils sont si nombreux à être partis qu'il ne reste plus que les vieux. Comme dans les villages d'Ulrich, de Kalb, de Geusau. Tous les hommes en âge de le faire ont pris les armes. Plus personne n'accepte de payer ni l'impôt sur la boisson ni la dîme. Ni le cens, ni aucune taxe. Presque tous les baillis se sont enfuis, sauf ceux qui se sont retranchés dans des forteresses, comme à Querfurt ou Sangerhausen...

Dix voix s'élevèrent aussitôt.

— Combien pouvons-nous réunir d'hommes ici ? demanda un tisserand.

— Beaucoup ! Peut-être quinze mille ! exagéra son frère.

— Rejoignons les autres ! cria un troisième. Ne faisons qu'un !

Müntzer fit entendre sa voix au-dessus des autres :

— Frères, Dieu est avec vous ! Imposons le premier article de notre loi : *Omnia sunt communia !* Toutes choses sont communes !

Ils se dispersèrent pour appeler à la mobilisation. Pfeiffer retint Müntzer pour s'entretenir seul à seul avec lui, mais il ne protesta pas quand je restai à ses côtés. J'étais l'homme qui avait peint leur bannière...

— Tu dois savoir, dit-il à frère Thomas, que Philippe de Hesse a levé une armée et marche sur nous. Au nord, le duc de Brunswick en fait de même et le duc Georges aussi.

— Ce papiste que Luther traitait de porc dresdois ?

— Oui, qu'ils soient catholiques ou protestants, tout ça ne compte plus quand il s'agit de s'unir contre nous.

— Ces rats n'ont ni foi ni religion, ce n'est qu'une entente de gros bonnets, grinça Müntzer.

— Luther pousse le duc de Saxe à rejoindre ses pairs, répétant que, même si les paysans étaient des milliers, ils seraient toujours des bandits et des assassins. Les deux comtes de Mansfeld ont, eux aussi, rassemblé des troupes.

Müntzer écouta sans réagir.

— Nous y sommes, dit-il après un long silence.

Et, après un silence plus long encore, mordillant sa lèvre, il ajouta avec une soudaine et calme lucidité :

— Nous n'avons à craindre que les trahisons, comme celles qui eurent raison de Joss Fritz.

Sus ! Sus !

Avant de rejoindre les bandes qui se regroupaient à Frankenhausen, Müntzer s'adressa à celle qui s'était réunie à Mühlhausen. Des paysans, des tisserands, des artisans, des mendiants, des bourgeois déclassés.

— Chers frères, à qui devez-vous votre attachement ? Au pape ? À l'Église ? Aux princes ? À un homme ? Non, mes frères, vous ne le devez qu'à Dieu ! Écoutez ! L'heure du Seigneur a sonné. Soyez sans miséricorde pour les méchants. Combattez au nom du Christ ! Sus ! Sus ! Sus ! Que le glaive tiède de sang n'ait pas le temps de refroidir ! Tout le pays tudesque, franc et romand s'est réveillé. À Fulda, dans la semaine de Pâques, quatre églises conventuelles ont été saccagées ; les paysans du Klettgau, du Hegau, de la Forêt-Noire se sont soulevés, leur groupe compte déjà trente mille hommes et ne cesse de grossir. Il est temps ! Encouragez vos frères pour qu'ils se joignent à vous et portent témoignage. À l'instar de la mienne, il faut aussi que vos femmes s'activent pour libérer les couvents des nonnes qui y sont recluses. La liberté des femmes et la nôtre ne sont qu'une seule et même liberté.

Il ferma les yeux un instant, comme s'il cherchait à mobiliser toute son énergie.

— Frères, allez-vous dormir encore longtemps ? Combien de temps encore ne suivrez-vous pas la volonté divine, croyant qu'elle vous a abandonnés ? Il faut agir ! C'est le moment ou jamais. Sus tant qu'il est temps ! Dieu vous précède, suivez-le, et que les scélérats et les impies tremblent comme des chiens ! Je vous le dis, si vous ne voulez pas souffrir pour l'amour de Dieu, vous serez les martyrs du diable.

Nous quittâmes Mühlhausen avec tous les volontaires – peut-être sept cents ou huit cents dont une vingtaine de femmes –, huit arquebuses montées sur des charrettes et quatre bouches à feu que Müntzer avait réussi à faire fondre.

Aucun membre du conseil ne nous suivit.

Frankenhausen

Après une semaine ensoleillée, nous rejoignîmes l'armée paysanne sous un ciel d'orage. Les nuages s'amoncelaient, un vent mauvais courait la campagne, cinglant les visages et les corps. Des hommes arrivaient de partout sur le Schlatcht-Berg, cette colline au nord de Frankenhausen. Des paysans mais aussi des vagabonds, des pilleurs d'église, Denis la Citrouille, Frantz le Tordu, Jacquot le Joueur, des ivrognes, Jörg au tablier, Taille le Blé, les Frères du Plateau, ceux de la Bande noire, ceux de la Bande claire, quelques bourgeois menés par

Pfeiffer, des faucheurs, des artisans, toute une armée hétéroclite sans réel commandement. La majorité des troupes n'avait pour armes que des serpes, des gourdins, des couteaux et des haches. Ceux qui possédaient des épées faisaient preuve de plus de discipline que les autres. Ils s'entraînaient à leur maniement, mais malgré leur bonne volonté il était clair qu'ils n'avaient pas l'habileté d'un soldat de métier. Il n'y avait pas de cavalerie, seulement des chevaux de ferme et des mules attelées à des charrettes. À l'arrière, les femmes s'organisaient pour nourrir les combattants et leur donner de la bière qu'elles tiraient de deux tonneaux convoyés jusque-là. Le petit Daniel gigotait, posé sur l'herbe à côté d'Ottilie qui préparait de la charpie tandis que Dotty et cinq autres cuisinaient une soupe géante avec les fèves, les choux, le pain et le gros morceau de lard qu'elles avaient pu emporter.

Müntzer voulait hâter l'affrontement. Il sentait un immense danger se profiler si les forces ennemies s'unissaient. Pour les provoquer, il fit porter deux lettres, l'une au comte Albert de Mansfeld qui était luthérien, l'autre au comte Ernest, resté catholique, son ennemi de toujours. À Albert, il écrivait : « Prends garde à toi si tu refuses de reconnaître que Dieu a donné le pouvoir à la communauté. Si tu veux bien comparaître devant nous et renoncer à ta fausse croyance, nous accepterons volontiers ta confession et nous te considérerons comme un frère parmi les autres ; sinon, nous nous détournerons de ta vaine et fade grimace et nous te combattrons comme un ennemi hérétique de la foi chrétienne. » À Ernest, l'adresse était encore plus provocatrice : « Pauvre et misérable sac à asticots, qui t'a fait prince de ce peuple que Dieu a payé de son sang ? » Mais la ruse ne fonctionna pas. Même s'ils faisaient preuve d'une surprenante indécision, les deux comtes, fines mouches, choisirent de faire traîner en attendant que les armées princières se rejoignent sur le champ de bataille.

Les heures passaient.

Ottilie s'inquiétait.

— Le duc de Mansfeld n'a toujours rien envoyé ? demanda-t-elle, sans cacher l'angoisse qui lui nouait le ventre.

Vers le milieu de l'après-midi, un marchand de fourrure vint enfin porter la réponse attendue : « Livrez-nous vivants le faux prophète Thomas Müntzer et ses affidés et, pourvu que les circonstances s'y prêtent, vous pourrez bénéficier de notre grâce. »

C'était inacceptable.

— Vous ne devez accorder aucune parole aux princes car eux-mêmes n'ont aucune parole ! déclara Müntzer, chiffonnant la missive devant ses troupes.

Pour sauver leur peau, deux froussards osèrent plaider pour la reddition et faillirent se faire écharper par ceux qui avaient juré de vivre ou de mourir pour le Christ. Ottilie intervint.

— Arrêtez ! Arrêtez, laissez-les tranquilles ! Ils ont peur. Moi aussi, j'ai peur. Il n'y a pas de honte à avoir peur. Ceux qui disent qu'ils n'ont pas peur sont des menteurs ou des idiots !

Elle se tourna vers les deux hommes.

— Ce n'est pas en livrant Müntzer que vous chasserez votre peur. Croyez-vous que les princes vous seront reconnaissants de votre traîtrise ? Pas un instant. Ils vous tueront parce que vous êtes des paysans et parce que vous aurez été témoins de leurs mensonges. Il n'y a qu'une façon d'écarter la peur qui vous glace : vous battre. Alors, battez-vous ! Vous n'avez rien à craindre. Mieux vaut mourir au combat que perdre sa dignité !

Pfeiffer, alarmé, vint annoncer que Philippe de Hesse avait conquis Fulda et occupait tous les passages qui conduisaient à la forêt de Thuringe en Franconie ! Il avançait sur Frankenhausen avec huit cents chevaux caparaçonnés, trois mille fantassins et son artillerie.

— Si les mineurs d'Alstedt n'arrivent pas au plus tôt, c'en est fait de nous, dit-il.

— Nous ne pouvons plus attendre, décréta Müntzer. Attaquons avant que ces sérénissimes scélérats reçoivent des renforts.

Il leva les yeux vers le ciel.

— J'en ai assez, je veux que l'ordre de ce monde soit défait, murmura-t-il.

Puis il cria aux chefs de bande de se préparer à donner l'assaut.

— Alarme ! Alarme !

Quand ils le rejoignirent, Müntzer alluma devant eux un brasier de mots.

— Bien aimés frères ! Préparez-vous au combat du Seigneur ! Ne seriez-vous que trois qui s'abandonnent à Dieu, qui ne cherchent que son Nom et Son Honneur, vous ne craindriez pas cent mille ennemis ! Gédéon avait une foi si ferme, si forte, qu'avec trois cents hommes, il vint à bout d'une immense troupe rassemblée par les Madianites. Nous sommes le glaive de Gédéon ! Soyez virils, et Dieu sera Dieu !

Il donna aussitôt l'ordre de mettre en place les bouches à feu, mais le Suisse à qui on avait confié des fonds pour acheter de la poudre avait disparu. Sans poudre, les bouches à feu étaient inutilisables.

— Qu'il soit maudit !

Müntzer fit d'urgence manœuvrer les charrettes afin qu'elles forment un mur, de telle sorte que les huit arquebuses dont il disposait puissent tirer à couvert droit sur les ennemis. Les paysans avaient l'avantage de tenir une hauteur, leurs ennemis seraient forcés d'attaquer au plus raide de la pente. Sans frayeur, sans regret, les arquebusiers prirent aussitôt position. Nos défenses étaient en place et les hommes prêts au combat. Sous la bannière qu'il me fit déployer, Müntzer exhorta les paysans :

— N'ayez d'autre crainte que celle de Dieu ! Craignez de lui désobéir ! Il ne vous a pas abandonnés, au contraire, il attend que vous passiez à l'action. Douze légions d'anges sont prêtes à vous soutenir, comme dans saint Matthieu celles qui soutinrent le Christ. Si nous ne luttons pas aujourd'hui pour la gloire de Dieu, vos sacrifices, vos douleurs auront été vains. Si vous refusez de souffrir pour l'amour de Dieu, vous serez les martyrs du diable !

Je courus alerter Ottilie.

— Frère Thomas a perdu la raison ! Il croit qu'une armée d'anges va descendre du ciel pour soutenir sa cause.

— Il ne veut rien entendre.

— Nous allons tous nous faire massacrer !

Je n'eus pas la force d'aller parler à Dotty, je lui fis signe de loin, et elle me répondit d'un sourire sans cesser de tourner sa soupe. Si je devais mourir, je voulais emporter ce sourire dans ma tombe… Planté au sommet de la colline, Müntzer s'exaltait.

— Aux armes ! Et combattons au nom de Dieu car, comme il est dit dans les *Chroniques* : « Ne craignez point devant la multitude qui nous défie ! Vous ne combattrez pas, ce sera Dieu qui combattra ! »

Une acclamation accueillit son discours.

Il se mit à pleuvoir.

Une pluie drue, serrée, qui fixa les deux camps dans leurs positions avant l'assaut. Cela semblait devoir durer, mais la pluie cessa aussi soudainement qu'elle était venue et, sur le ciel noir d'orage, se dessina un arc-en-ciel. Müntzer n'en espérait pas tant.

— Frères, voyez l'arc-en-ciel ! cria-t-il en se tournant vers sa troupe. C'est l'alliance que Dieu veut avoir avec nous !

Et, comme en extase :

— Le Seigneur s'apprête à juger et à châtier les princes criminels qui nous font face ! Pour Lui, vous devez combattre de tout votre cœur et vous montrer braves et fermes ! Attaquez nos ennemis ! Ne vous laissez point effrayer par votre faible chair. Dieu soutiendra nos bras. Ne craignez ni l'acier ni le plomb. Nous escamoterons toutes les balles d'arquebuse qu'ils nous lanceront et leurs épées seront sans force. Nous portons son arc-en-ciel sur notre bannière. Gloire à Dieu !

Une clameur s'éleva.

— Prions l'Éternel !

Galvanisés par Müntzer, les hommes brandirent leurs perches, leurs serpes, leurs marteaux, leurs haches et entonnèrent le cantique de Luther *C'est un rempart que notre Dieu.* À côté de moi, un jeune homme s'écria :

— Mon Dieu, je vais mourir et je n'ai jamais mangé à ma faim un seul jour de ma vie !

Au même instant, les bombardes des comtes de Mansfeld ouvrirent le feu. Un boulet tomba juste devant moi, levant une vague de terre qui me renversa. Le choc m'avait à moitié assommé. J'avais de la boue sur le visage, dans les yeux, dans la bouche. Sans attendre, les comtes firent avancer leurs hommes d'armes à l'assaut de notre colline, tandis que l'artillerie et les archers soutenaient leur avancée. Müntzer leva son marteau et s'élança au-devant des cuirasses et des arquebuses des lansquenets, entraînant derrière lui huit mille paysans.

— Je lance ma voix comme une pierre ! Que Dieu vous affermisse dans la vraie foi ! Suivez Dieu ! Tant qu'il fait jour, Il marche devant vous !

La bataille tourna vite au corps à corps. Un tourbillon d'hommes où la peur et l'excitation faisaient lit commun. Une danse macabre dessinée à grands traits sanglants. Notre bannière tomba au sol, aussitôt piétinée, déchirée, oubliée dans la boue. Illisible. J'entendis un rugissement. Tous les mots faisaient chorus en un seul hurlement. Les femmes étaient aussi enragées que les hommes. « Tue ! Tue ! Tue ! », criaient-elles pour encourager les combattants. Des furies ! Dans la mêlée, je ne pouvais voir que des yeux exorbités, des bouches baveuses, des poings qui se levaient et s'abaissaient. On transperçait, on poignardait, on égorgeait, on assommait, trébuchant sur les blessés, marchant sur les morts. Le sol était trempé d'eau, de sang, de viscères, d'excréments. La terre n'était plus qu'un magma qui empestait. Müntzer fonçait tête baissée dans la mêlée comme un bélier. Il frappait à l'aveugle comme s'il voulait à toute force fracturer le ciel, ouvrir la route de la victoire. Partout des cris inarticulés, des râles, des jurons et le fracas terrible des armes qui taillaient et sabraient. Un abattoir ! Les paysans étaient déchaînés. À coups de haches et de gourdins, plus nombreux, ils parvinrent un instant à prendre le dessus. Mains poignards, mains fourches, mains serpes, faucilles et faux, ils ne retenaient pas leurs coups, ni ne mesuraient leurs efforts. Tuer les excitait. Ils hurlaient : « Gloire à Dieu ! », juraient farouchement : « Mort aux impies ! » Les soldats d'Ernest et d'Albert de Mansfeld reculaient mais ils résistèrent et les paysans ne parvinrent qu'à les repousser de quelques mètres.

En un éclair, la situation se renversa.

La cavalerie de Philippe de Hesse, que nul n'avait entendue arriver, les prit brutalement à revers.

— Que Dieu nous aide !

Masses d'armes, coups d'épées, coups de lance, les cavaliers massacraient sans merci. Ils tuaient tous ceux qu'ils pouvaient, poursuivant les blessés pour les achever. L'un avait la tête fracassée, la cervelle lui coulait sur les joues, l'autre se tenait le ventre, cherchant désespérément à retenir ses boyaux, un autre gardait une lance plantée entre les omoplates. Au milieu des corps qui ressemblaient à un tas de chiffons ensanglantés, les princes allaient l'emporter. Chacun alors combattit pour soi dans le chaos. Un homme, le visage luisant de sang, appelait les défunts à son secours. Il hurlait au milieu des combattants : « À moi les tués ! En rang ! Aux armes ! » Un cavalier le décapita. Müntzer, le visage trempé de sueur, touché au bras et à la cuisse, remonta à mi-pente et m'ordonna de partir au plus vite avec Ottilie et Dotty.

— Sauvez mon fils ! hurla-t-il.

Sa bouche saignait, ses yeux roulaient.

Me voyant hésiter, il s'emporta :

— Ne discute pas, prends une charrette, et fuyez ! Si je meurs tu écriras mon histoire, elle en vaut la peine !

Couvert de boue, j'avais l'air d'un monstre sorti de l'enfer, d'un golem. J'étais sale, échevelé, les yeux profondément cernés. Quand il me vit, le gamin chargé de surveiller les chevaux décampa en criant « *Mutter !* ». Ottilie aida Dotty à monter sur la charrette que je venais de réquisitionner mais elle refusa de nous suivre.

— Je ne quitte pas Thomas !

Dotty voulut redescendre aussitôt.

— Je reste avec toi !

Ottilie, plus forte qu'elle, l'en empêcha.

— Tu attends un bébé, tu dois vivre !

Elle lui tendit le petit Daniel qui vagissait.

— Prends-le et sauve-le ! Je vous retrouverai !

Dotty prit l'enfant en tremblant, bredouillant : « Je ne veux pas... je ne peux pas... » Ottilie claqua la croupe du cheval pour le faire partir.

— Où que tu sois, je serai toujours dans ton cœur ! cria-t-elle, autant pour son fils que pour Dotty.

Nous la vîmes s'élancer vers Thomas qui, malgré ses blessures, reprenait le combat, armé du glaive de Gédéon, une simple serpe ramassée sur le champ de bataille.

Le tonnerre grondait de nouveau, se mêlant au son des bombardes qui tiraient sans relâche. Des larmes de fumée suintaient sur le ciel d'un bleu étincelant, lavé d'orage. Les événements s'enchaînaient à une vitesse affolante. Je faisais galoper mon cheval en rase campagne, le fouettant sans même savoir combien de lieues nous devrions parcourir pour être hors de danger. Je luttais contre un vent contraire qui éparpillait dans l'air tous les désirs, les rêves tragiques et fous que je laissais derrière moi. Les cris de combattants, les plaintes des blessés, le bruit et la fureur des armes s'éloignaient de nos oreilles. À travers la campagne noire et argent, le cheval s'emballait sans que je cherche à le ralentir. Le bois et le métal de la charrette cliquetaient au rythme de ses sabots. Je n'entendais que le grincement des roues. Des hommes couraient dans tous les sens, les uns pour s'échapper, les autres pour les tuer, comme si chaque nouveau mort leur assurait de gagner une année de purgatoire. Des paysans, des tisserands, des misérables ensanglantés, des jeunes, des vieux tendirent leurs bras vers nous, implorant du secours, mais je les écartai tous et refusai de m'arrêter. Que ceux qui n'ont jamais connu la rage et l'angoisse me jettent la première pierre ! J'aurais voulu qu'il pleuve, qu'il neige, que le ciel s'effondre, qu'un froid glacial emprisonne le monde et paralyse le bras de la mort. Dotty se taisait, agrippée au petit Daniel comme une naufragée à un tronc. Elle semblait même ne pas respirer. À chaque tour de roue, elle poussait de petits cris, travaillée par une douleur lancinante comme si mille démons la tenaillaient en mille endroits sensibles. Je n'osais me tourner vers elle, j'avais une tête à faire peur. Sans lâcher les rênes, je me décrassai comme je pus avec la manche de mon paletot. Mon cœur oscillait entre accablement et consternation. Müntzer n'avait rien voulu savoir de mes craintes, et mes doutes se muaient en désespoir. Il avait ignoré les peurs de Dotty, comme celles d'Ottilie, ces deux femmes pourtant entièrement dévouées à sa cause. Il avait écarté Pfeiffer qui tentait de modérer son ardeur et il s'était lancé dans une bataille qu'il allait perdre sans jamais songer à la mort. Ni à la sienne, ni à celle de ceux qu'il entraînait à sa suite. Dans cette vie sombre et tourmentée, la mort n'existait pas. Non qu'il se sente invincible, mais parce que l'idée même de la mort ne lui traversait jamais l'esprit. Müntzer se battait pour la vie. Pour qu'elle s'accorde à l'idée qu'il se faisait du monde. Un monde où la misère, la servitude, la souffrance seraient bannies ; où les hommes et les femmes vivraient à égalité dans la lumière de Dieu ; où « aimer son prochain comme soi-même » signifierait qu'il n'y aurait plus ni seigneur ni serf, ni maître ni domestique, ni riche ni pauvre. Müntzer était animé par un désir dévastateur de liberté. Porté par de telles idées, il ne pouvait pas mourir. C'était impensable. Sa foi était sa force, le fondement de son courage, mais cette force n'était qu'une chimère face à la fureur meurtrière des princes et de leurs armées. Comment avait-il pu se leurrer à ce point ? Pourquoi s'était-il enfermé dans ses vantardises ? Comment ses prophéties avaient-elles pu l'aveugler ainsi ? Aucune légion d'anges ne viendrait jamais à son secours. Ni Dieu ni diable. Ce serait un carnage.

Aucun Évangile, aucune Bible ne glorifierait cette boucherie où la chair humaine ne valait rien.

Capitaine

Nous avions parcouru près de trois lieues quand derrière la crête d'une colline, après une longue plongée et une longue montée à la sortie d'un bois, nous nous heurtâmes à l'arrière-garde du duc Georges le catholique. Ses soldats bloquaient la route. Je les reconnus à la croix d'argent qu'ils portaient sur la poitrine, aux rubans qui flottaient sur leurs lances. J'eus la présence d'esprit de brandir le sauf-conduit que je tenais du pape.

— *Servizio del papa !* criai-je en m'arc-boutant sur les rennes pour m'arrêter.

Un capitaine s'approcha.

— Qu'est-ce que tu baragouines ?

— *Sono italiano !* Je suis en mission pour Sa Sainteté. *Servizio del papa...*

Je lui tendis mon sauf-conduit frappé du sceau papal. Le texte était en latin.

— Tu te fous de moi ?

— Je vais vous le traduire.

Je lui fis la lecture pour qu'il m'entende parler latin, m'arrêtant sur chaque phrase soigneusement calligraphiée par ma tante.

— *Onibus illis...* « *À tous ceux qui auront à connaître ces lettres : nous, Léon X, donnons sauf-conduit et sauvegarde à Luca Ponti, notre envoyé auprès de l'Église d'Allemagne. Il conviendra de l'accueillir, de le loger, de le nourrir, de le protéger comme le plus précieux de nos fils. Nul n'aura pouvoir de l'empêcher de mener la mission que nous lui avons confiée et tous sauront s'employer à l'aider pour que son succès nous soit rapporté. Soyez bénis, au nom du Père, du Fils et du Saint-Esprit.* »

Le capitaine me dévisagea. Ma face noircie l'intriguait.

— J'étais auprès du duc Ernest pour l'assurer du soutien de Sa Sainteté, expliquai-je précipitamment. J'ai dû traverser le champ de bataille au péril de ma vie.

Le capitaine désigna Dotty d'un coup de menton.

— C'est ta femme ?

— Capitaine, répondis-je en me penchant vers lui, puis-je vous dire deux mots sans qu'on nous entende ?

Je descendis rapidement de mon siège et m'éloignai.

— Parle, ordonna-t-il, en me rejoignant à l'arrière de la charrette.

— C'est une nonne. Son couvent a été pillé par les paysans. Je la ramène auprès des saintes mères cisterciennes.

— C'est son mioche ?

— C'est celui d'un grand seigneur catholique dont je tairai le nom. Il m'a missionné pour m'assurer de la mère et conduire l'enfant dans un orphelinat où il sera élevé chrétiennement.

Je me penchai vers le capitaine.

— Tout cela doit rester entre nous, dis-je le plus bas possible. Sommes-nous d'accord ?

Le capitaine dansait d'un pied sur l'autre, méfiant, le regard avide.

— Le grand seigneur qui m'envoie saura vous en être reconnaissant, ajoutai-je pour le décider.

— Pourquoi vous laisserais-je aller ?

— Parce que vous avez tout à y gagner, répondis-je en lui mettant dans la main un des ducats d'or que je gardais en cas de nécessité.

Le capitaine hésita avant de le faire disparaître dans ses chausses puis, soufflant tout l'air qu'il avait dans les poumons :

— C'est bon ! Laissez-les passer ! ordonna-t-il à ses hommes en remontant en selle.

Ils s'écartèrent.

— Que Dieu vous garde ! dis-je, en m'inclinant devant lui.

En m'éloignant, je l'entendis crier :

— Tu es le plus foutu menteur que j'aie jamais rencontré ! Mais tu mens bien et cela me plaît ! Va au diable avec ta pute et que je ne te revoie jamais !

Deux ans plus tard…

Nous sommes arrivés à Rome en 1527 au terme d'un long périple qui nous fit traverser la Suisse avant de rejoindre l'Italie. Je n'avais pas encore trente ans et je n'étais que colère, anxiété, insomnies. Des orages grondaient en moi. Après notre fuite de Frankenhausen nous étions restés un moment en Allemagne, à Zwickau, sous la protection des anabaptistes qui s'armaient pour riposter aux persécutions dont ils étaient victimes. Pendant un mois nous avons espéré des nouvelles d'Ottilie. Mais personne ne semblait savoir ce qu'elle était devenue. Nous n'entendîmes que des ragots. On colportait qu'après la défaite de l'armée paysanne, elle avait erré dans le pays avant d'entrer dans un couvent par faveur du duc Georges. Ni Dotty ni moi ne pouvions croire qu'elle ait pu s'abaisser à lui demander grâce. Ottilie était une femme d'exception. Jamais elle n'aurait abdiqué sa dignité face au vainqueur des paysans. Jamais Ottilie n'aurait renoncé à retrouver son fils. Jamais ! C'était une grande tristesse, mais, après un mois, nous n'avions plus aucun doute : Ottilie avait été tuée à Frankenhausen, les armes à la main, aux côtés de Thomas.

La mort de Müntzer était sur toutes les lèvres.

Beaucoup pleuraient rien qu'en prononçant son nom. L'émotion me submergeait. Je devais retenir mes larmes pour ne pas ajouter les miennes à celles de Dotty. Qu'avait été Müntzer pour moi ? Un maître, comme Raphaël ? Un ami ? Un frère ? Les trois sans doute, pourquoi choisir ? Müntzer m'avait appris le courage, la force des idées et l'engagement absolu dans le combat. Quelles que fussent nos dissensions, nos disputes et nos divergences, il m'avait appris qu'il n'y a pas d'autre solidarité que la solidarité sans faille. Il m'avait aussi appris que seule la fraternité donnait sens et beauté à notre vie sur la terre. Lorsqu'il sera en âge de comprendre, le petit Daniel – que nous chérissons comme notre fils, Dotty et moi – apprendra la vérité de notre bouche : que son père a été « un puissant maître de la voix, dont la face ressemblait au soleil et sur la tête de qui brillait un arc-en-ciel », comme le dira Storch, témoin de la bataille finale.

Storch avait survécu. Il nous rapporta que Thomas s'était fait prendre par félonie.

— Il s'était caché dans une maison, près des portes de la ville. Couché sur un grabat, il feignait d'être un malade impotent mais un lansquenet l'a reconnu et conduit devant le landgrave de Hesse, le prince de Saxe et le comte Albert de Mansfeld, les trois chefs protestants. Ils l'ont torturé mais il n'a pas plié, répétant malgré la douleur qu'il voulait châtier les princes. Les protestants l'ont alors livré à son ennemi juré, Ernest de Mansfeld, le catholique. Que Dieu ait pitié de Thomas ! La torture redoubla, plus terrible encore pendant trois longues journées. C'est un corps ensanglanté que le bourreau a décapité après avoir décapité Pfeiffer, mort courageusement quelques instants avant.

Storch, rougi de larmes, raconta comme Mühlhausen avait été mise à sac.

— Partout on décapitait, on pendait, on arrachait les langues, on crevait les yeux, on coupait les doigts, sans pitié pour les femmes ni pour les enfants qui tentèrent de s'échapper.

Chaque mot semblait lui brûler la gorge.

— Pour obtenir la libération de leurs maris, hoqueta-t-il, des femmes durent battre à coups de gourdin quatre hommes considérés comme des meneurs jusqu'à ce que leur cervelle colle à la matraque et que leurs têtes ressemblent à du chou bouilli.

Storch, tremblant et fiévreux, s'étranglait au souvenir du dernier carré des paysans, brûlés vifs dans une église dont toutes les issues avaient été barrées. Le monde que Müntzer avait appelé de ses vœux n'avait de réalité que dans son imagination ; que dans les livres auxquels il accordait un immense pouvoir. Il n'avait aucune expérience militaire. Ce n'était ni un stratège ni un général, pas même un chef de bande. C'était un prophète. Pas le nouvel Élie, pas le nouveau Daniel, pas le nouveau

Moïse conduisant son peuple vers la terre promise, mais un exalté qui avait payé de sa vie sa foi aveugle dans les Écritures saintes. Il n'y avait de royaume de Dieu ni au ciel, ni ici-bas. Müntzer avait vécu ce rêve éveillé jusqu'au point de non-retour où patiemment la mort l'attendait.

Dotty m'avait donné une fille, Fiammetta, qui allait sur ses deux ans lorsque nous arrivâmes enfin chez moi, à Rome. J'espérais qu'avant l'automne elle accoucherait d'un fils que je prénommerais Thomas pour que le nom de Müntzer lui survive. Il n'y avait que peu de clients lorsque nous entrâmes au Printania, l'auberge de ma mère. Deux marchands qui avaient l'air de se disputer, un poivrot qui dormait, affalé sur une table, trois ouvriers qui buvaient une chopine, jurant contre leur patron, « un ladre, un rat, une vermine ! ». Je portais la petite Fiammetta dans mes bras et Dotty donnait la main à Daniel qui chouinait. Il avait envie. Ma barbe avait poussé, j'avais les cheveux longs, j'étais vêtu à l'allemande, maigre et musclé comme un soldat. Il y avait dix ans que j'étais parti. Même après ces années de souffrance et de sang, j'étais encore jeune mais ma mère ne me reconnut pas. Nous restions là sans bouger, sans faire un geste ni prononcer une parole pour rompre le silence. Tous s'interrogeaient en nous observant. Qui étions-nous ? Qui étaient ces gens qui voyageaient avec leurs enfants et n'avaient pas l'air de savoir où s'installer ? Ma mère nous désigna une table près de la cheminée.

— Mettez-vous là, *sto arrivando* !

— *Potresti baciarmi*[1], dis-je, alors qu'elle se dirigeait vers la cuisine.

1. « Tu pourrais m'embrasser. »

Ma mère fit volte-face. Elle se figea sur place, bouche ouverte, sans même pouvoir bouger la tête. Était-ce une apparition ? Une hallucination ? Un spectre revenu d'entre les morts ? Elle avait maigri. Son visage émacié était toujours aussi beau malgré les cernes bleuissant sous ses yeux. J'avançai vers elle et la serrai dans mes bras.

— *Mamma*…

Elle se mit à pleurer, balbutiant mon nom.

— Luca… Luca…

Elle semblait incapable d'articuler autre chose.

— Luca ! Luca !

Puis, se reculant d'un coup, elle me gifla, réveillant le poivrot.

— J'ai cru que tu étais mort ! cria-t-elle. Jésus Marie Joseph, j'ai cru qu'on t'avait tué ! Ta tante, Armellino, le pape, moi, les voisins, tout le monde attendait des nouvelles de toi et rien, rien, rien. Dix fois, j'ai cru mourir ! J'ai attendu tous les jours, toutes les nuits. J'ai prié, prié encore, prié toujours et jamais rien !

— *Baciami*, lui répétai-je doucement, je ne suis pas mort.

J'étais son fils unique, sa vie, son âme, elle paniquait.

— Tu vas repartir ?

Elle s'enflamma :

— Ne me dis pas que tu vas repartir !

— Non, rassure-toi : je vais rester ici, et pour toujours.

— Jure-le-moi.

— Je ne vais pas repartir. Je te le jure.

Ma mère me couvrit de baisers à m'étouffer.

— Mon bébé ! Mon chéri, tu es là ! Tu es là, merci, mon Dieu ! Mon ange est revenu !

Elle ne savait plus ce qu'elle disait. Je parvins à la calmer.

— Maman, je te présente Dotty, ma femme, notre fils Daniel et Fiammetta, notre fille…

Ma mère, au bord de l'évanouissement, regardait Dotty et les enfants, bouche bée, comme si trois anges venus du ciel étaient entrés chez elle. Elle tremblait de tout son corps. Dotty lui sourit tendrement.

— *Ciao, mamma.*

Ma mère n'y tint plus. Elle se précipita pour l'embrasser, pour la caresser, pour l'appeler « ma beauté », « ma fille », « ma princesse ».

— *La mia belleza ! Mia figlia ! La mia principessa !*

Puis elle souleva Daniel dans ses bras, il avait mouillé sa culotte mais elle s'en moquait, il était à elle maintenant, c'était son petit-fils, son fils ressuscité, sa vie, son dieu vivant. Il lui rendait l'espoir que l'attente avait corrodé. Elle s'empara ensuite de la petite Fiammetta et la fit valser en l'air.

— *Bella ! Bella ! Bellissima !*

Et, enfin, nous pûmes nous asseoir.

Ma mère nous a laissé sa chambre et s'est installée dans celle qui auparavant était la mienne. Elle ne l'avait jamais louée à personne. Elle et Dotty furent vite inséparables, soignant les enfants, s'occupant de l'auberge, cuisinant, servant les clients qui venaient maintenant autant pour ma femme que pour ma mère. Je les taquinais en les appelant Bella Uno et Bella Due mais pour elles, la seule Bella qui comptait, c'était Bella Tre : Fiammetta qui s'épanouissait en leur compagnie. J'étais marié, j'allais avoir un troisième enfant, je n'avais plus l'âge d'être apprenti. Après la mort de maître Raphaël, Giulio Romano avait repris l'atelier, mais je ne m'étais même pas présenté à lui. Je n'avais plus envie de peindre. En association avec un ami de ma mère, Hans Stephan Strudel, un émigré allemand spiritualiste, j'avais ouvert une imprimerie et une boutique à deux pas de Santa Dorotea. Je faisais désormais commerce de livres. Nous publiions des ouvrages de philosophie, de morale, de théologie et d'art, notamment la première traduction italienne du traité de Dürer sur la perspective, *Instruction sur la manière de mesurer à la règle et au compas.*

Le pape Léon était mort tandis que j'étais en Allemagne, Adrien VII qui lui avait succédé n'avait pas survécu à la malaria et c'est un Médicis qui était de nouveau notre Saint-Père.

Un Médicis, comme moi…

Ma tante, qui travaillait toujours auprès du cardinal Armellino, me fit savoir que Sa Sainteté voulait me voir. J'allais refuser l'invitation – qu'avions-nous à nous dire ? – mais ma mère m'ordonna d'y aller.

— Quand le pape commande, on obéit, non ?

Elle se souvenait de ce que je lui avais dit avant de partir en Allemagne, missionné par Sa Sainteté Léon X.

— Je ne tiens pas à le voir. Il ne s'est jamais soucié de moi.

— Ce n'est pas vrai, mon chéri, corrigea ma mère. Je lui dois tout ce qui est ici et, grâce à lui, tu as reçu une éducation que bien des enfants nobles pourraient t'envier.

— Il t'a violée, rappelai-je froidement.

— Il ne m'a pas violée. J'ai couché avec lui parce que je le voulais bien. Il en avait envie et j'en avais envie autant que lui. Nous étions jeunes, ardents. Il a suffi d'une sieste par un bel après-midi d'été pour que tu t'annonces.

— Tu ne lui en veux pas ?

— Pourquoi lui en voudrais-je ? Il m'a donné un fils par amour, une fille et des petits-enfants, que puis-je demander de plus ?

— Un mari ?

— Pour quoi faire ? dit-elle en me souriant avec, dans les yeux, une lueur malicieuse que je ne lui connaissais pas.

Clément VII

Léon X avait donné tant de fêtes somptueuses, tant dépensé que la papauté était ruinée. Depuis sa mort, le chantier de Saint-Pierre était à l'arrêt. On ne pouvait que se désoler devant les murs inachevés, les pierres effondrées comme après un tremblement de terre, les fondations où les herbes folles proliféraient. *Una rovina reale*, une ruine royale, comme on répétait dans Rome. Qui le relèverait ? Bramante, Raphaël, Léonard n'étaient plus. Restait Michel-Ange, le plus grand des plus grands. S'il m'avait été donné de pouvoir choisir qui mènerait à bien la construction de Saint-Pierre, c'est lui que j'aurais désigné, sans hésiter. J'avais en tête un de ses sonnets :

Parfois, conjointement à mon ardent désir
Mon espoir monte aux nues et ce n'est point un leurre
Car si toutes nos affections blessaient le Ciel
À quelles fins Dieu aurait-il créé le monde[1] *?*

---

1. *Poèmes, op. cit.*

Le pape Clément VII, dont ma tante m'avait dit que l'élection avait été fort longue et compliquée, m'attendait dans ses appartements, à l'endroit même où son prédécesseur m'avait reçu avant de m'envoyer en Allemagne. Je m'agenouillai et baisai son anneau.

— Je sais qui tu es, me dit-il, mais je ne veux pas le savoir.

Et, m'invitant à me relever :

— Je suis quand même heureux de te voir…

Il me dévisagea.

— Tu ressembles à ta mère, dit-il, déçu que je ne lui ressemble pas. Quel âge as-tu ??

— Vingt-sept ans, très Saint-Père, presque vingt-huit…

Le pape émit un petit grognement. Il était à peine plus jeune que moi lorsque avec ma mère…

Le portrait de Léon X où il figurait en compagnie du cardinal di Rossi était désormais accroché au mur de sa chambre.

— Tu te souviens de cette toile ? me demanda-t-il en se tournant vers elle.

Je baissai les yeux. L'émotion me serrait la gorge.

— Comment pourrais-je l'oublier ? C'est un chef-d'œuvre de mon maître.

— Je suis d'accord, c'est inoubliable, dit le pape en hochant la tête. L'œuvre de Raphaël restera plus longtemps que nous dans la mémoire des hommes…

Il soupira.

— Giulio Romano m'assure que tu y as travaillé…

— C'est vrai, Votre Sainteté.

Le pape se pencha vers moi comme s'il cherchait à fixer mes traits dans sa mémoire.

— Chaque fois que je regarde la clochette posée sur la table, je pense à toi, dit-il avec un doux sourire.

Sa remarque me fit rougir. J'étais heureux et fier que mon père connaisse mon travail.

Le pape se leva.

— Tu veux toujours être peintre ?

— Non, Votre Sainteté, j'y ai renoncé.

— Tant mieux, dit-il en se dirigeant vers la fenêtre. Je ne voulais pas te parler peinture.

Son regard se perdit sur Rome. Le ciel était d'un bleu pauvre taché de nuages au-dessus des toits.

— J'ai lu tes rapports sur l'Allemagne, dit-il, je veux en savoir plus.

Il se retourna.

— Ce Müntzer était encore plus fou que ce maudit Luther, non ?

Le pape se trompait ! Il parlait sans savoir. Je pris sur moi de ne pas répondre trop vivement.

— Müntzer n'était pas fou, dis-je, sans le quitter des yeux. Il a toujours agi au nom de l'Évangile, comme un saint homme. Ce serait porter un jugement hâtif et injuste que de le condamner au regard de ce que disent ses ennemis, Luther, Melanchthon et tous les autres, aussi lâches qu'hypocrites. Personne, surtout pas eux, n'a le droit de juger ses actes, ni en esprit ni en paroles. Je suis certain que Müntzer a toujours été fidèle à sa foi, qu'il n'a rien renié de ses convictions ni demandé grâce, même sous la torture.

— Oui, je sais, on m'assure qu'il est mort en criant au bourreau : « *Omnia sunt communia.* »…

— Toutes choses sont communes, confirmai-je.

— Que dis-tu, mon fils ?

— Je disais qu'il a sacrifié sa vie pour dénoncer la souffrance des plus pauvres, pour combattre l'injustice et la cupidité des puissants. L'emplacement où sa tête fut exposée pour l'exemple, le sentier – qu'on appelle « la gouttière sanglante » – est si fréquenté qu'il a désormais la largeur d'une route et qu'il aura bientôt celui d'une place…

Je me tus un instant avant d'ajouter :

— Pour complaire aux princes, Luther habillait Müntzer en diable ; le peuple en a fait un saint.

Carnet

Rentré à l'auberge après avoir vu le pape, je profitai de ce que ma mère et Dotty étaient au marché avec les enfants pour m'enfermer dans ma chambre. Sur la commode, j'eus la curiosité d'ouvrir la petite boîte ouvragée qui s'y trouvait. Elle contenait mes cheveux ! Ceux que ma tante Lucia avait coupés avant que je parte en Allemagne, et que ma mère avait conservés au plus près d'elle. Je l'imaginais les caressant dans sa main, les reniflant, les plaquant sur son visage. Voir cette sorte de relique, c'était me voir soudain dix ans plus tôt. Un autre moi-même qui n'avait rien de commun avec ce que j'étais devenu. Je dirais à ma mère de s'en débarrasser. Elle n'avait plus de raison de chérir ce souvenir morbide de moi. J'étais revenu, je ne repartirais pas. Je refermai la boîte sans émotion, j'avais plus important à faire que de me remémorer le temps jadis. Je sortis mon carnet à dessins de mes affaires avec l'intention de le sceller et de ne plus jamais l'ouvrir. Après ma mort, mes héritiers, s'ils y trouvaient un quelconque intérêt, pourraient le consulter. Sur la dernière page j'écrivis : « *Moi, Luca Ponti, je veux témoigner que tout ce qui est écrit et dessiné ici est fidèle à la vérité des événements que j'ai vécus en Allemagne au temps de la Réforme. Que nul n'oublie qu'avec ma femme Dorothea, nous sommes, comme l'étaient Thomas Müntzer et Ottilie son épouse, animés par un refus de parvenir et la volonté de vivre pour le bien commun, dans un monde où nous serions tous à égalité ; comme les prophètes de Zwickau, sans être croyants, nous sommes convaincus que nos enfants seront un jour capables de décider par eux-mêmes d'un engagement spirituel ou non ; nous avons rompu avec l'Église, avec toutes les églises. Trop d'horreurs, trop d'injustices, trop de misère et de sang nous ont à jamais guéris de l'idée qu'un dieu puisse gouverner notre vie sur la terre. Réfractaires à Dieu, nous sommes heureux d'être ce que nous sommes. Pour toujours, les derniers mots de Müntzer sont les nôtres : OMNIA SUNT COMMUNIA, toutes choses sont communes.* »

Histoire d'un livre...

Cette histoire commença il y a longtemps, par des lectures : celle de Friedrich Engels (*La Guerre des paysans en Allemagne*) et sur les conseils de mon amie Geneviève Serreau, éditrice aux *Lettres nouvelles*, celle décisive de l'essai d'Ernest Bloch *Thomas Müntzer, théologien de la révolution.* Il y eut très vite le projet d'écrire un scénario avec Roberto Rossellini mais il n'aboutit pas. Quarante ans plus tard, il y eut, grâce à Claude Gendrot, l'édition d'un roman graphique avec les dessins d'Éric Liberge, *La Guerre des paysans* (Futuropolis, 2022). C'est dire combien l'affrontement entre Thomas Müntzer et Martin Luther m'a poursuivi et me poursuit encore. Mes films comme mes livres doivent tous quelque chose à cette histoire...

Je n'aurais pas écrit *Les Exaltés* sans tous les auteurs qui m'ont précédé et que je n'ai cessé de lire pendant sa rédaction. Ma dette envers eux est immense. Je leur dois notamment toutes les citations des textes et les propos des protagonistes de cette histoire.

Je ne saurais jamais assez leur rendre hommage et les remercier.

Daniel Arasse, *Les Visions de Raphaël*, Éditions Liana Levi, 2003.

Ernest Bloch, *Thomas Münzer, théologien de la révolution*, Julliard, 1964, Éditions Amsterdam, 2022.
Friedrich Engels, *La Guerre des paysans en Allemagne*, Ampélos, 2017.
Frantz Funck-Brentano, *Luther*, Grasset, 1934.
Ivan Gobry (édition présentée et établie par), *Image de la papauté, Martin Luther*, éditions Jérôme Million, 1997.
Joël Lefebvre (édition et traduction de), *Thomas Müntzer, christianisme et révolution*, Presses universitaires de Lyon, 2021.
Martin Luther, *Propos de table, I et II*, Éditions Aubier Montaigne, 1932.
Maurice Pianzola, *Thomas Müntzer ou la Guerre des paysans*, Hors-Limite, 2015.
—, *Peintres et Vilains*, L'Insomniaque, 2015.
Marianne Schaub, *Müntzer contre Luther*, À l'enseigne de l'Arbre verdoyant éditeur, 1984.
Éric Vuillard, *La Guerre des pauvres*, Actes Sud, 2022.

Remerciements

Je tiens à remercier mes ami(e)s qui ne sont pas lassé(e)s de m'entendre raconter cette histoire et de la raconter encore depuis si longtemps...

Jean-Étienne Cohen-Séat, Odile Conseil, Patrice Giorda, Henri Labbé, François Catonné, Éric Liberge, Claude Gendrot, Denis Freyd, Jérôme Prieur...

Je veux remercier mon éditeur, Philippe Robinet, et mes éditrices, Jeanne Lagrange et Cécile Rivière, dont la lecture critique et les suggestions m'ont permis d'aller jusqu'au bout de ce livre.

Remercier aussi spécialement Catherine Favret qui a eu la patience de relire mon manuscrit et de le corriger. Et Cécile Thomas qui m'a accompagné pour lui donner sa touche finale.

Photocomposition Nord Compo à Villeneuve-d'Ascq

Achevé d'imprimer en décembre 2023
par CPI BRODARD & TAUPIN (72200 La Flèche)
pour le compte des Éditions Calmann-Lévy
21, rue du Montparnasse, 75006 Paris

PAPIER CERTIFIÉ

CALMANN LEVY s'engage
pour l'environnement en réduisant
l'empreinte carbone de ses livres.
Celle de cet exemplaire est de :
1,2 kg éq. CO_2
Rendez-vous sur
www.calmann-levy-durable.fr

N° d'éditeur : 6123203
N° d'imprimeur : 3054914
Dépôt légal : janvier 2024
Imprimé en France.